KB076217

하
룻밤에 읽는

서애 **류성룡**이 피로 쓴 전쟁기록

징비록

懲毖錄

아이북수

365일 독자와 함께 지식을 공유하고 희망을 열어가겠습니다.
지혜와 풍요로운 삶의 지수를 높이는 아인북스가 되겠습니다.

하룻밤에 읽는 懲毖錄 징비록

초판 1쇄 인쇄 2015년 04월 03일
초판 1쇄 발행 2015년 04월 10일

지 은 이 유성룡
옮 긴 이 아인북스편집부
펴 낸 곳 아인북스
펴 낸 이 정유진
등록번호 제 2014-000010호
주   소 서울시 금천구 가산디지털로 98
         (가산동 롯데 IT캐슬)2동 B218호
전   화 02-868-3018
팩   스 02-868-3019
메   일 bookakdma@naver.com

ISBN 978-89-91042-53-7 03810
값 11,500원

서애 **류성룡**이 피로 쓴 전쟁기록

하룻밤에 읽는

징비록

懲毖錄

아인북수

차례

녹후잡기(錄後雜記)—이런 저런 뒷이야기들

징비록 해설 / 276

지은이 유성룡/ 징비록의 개요/ 저자와 저술의 경위/

징비록의 내용/ 징비록의 간행/ 징비록의 가치/ 연보/

일러두기

* 이 책은 〈간행징비록〉 2권본을 저본으로 하고, 〈초본징비록〉과 지금까지 간행된 관련서적을 참고로 하여, 김종권 선생께서 번역하신 신화사 서애집/징비록을 모본으로 하여, 현대적 감각에 맞도록 고쳐 쓰고 편집했다.

* 번역은 원문에 충실하고, 독자의 이해를 돕기 위해 내용을 나누고 번호와 작은 제목을 임의로 붙였다.

* 주석은 중요하다고 생각되는 것만 가려서 넣었다.

* 외국인의 이름은 한문음대로 적고, 연대는 ( )안에 서기를 보충하여 넣었다.

* 원문(한문)은 생략하였다.

징비록은

한 마디로 영화장면 같은 표현력이 돋보이는 전쟁문학이다.

1592년 4월 13일 왜적의 배가 바다를 뒤덮으며 몰려온다. 부산을 공격한 왜적은 단 20여 일 만에 한양을 점령한다. 왜적은 두 달 만에 평양까지 점령했다.

조선 조정은 왜적의 침입에 제대로 대응하지 못했고 군대는 힘없이 무너졌다. 선조는 서울을 버리고 개성, 평양을 지나 의주까지 백성을 등지고 피난을 갔다.

백성들은 왜적의 총칼에 무참히 죽고, 가족끼리 서로 잡아먹을 정도로 굶주렸다.

이순신이 이끄는 수군의 활약과 곳곳에서 일어난 의병과 명나라 원군의 도움으로 서울은 물론 반도의 대부분을 회복했다. 왜란 발발 2년 만에 휴전협상을 맺었으나 왜국의 무리한 요구로 인해 3년 후 다시 정유왜란이 일어났다. 전쟁은 풍신수길이 죽자 끝났다.

이 글을 쓴 유성룡은 퇴계 이황이 '하늘이 낸 사람'이라고 감탄할 정도로 어려서부터 명석했다. 과거에 급제한 뒤 승정원권지부정자를 시작으로 중요한 관직을 두루 거친다. 그는 임진왜란이 일어나기 전부터 고위관직에 있었고, 전쟁 중에는 최고관직인 영의정으로서 도체찰사로서 전쟁의 중심에 서서 전쟁과 관련된 거의 모든 정책 결정에 직접 참여했다.

전쟁이 끝나기 한 달 전에 정적의 모함으로 관직에서 물러나 고향 안동 하회로 돌아가 만년을 보내며 〈징비록〉을 쓴다.

〈징비록〉은 지은이 서문에서도 밝혔듯 '나같이 보잘 것 없는 사람이 나라가 어지러운 난리를 겪을 때 중요한 책임을 맡아, 위태로운 판국을 바로잡지도 못하고 넘어지는 형세를 붙들지도 못했으니, 그 죄는 죽어도 용서받을 수가 없을 것'이라는 부끄러움과 '나라에 충성하는 참된 마음을 표하고, 나라의 은혜에 보답하지 못한 죄를 드러내려는' 자성의 기록이다.

전쟁문학은 따분하고 재미없는 역사의 기록이라는 선입관이 있음에도, 눈앞에 펼쳐지는 영화장면처럼 생생하게 전달되어 지루하지 않게 읽을 수 있다. 이것은 지은이가 직접 체험한 생생한 현장을 뛰어난 문장력으로 구사해낸 덕분일 것이다.

원문은 4만자 남짓으로 7년의 기록치고는 짧다. 그러나 내용은 방대한 사료를 체계적으로 정리하여 사실을 사건 중심으로 핵심만 짚어 분명하고 간결하게 표현했다. 기록된 인명만 해도 310여개나 되는 알차고 풍부한 사료를 바탕으로 작가의 탁월한 문장력으로 쓴 피의 역사다.

지은이 서문

〈징비록〉이란 무엇인가? 임진왜란 뒤의 사실을 기록한 것이다. 여기에는 임진왜란 전의 것도 가끔 기록했는데, 이는 임진왜란이 시작된 근본을 밝히기 위해서다.

슬프다! 임진왜란의 전화는 참혹했다. 수십일 만에 서울, 개성, 평양을 지켜내지 못했고, 팔도강산이 부서져 떨어졌으며, 임금님께서 피란길에 올라 고초를 겪으셨다. 그러고도 오늘날 이 나라를 부지하게 된 것은 하늘의 도움이요, 역대 임금과 조상의 어질고 후한 은택이 백성들에게 미쳐, 나라를 생각하는 마음이 그치지 않았고, 임금(선조)께서 명나라를 섬기는 정성이 황제(명 신종)를 감동시켜서 구원병이 여러 번 와서 도와주었기 때문이다. 그렇지 않았다면 우리나라는 정말로 위태로웠을 것이다.

〈시경〉에 '내가 지난 일을 징계하여 뒷날의 근심거리를 삼가 하게 한다.'는 말이 있는데, 이것이 〈징비록〉을 저술한 이유다. 나같이 보잘 것 없는 사람이 나라가 어지러운 난리를 겪을 때 중요한 책임을 맡아, 위태로운 판국을 바로잡지도 못하고 넘어지는 형세를 붙들지도 못했으니, 그 죄는 죽어도 용서받을 수가 없을 것이다. 그럼에도 오히려 시골구석에서 구차스럽게 목숨을 이어가며

10

살고 있으니, 어찌 임금님의 너그러우신 은혜가 아니겠는가?

근심 걱정이 진정되니 지난 일을 생각할 때마다 황송스럽고 부끄러워 늘 몸 둘 곳을 모르겠다.

이에 한가로운 시간에, 임진년(1592)부터 무술년(1598)까지 듣고 보고 생각하고 겪은 것들을 대략 기술한다. 또 장계*, 소차*, 문이*및 잡록을 그 뒤에 붙였다. 이는 비록 특별한 것은 없으나, 이것들도 모두 당시의 사적들이므로 빼버릴 수 없었다.

이것으로 전원에 몸을 의탁하고 사는 어리석은 신하로서, 나라에 충성하는 참된 마음을 표하고, 나라의 은혜에 보답하지 못한 죄를 드러내는 바이다.

*狀啓 감사나 왕의 명령을 받고 지방에 파견된 관원이 서면으로 임금께 보고하는 글
*疏箚 소는 상소하는 글, 차는 차자로 임금께 말씀을 아뢰는 글
*文移 이문. 공문서의 한 가지로 관청 사이에서 주고받던 공문서. 때로는 격문과 포고문의 성격을 띠기도 함

징비록 1

1. 일본국사 귤강광이 다녀감

만력(萬曆 명나라 신종 때의 연호) 14년 선조 19년(1586) 병술 무렵에 일본사신 귤강광(橘康廣)이 국왕 평수길(平秀吉 풍신수길豊臣秀吉을 말함. 당시 왜국 막부幕府의 관백關白으로 임진왜란을 일으킨 원흉)의 서신을 가지고 우리나라에 왔다.

처음에 일본국왕 원씨(原氏 무로마치 막부의 끝 장군. 족리의소 足利義昭 또는 직전신장織田信長)가 홍무(洪武 명 태조 주원장 때의 연호) 초기에 나라를 세우고, 우리나라와 선린우호관계를 맺은 지 2백년 가까이 되었다. 처음에는 우리나라에서도 사신을 파견하여 경축하고 조문하는 예를 갖추었다. 신숙주(申叔舟)가 서장관(書狀官 외국에 보내는 상사, 부사, 서장관을 삼사라고 하는데 서장관은 주로 서장 등 문서관계의 일을 맡아봄)으로 왕래한 것이 그 한 가지 예다. 그 뒤 신숙주가 죽음이 임박했을 때, 성종께서 '하고 싶은 말이 있는가?'라고 물으시니 신숙주는 이렇게 대답했다 한다.

"우리나라는 일본과 평화롭게 지내야 한다는 것을 잊지 마소서."

성종께서는 그 말에 감동하여 부제학 이형원(李亨元)과 서장관 김흔(金訢)에게 명하여 일본에 가서 화목을 도모하고 오게 했다. 사신들이 대마도(對馬島 우리나라 남단과 일본 큐슈의 해협에 있는 섬으로 고려 말부터 우리나라에 조공을 바치고

우리가 내주는 곡식을 받아가는 관계에 있었음)에 이르렀는데, 풍
랑 때문에 놀라 병을 얻을까봐, 글을 올려 상황을 보고
하니, 성종은 서신과 예물을 대마도 도주에게 전하고 돌
아오라고 하셨다. 이때부터 사신을 파견하지 않고, 일본
에서 사신이 올 때만 예절에 따라 대접할 뿐이었다.

그런데 이때 평수길은 원씨를 대신하여 왕이 되었다.
평수길에 대하여 사람들은 이러저러한 말을 많이 했다.

'그는 본래 중국 사람인데 떠돌다 왜국으로 들어가 나
무를 해 팔아 생활하였다. 하루는 국왕(무로마치막부의 마지
막 장군 족리의소 또는 직전신장)이 밖에 나왔다가 길에서 그
를 만났는데, 그의 사람됨이 남다르므로 불러서 자기 군
대에 편입시켰다. 그는 용감하고 힘이 세 잘 싸우고 공
을 쌓아 대관(大官)에까지 이르러 권력을 잡았고, 마침내
는 원씨의 자리를 빼앗아 왕이 되었다.'

'원씨가 다른 사람에게 죽음을 당하자, 평수길이 또 그
사람을 죽이고 나라를 빼앗았다.'

평수길은 무력으로 여러 섬을 평정하고, 국내의 66주를
하나로 통합하고, 다른 나라를 침략하려는 야욕을 품었
다.

"우리 사신은 늘 조선에 가는데 조선 사신은 오지 않으
니 이는 곧 우리를 업신여기는 것이다."

평수길은 이렇게 말하고, 귤강광을 우리나라에 보내 통
신사를 보내라고 요구했다. 그런데 귤강광이 가지고 온

서신의 표현이 매우 거만했다. '이제 천하가 짐의 손아귀에 들어올 것이다.'라는 말까지 있었다. 이때는 원씨가 망한지 이미 10여 년이나 지난 즈음이었다. 여러 섬에 사는 왜인들이 해마다 우리나라를 왕래했지만, 평씨의 명령이 엄중하여 누설하지 않았기 때문에, 조정에서는 일본의 정세를 전혀 몰랐다.

당시 귤강광은 나이가 50이 넘었고 용모가 장대하고 수염과 머리털이 반백이었다. 그는 들르는 역관마다 가장 좋은 방에서 묵고 너무 거드름을 피워 여느 왜국 사신과는 아주 달랐으므로 사람들은 이상하게 생각했다. 당시 왜국 사신이 지나는 고을에서는 그 고을 안의 장정을 동원하여 창을 잡고 큰길가에 늘어서서 군사의 위엄을 보이며 맞이하는 것이 우리나라의 풍습이었다. 귤강광은 인동(칠곡)을 지나다가 창을 잡고 도열한 사람을 흘겨보고는 비웃으며 말했다.

"너희들의 창 자루는 아주 짧구나."

그가 상주에 이르렀을 때, 목사 송응형(宋應洞)은 기생들을 불러 음악과 노래와 춤으로 대접했다. 귤강광은 송응형이 늙고 머리가 허연 것을 보고 이렇게 비꼬며 놀렸다.

"이 늙은이는 여러 해 동안 전쟁터에 있었으니 수염과 머리털이 다 희어졌지만, 사군(使君 나라의 일로 외방에 나와 있거나 나라의 사명을 받들고 있는 관원을 친근하게 이르는 말)께서는 아름다운 기생들 틈에서 근심 없이 지냈을 텐데 머리가 나보다 더 희니 어찌된 일이오?"

굴강광이 서울에 이르자 예조판서가 잔치를 베풀며 대접하였다. 굴강광이 술이 취하자 후추를 돗자리 위에 흩어놓으니, 기생과 악공들이 다투어 그것을 줍느라 아수라장이 되었다. 굴강광은 객관으로 돌아와서 통역에게 탄식하며 말했다.

"너희 나라는 망하겠다. 기강이 이미 허물어졌으니 어찌 망하지 않기를 바라겠느냐?"

그가 돌아갈 때 우리 조정에서는 그가 가지고 온 서신에 대한 회답으로, 단지 '물길에 어두워서 사신파견을 허락할 수 없다.'고 했다. 굴강광이 돌아가서 보고하니 평수길은 크게 화를 내며 굴강광을 죽이고, 그의 일족까지 몰살시켰다.

굴강광은 그의 형 강년(康年)과 함께 원씨 때부터 우리나라에 사신으로 왕래하며 우리나라에서 주는 직무를 받았다. 그래서 그가 우리나라를 두둔하는 투로 말했기 때문에 평수길이 죽였다고 한다.

2. 일본국사 의지 등이 옴

일본국사 평의지(平義智 종의지宗義智. 대마도주 종성장宗盛長
의 7대손으로 도주가 되었는데, 풍신수길이 명하여 조선으로 왔고, 임
진왜란 때 소서행장小西行長과 함께 선봉으로 쳐들어 옴)가 우리나
라에 왔다. 풍신수길은 귤강광을 죽이고 나서, 의지를
우리나라에 보내 통신사를 보내라고 요구했다. 의지는
왜국의 주병대장 평행장(平行長)의 사위로 풍신수길의 심
복이었다.

대마도 태수 종성장은 대대로 대마도를 통치하면서 우
리나라를 섬겨왔다. 그런데 풍신수길이 이런 종씨를 제
거하고, 평의지에게 대마도를 통치하게 했다.

우리나라에서는 바닷길을 알지 못한다는 핑계로 통신사
보내기를 거절해 왔는데, 풍신수길은 우리나라가 이를
핑계로 거절하지 못하게 하려고 거짓말을 했다.

"의지는 바로 대마도주의 아들로 바닷길에 익숙하니 그
와 함께 오라."

게다가 이번에는 우리나라의 실정을 알아보려고 평조신
(平調信 유천조신柳川調信. 임진왜란 직전에 풍신수길의 사자 종의지
가 올 때 중 현소와 함께 우리나라에 와서 허실을 살펴보고 갔으며,
왜란 중에는 왜장의 막하에서 계략을 꾸민 자), 중 현소(玄蘇 임진
왜란 때 중의 탈을 쓴 왜의 앞잡이) 등과 같이 왔다.

평의지는 나이가 젊은데다 정력이 있고 사나워 왜인들은 모두 두려워하여, 그 앞에서는 엎드려 무릎으로 기며 감히 쳐다보지도 못했다. 의지는 오랫동안 동평관(東平館 왜국 사신이 머무르던 숙소)에 머물며 '반드시 우리 사신과 함께 돌아가겠다,'고 버텼다. 그래도 조정에서는 결정을 내리지 못하고, 다른 핑계를 대며 미적거렸다.

몇 해 전에 왜적이 전라도 손죽도에 쳐들어와 그곳을 지키던 장수 이태원(李太源)을 죽였다. 그때 사로잡힌 왜적이 '우리나라 변방 백성인 사을(沙乙), 배동(背同)이란 자들이 우리나라를 배반하고 왜국으로 들어가 왜인들을 인도하여 침구했다.'고 말했기 때문에 조정에서는 괘씸하게 여기고 있었다. 이때 누군가 이런 의견을 내놓았다.

"왜국에게 나라를 배반한 자들을 모두 돌려보내라고 합시다. 그런 뒤에 통신사에 관해 의논하겠다고 하여, 저들이 성의가 있는지 없는지 봅시다."

동평관 관원을 시켜 의지에게 슬쩍 떠보게 했더니, 의지는 '어렵지 않은 일'이라며, 그날로 평조신을 돌려보내 이 사실을 알리게 했다. 그랬더니 두어 달이 채 못 되어 일본에 가 있는 우리 백성 10여 명을 잡아와 바쳤다. 이때 임금께서는 인정전(仁政殿)에 나가 군사의 위엄을 엄중하게 보이시고, 사을, 배동 등을 묶어 뜰 안에 들여놓고 심문한 다음, 성 밖으로 끌어내 베어 죽였다. 의지에게는 내구마(內廐馬 임금이 타는 수레와 말 등을 관장하는 내사복시內司僕寺에서 기르는 말) 한 필을 상으로 주고, 왜국 사신 일행을 불러 잔치를 베풀어주었다. 이때 의지와 현소 등 사신일행은 모두 대궐로 들어와 차례로 왕께 술잔을 올렸다.

이때 예조판서로 있었으므로 나(유성룡) 역시 왜국 사신을 예조로 불러 잔치를 베풀었으나, 통신사에 관한 논의는 그 후에도 오랫동안 결정짓지 못했다. 내가 대제학(大提學)이 되어 장차 일본에 보낼 국서(國書)를 초안하기 전에, 임금께 글을 올려 '이 일을 속히 결정하시어 두 나라 사이에 틈이 생기지 않도록 하소서.'하고 청했다. 그 다음날 아침 강연에서 지사(知事) 변협(邊協) 등도 '사신을 파견하여 회답을 보내고, 왜국 안의 동정을 살펴보고 오게 하는 것도 잘못된 계책은 아닐 것입니다.'라고 아뢰었다.

이래서 조정의 의논은 비로소 결정되었다. 임금께서는 사신으로 보낼만한 사람을 고르라고 명하셨다. 한 대신이 첨지(僉知) 황윤길(黃允吉)이 상사(上使)로, 사성(司成) 김성일(金誠一)이 부사(副使)로, 전적(典籍) 허성(許筬)이 서장관으로 적임자라고 아뢰니, 그의 진언대로 통신사로 삼았다.

이들은 선조 22년 경인년(1590) 3월에 의지 등과 함께 일본으로 떠났다. 이때 의지는 공작 두 마리와 조총, 창, 칼 등을 바쳤는데, 왕은 공작은 남양해도(南陽海島 경기도

19

화성군의 여러 섬)에 놓아 보내고, 조총은 군기시(軍器寺 조선의 관청으로 병기, 기치, 융복, 집물 등을 만드는 일을 맡아봄)에 넣어두라고 명하셨다. 우리나라가 조총을 가진 것은 이것이 처음이었다.

3. 통신사 황윤길 등이 일본에 다녀옴

선조 24년(1591) 신묘년 봄에 통신사 황윤길, 김성일 등이 일본에서 돌아왔는데, 왜인 평조신, 현소도 함께 따라왔다.

이들은 지난해(1590) 4월 29일에 부산포에서 배를 타고 대마도에 도착하여 한 달을 머물렀다. 또 대마도에서 뱃길로 40여 리를 가서 일기도에 이르렀고, 박다주, 장문주, 낭고야를 거쳐 7월 22일에야 비로소 일본의 수도에 도착하였다. 왜인들이 고의로 길을 멀리 돌고, 곳곳에 머물며 지체한 탓에 여러 달 만에 도착하게 된 것이다.

그들이 대마도에 머물 때, 평의지가 사신을 청하여 절간에서 잔치를 열었다. 사신들은 이미 다 자리에 앉았는데, 의지가 가마를 탄 채로 안으로 들어와 섬돌에 이르러서야 내렸다. 이를 본 김성일이 화를 내며 말했다.

"대마도는 우리나라의 번신(藩臣 번병의 신하라는 뜻. 대마도는 세종 때 삼포를 개항한 뒤부터 조선에 세공을 바쳤으므로 이렇게 말함)이다. 사신이 왕명을 받들고 왔는데, 어찌 감히 이처럼 업신여기고 오만하게 구느냐? 나는 이런 잔치는 받을 수 없다."

그리곤 즉시 일어나서 나오니 허성 등도 잇따라 나와 버

렸다. 그러자 의지는 가마를 메고 온 사람에게 허물을
씌워 죽인 다음 머리를 받들고 와 사과하였다.

 이런 일이 있은 후부터 왜인들은 김성일을 공경하고 두
려워하여 그를 더 극진히 대접하고, 멀리서 보기만 해도
말에서 내리는 등 예를 다했다.

 수도에 도착하니 우리 사신들을 큰 절에 묵게 했다.

 마침 평수길이 동산도를 정벌하러가서 수도에 없었다.
수길이 돌아오기를 두어 달이나 기다렸다. 수길이 돌아
와서도 궁을 수리한다는 핑계로 즉시 국서(國書)를 받지
않았다. 차일피일 미루다 다섯 달이나 지나서야 비로소
왕명을 전달하였다.

 그 나라에서는 천황을 매우 높여서, 수길부터 그 아래
의 모든 관리가 신하의 예로 대했다. 수길은 나라 안에
있을 땐 '왕'이라 칭하지 않고 그냥 '관백(關白 일본 막부시
대의 벼슬이름, 태정대신太政大臣의 윗자리로 실질적인 집권자. 후지
와라 시대부터 시작되어 메이지유신 때 폐지됨. 어원은 한서漢書 〈곽
광전霍光傳〉의 '모든 일은 먼저 곽광에게 관백한 연후에 천자에게 아
뢴다.'하는 데서 따온 말)' 또는 '박육후(博陸侯)'라고 칭했다.
'관백'이라는 말은 곽광(霍光)이 '범사개선관백(凡事皆先關
白) 즉 모든 일은 먼저 자기에게 관백하라.'고 말한 데서
따온 말이다.

 풍신수길은 우리 사신을 접대할 때, 가마를 타고 궁으
로 들어가도록 하고 날라리를 불며 앞에서 인도하여 당

에 오르게 한 다음 예를 차리게 하였다. 풍신수길은 얼굴은 작고 누추하고 검었다. 여느 사람과 특별히 다른 점은 없었으나, 단 한 가지 눈빛이 번쩍거려 사람을 쏘아보는 것 같았다고 한다. 그는 사모를 쓰고 검은 도포를 입고 삼중석(三重席)을 깔고 남쪽을 보고 마루에 앉았다. 신하 몇이 옆에 벌여 앉았다가 우리 사신을 인도하여 자리에 앉혔다. 자리에는 연회에 필요한 집기도 마련되어 있지 않았다. 다만 가운데 떡 한 그릇이 놓인 탁자 하나뿐이었다. 술은 질그릇에 따르고, 술 역시 탁주였다. 그리고 예라는 것이 아주 간단하여 술잔을 두어 번 돌리고는 끝이었다. 절하고 읍하고 술잔을 주고받고 하는 따위의 절차도 없었다. 잠시 후에 수길은 갑자기 일어나서 집안으로 들어가 버렸다. 자리에 있던 사람은 아무도 움직이지 않았다. 조금 뒤에 한 사람이 평상복을 입고 어린애를 안고 나와 집안에서 배회하는 것이 보였다. 자세히 보니 수길이었다. 이때 자리에 앉아 있던 사람들은 모두 고개를 숙이고 그저 엎드려 있을 뿐이었다. 이윽고 수길은 난간 밖에 나와 우리나라 악공들을 불러 여러 가지 풍악을 성대히 연주하게 했다. 연주를 듣고 있는데, 마침 안고 있던 아기가 수길의 옷에 오줌을 쌌다. 수길이 웃으면서 시중드는 사람을 부르니 한 여자 왜인이 즉시 달려 나왔다. 여자는 아이를 받아 다른 옷으로 갈아입혔다. 수길의 행동은 마치 곁에 아무도 없는

듯 제멋대로였다.

우리 사신들이 그 자리를 하직하고 나온 뒤로 다시는 수길을 볼 수 없었다. 상사와 부사에게는 선물로 각각 은 4백 냥씩 주고, 서장관과 통역관 이하의 수행원에게도 차등을 두어 선물을 주었다.

우리 사신이 돌아오기 직전까지도 답서를 마련해주지 않고 사람부터 먼저 떠나라고 했다. 이 일에 대하여 김성일은 이렇게 항의했다.

"우리는 사신으로서 국서를 받들고 왔다. 만약 답서를 받지 못하고 돌아간다는 것은 왕명을 풀밭에 버리고 가는 것과 같은 격이다."

그러나 황윤길은 더 머무르라는 말이 나올까봐, 서둘러 떠나 배가 있는 바닷가로 먼저 나가서 기다렸다. 그제야 답서가 오긴 했으나, 내용이 거칠고 거만하여 우리가 바라던 것이 아니었다. 김성일은 이를 받지 않고 몇 차례 고쳐 써오게 한 후에야 가지고 떠났다. 사신이 지나는 곳마다 왜인들이 선물을 했으나 김성일은 모두 물리쳤다.

황윤길은 부산에 도착하자 바로 장계를 올려 왜국의 정세를 보고했는데, '반드시 전쟁이 있을 것'이라고 했다. 사신이 돌아와서 보고할 때 임금께서는 그들에게 일본의 사정을 물으셨다. 황윤길은 먼저 장계로 보고한 그대로 대답했는데, 김성일은 반대로 대답했다.

"신은 그곳에서 그러한 징조가 있는 것을 보지 못했습니다."

그리고 이어서 이렇게 말했다.

"황윤길이 사람들의 마음을 동요시키는 행동은 옳지 않습니다."

이리하여 신료들 중 일부는 황윤길의 의견을 지지하고, 일부는 김성일의 의견을 지지하였다.

나는 김성일에게 물었다.

"그대의 말은 황윤길 상사의 말과 다른데, 만일 전쟁이 일어나면 어떻게 하려는가?"

김성일은 이렇게 대답했다.

"왜가 끝내 움직이지 않으리라고 나라고 어찌 장담하겠습니까? 다만 황윤길 상사의 말이 너무 지나쳐 온 나라가 놀라고 당혹할 것 같아 이를 막으려 한 것뿐입니다."

4. 명을 치겠다는 일본국서가 말썽

그때 통신사가 가져온 왜의 국서에 '군사를 거느리고 명나라에 뛰어 들어가겠다'는 말이 있었다. 나는 '즉시 자세한 내용을 명나라에 알려야한다.'고 주장했다. 그러나 영의정 이산해(李山海)는 나와 반대의견을 내놓았다.

"명나라 조정에서 우리가 왜국과 몰래 통신사를 주고받은 일을 추궁할까 염려되니, 알리지 말고 숨기는 것이 좋을 것 같습니다."

나는 이렇게 말했다.

"한 나라가 일 때문에 이웃나라를 왕래하는 것은 어쩔 수 없습니다. 일찍이 성화(成化 명나라 헌종 때의 연호) 무렵, 일본 역시 우리나라를 통해 중국에 조공하게 해달라고 요청했습니다. 그래서 즉시 명나라에 사실대로 알렸더니, 명에서는 칙서를 내려 회답해 주었습니다. 이런 전례가 있었으니 오늘 처음 있는 일도 아닙니다. 지금 우리가 이것을 숨기고 알리지 않는 것은 대의에 비춰 봐도 옳지 않습니다. 더구나 왜적이 실제로 명나라를 침범할 계획이 있고, 이 사실이 다른 경로를 통해 명나라에 알려지게 된다면, 명나라에서는 도리어 우리나라가 왜국과 공모하여 숨겼다고 의심할 것입니다. 그렇게 되면 단지 왜국에 명나라 몰래 통신사를 보낸 일만 책망하고 끝내지는 않을 것입니다."

조정에서는 내 의견이 옳다는 사람들이 많았다. 그래서 김응남(金應南) 등을 명에 파견하여 빨리 알리게 하였다.

그때 마침 왜국에 사로잡혀간 중국 복건성(福建省) 사람 허의후(許儀侯), 진신(陳申) 등이 왜국 내의 이런 정세를 이미 본국에다 비밀리에 알렸다. 또 유구국(琉球國 일본 큐슈 남쪽지방에 있는 작은 섬으로 이루어진 나라로 지금의 오키나와 열도)의 세자 상녕(尚寧)도 잇달아 사신을 파견하여 이 소식을 알렸다. 명에서는 우리나라에서만 사신이 오지 않자 우리가 왜국과 어울린 것이 아닌지 의심하여 이에 대한 논의가 분분하였다. 이때 명나라 각로(閣老) 허국(許國 명나라 신종 때의 재상)은 일찍이 우리나라에 사신으로 다녀간 적이 있던 터라, 혼자 '조선은 정성을 다하여 명나라를 섬겨왔으니 왜국과 한 패가 되어 배반하지는 않을 것이니 좀 더 기다려 보자.'하였다.

그런데 오래지 않아 김응남 등이 보고서를 가지고 당도하니, 허공은 크게 기뻐하고, 명나라 조정도 비로소 의심을 풀었다고 한다.

5. 다급한 전쟁준비

우리 조정에서는 왜가 어떻게 움직일지 걱정하지 않을 수 없었다. 변방수비에 대해 잘 아는 재신들을 가려 하삼도(下三道 아랫녘의 충청 경상 전라 3도)를 순찰하며 이에 대비하게 하였다. 김수(金睟)를 경상감사(慶尙監司), 이광(李洸)을 전라감사(全羅監司), 윤선각(尹先覺)을 충청감사(忠淸監司)로 각각 삼아, 무기를 갖추고, 성을 수축하게 하였다. 그 중에서도 특히 경상도에서 많은 성을 쌓았다. 영천, 청도, 삼가, 대구, 성주, 부산, 동래, 진주, 안동, 상주 등지의 좌우병영 같은 것은 새로 쌓기도 하고 증축하기도 하였다.

이 당시는 세상이 오랫동안 태평스러웠으므로, 온 나라가 다 편안하게 살아왔던 터라, 백성들은 성 쌓는 일 같은 힘든 노역을 꺼렸고, 그들의 원망소리가 길에 가득 찼다. 나와 같은 연배인 전 전적(典籍) 이노(李魯)는 합천 사람인데, 나에게 이런 서신을 보냈다.

"성을 쌓는 것은 좋은 계교가 아닙니다. 삼가는 앞에 정진(鼎津)이 가로막혀 있는데, 왜적들이 날아서 건너오겠습니까? 왜 쓸데없이 성을 쌓느라고 백성들을 괴롭힙니까?"

만 리 큰 바다조차 왜적을 막을 수 없는데, 기껏 좁은
강물 한 줄기가 가로놓였다고 왜적이 건너올 수 없을 것
이라 단정하니, 참 어리석은 사람이다. 당시 사람들의
생각은 거의 다 이런 식이었다.

홍문관에서도 차자(箚子 상소문의 간략한 형식으로 신하가 임금
에게 올리는 문서의 한 體體를 말함)를 올려 그런 논란을 벌였
다.

그런데 경상도와 전라도에 쌓은 성들은 다 지형과 형세
를 잘 살펴서 쌓지 않고, 많은 사람을 수용할 수 있게
넓고 크게 만들기에만 힘썼다. 진주성은 본래 험한 지형
을 이용하여 만들었기 때문에 수비하기 쉬웠으나, 이때
에 성이 작다고 동쪽면의 평지로 내려서 쌓았다. 그래서
성곽이 낮아졌기 때문에, 뒤에 왜적들이 여기를 통해서
성안으로 들어왔고, 결국 성을 지키지 못했다.

자고로 성이란 견고하고 작은 것을 좋은 것이라 여기는
데, 오히려 넓지 않다고 걱정을 했으니 참 어리석은 생
각이다. 그런데 당시 사람들의 사고방식이 거의 그런 식
이었다. 더구나 군사행정은 근본적으로 여러 가지 문제
를 안고 있었다. 장수선발, 군대편성, 군사훈련 등은 어
느 한 가지도 제대로 된 것이 없었다. 그래서 결국 전쟁
에 패하고 말았다.

6. 이순신의 발탁

 정읍현감 이순신(李舜臣)을 발탁하여 전라좌도수군절도
사로 삼았다. 이순신은 담력과 지략이 있고 말을 잘 타
고 활을 잘 쏘았다. 그는 일찍이 조산만호(造山萬戶 만호는
고려 때부터 마련된 무관의 하나. 만호, 천호, 백호 등은 맡아 다스리
는 민호民戶의 수)로 있었는데, 당시 북쪽 변방에는 분쟁이
잦았다. 이순신은 좋은 계교를 써서, 배반한 오랑캐 우
을기내(于乙其乃)를 유인해 체포해서 병영으로 보내 베어
죽이고 나니, 그제야 오랑캐에 대한 걱정이 없어졌다.
 순찰사 정언신(鄭彦信)은 이순신에게 두만강 하류에 있
는 녹둔도의 둔전(屯田 전제田制의 하나로 지방관청의 경비에 쓰
는 관둔전과 주둔군의 군량과 경비에 쓰는 군둔전을 이름)을 지키게
했다. 하루는 안개가 짙게 끼었는데, 군인들은 다 벼를
거두러 나가고 목책(木柵 나무로 울타리를 만들어 적을 방어하는
작은 성책) 안에는 군인 10명뿐이었다. 그런데 갑자기 오
랑캐의 기병들이 사방에서 모여들었다. 이순신은 목책을
닫고 목책 안에서 직접 유엽전(柳葉箭 화살의 한 종류로 살촉
이 버들잎 모양으로 되어 이렇게 이름 함)을 연달아 쏘아 적 수
십 명을 말에서 떨어뜨려 죽였다. 오랑캐들은 크게 놀라
서 도망갔다. 이순신은 문을 열고 혼자 말을 타고 고함

을 지르며 좇아가자 오랑캐들은 서둘러 달아났다. 이에 이순신은 오랑캐들이 약탈한 재물을 다 빼앗아 가지고 돌아왔다.

그런데 조정에서 그를 추천해 주는 사람이 없어, 무과에 급제한지 10년이 넘도록 승진하지 못하고 있다가, 이 때 비로소 정읍현감이 되었다.

이 무렵 왜적이 쳐들어온다는 소리가 나날이 늘어 자꾸 전해지자, 임금께서는 비변사(備邊司 조선 때 도제조, 제조 등의 관원을 두고 군국기무軍國機務를 통틀어 거느리는 관청. 삼포왜란 때 창설, 을유왜란 때 상설군사기구로, 임진왜란 때는 전시의 군사, 정치의 통할기구가 됨) 신료들에게 명하여 각자 장수감을 추천하라고 하시기에, 내가 이순신을 추천했다. 드디어 정읍현감에서 몇 계단을 건너뛰어 수군절도사로 임명되니, 그의 갑작스런 승진을 의아하게 여기는 사람도 있었다.

당시 조정에 있던 무장 중에서는 신립(申砬)과 이일(李鎰)이 가장 유명했다. 경상우도병사(慶尙右道兵使 병사는 병마절도사兵馬節度使로 무관직. 지방의 군대를 통솔하는 책임자로 종2품. 정원은 경기1, 충청2, 경상3, 전라2, 황해2, 강원1, 함경3, 평안2명으로 15명이고, 그 중 1명은 관찰사를 겸임함) 조대곤(曺大坤)은 늙고 용맹도 없으므로 군사전권을 제대로 해내지 못할 것이라고 걱정하는 사람이 많았다. 나(유성룡)는 경연(經筵 임금 앞에서 경전을 강론하는 자리)에서 임금께 아뢰어 조대곤 대신 이일을 병사로 삼자고 청했다. 그랬더니 병조판서 홍여순(洪汝諄)은 반대의견을 내놓았다.

"뛰어한 장수는 마땅히 도성에 남아 있어야 합니다. 이 일을 파견해서는 안 됩니다."

"모든 일은 미리 준비해야합니다. 더구나 군사를 다스려 적을 막는 일은 갑작스럽게 하루아침에 준비해서는 더더욱 안 됩니다. 사변이 생기면 결국 이일을 파견하지 않을 수 없을 터인데, 이왕 보낼 바에는 하루라도 일찍 보내, 미리 군사를 정비하고 적의 침략에 대비하게 하는 것이 이로울 것입니다. 그렇지 않고 사변이 생긴 다음에 갑작스럽게 다른 고을에 있던 장수를 급히 내려 보내봐야, 그 지방의 사정도 잘 모르고, 군사들 각각의 기량도 모를 것입니다. 이는 병가(兵家)에서 꺼리는 일입니다. 그러니 이러다가는 반드시 후회할 것입니다."

나는 다시 아뢰었으나 임금께서는 아무런 대답도 하지 않으셨다.

나는 또 비변사에 나와서 여러 사람들과 의논하여 예전에 시행했던 진관법(鎭管法 조선의 지방 군사조직으로 각 도의 군사를 진관에 나누어 배속하고, 유사시에는 진관의 으뜸장수가 이를 지휘하게 하여 방위에 임하는 제도)을 되살려 다시 시행하자고 제청하였다. 그 내용은 대략 이랬다.

"건국 초기에는 각 도의 군사들을 모두 진관에 나누어 배치하여 난리가 나면, 진관에서는 각기 소속된 고을의 군사들을 통솔하여 고기의 비늘처럼 차례차례로 정돈하고 으뜸장수의 호령을 기다렸습니다. 경상도를 예로 들면 김해, 대구, 상주, 경주, 안동, 진주가 여섯 진관이 됩니다. 설사 적이 쳐들어와 한 진(鎭)이 무너지더라도 다른 진이 차례로 군사를 엄중히 다잡아 굳건히 지켰기 때문에 한꺼번에 다 허물어지지는 않았습니다.

지난 을묘년(1555) 왜변이 있은 뒤에 김수문(金守文)이 전라도에 있으면서 처음으로 군사편제를 고쳐 다시 만들었습니다. 도내 여러 고을의 군대를 순변사(巡邊使 왕명으로 군무의 책임을 띠고 변방을 순찰하며 살피는 목사牧使로 유사시에 임명하는 임시겸직), 방어사(防禦使 각 도에 배속되어 요지를 방어하는 병권을 가진 종2품 병마절도사의 다음 직위), 조방장(助防將), 도원수(都元帥) 및 본도의 병마절도사, 수군절도사에게 나누어 배속시키고, '제승방략(制勝方略 책 이름. 조선 문종 때 김종서가 함경도 8진의 방수防戍를 논한 병서)'이라고 했는데, 다른 도에서도 다 이를 본받아 군사를 정비했습니다.

이래서 '진관'이라는 명칭만 남아 있었으나, 실상은 서로 유기적으로 연결되지 않아, 일단 위급상황이 벌어지면 주변지역의 군대가 한꺼번에 움직여, 으뜸장수가 없는 군사들은 들판 가운데 먼저 모여 천리 밖에 있는 장수가 오기를 기다리게 됩니다. 그러다가 장수가 제때에 도착하지 않았는데 적의 선봉이 가까이 다가오면, 군사들은 놀라고 겁에 질리게 되니 무너질 수밖에 없습니다. 군대가 한 번 무너지면 다시 수습하기 어려운 법입니다. 이렇게 무너진 뒤에 장수가 온들 누구를 데리고 싸우겠습니까?

그러니 다시 예전에 썼던 진관제도를 재정비하는 것이 좋을 것 같습니다. 이렇게 하면 평상시엔 훈련하기 쉽고, 사변이 생겼을 땐 군사를 즉각 불러 모을 수 있을 것이고, 또 이웃한 진관끼리 서로 호응하게 만들어 안팎으로 서로 의지하게 되니, 한꺼번에 무너지지 않게 될 것이니, 이변에 대처하기에 좋을 것 같습니다."

이 사안을 각도에 하달했더니, 경상감사 김수(金睟)는 '제승방략'을 써온 지가 이미 오래 되었으니 갑자기 변경할 수 없다고 했다. 그래서 그 일에 관한 논의는 결국 중단되고 말았다.

7. 신립장군의 됨됨이

임진년(1592) 봄에 왕은 신립과 이일을 변방으로 나누어 보내 군비 상태를 순시하게 하였다. 이일은 충청, 전라도로 가고, 신립은 경기, 황해도로 갔다가 한 달 뒤에 돌아왔다. 점검한 것들이란 활, 화살, 창, 칼 따위뿐이었다. 군읍에서는 모두 문서의 형식만 갖추어 법망을 피하며, 방어를 위한 계책은 따로 마련한 것이 없었다.

신립은 평소에 잔인하고 포악하다는 평판이 있는 사람인데, 가는 곳마다 사람을 죽여 자신의 위엄을 세웠다. 수령들은 그가 무서워 백성을 동원하여 길을 닦았다. 가장 좋은 음식을 대접하고 아주 호화로운 숙소를 제공했다. 대신의 행차라도 이렇게 호화스럽게는 대접하지 못할 것 같다는 생각이 들 정도였다.

그들이 돌아와 임금에게 결과를 보고한 뒤, 4월 1일에 신립이 우리 집으로 찾아왔기에 나는 물었다.

"머지않아서 변란이 있을 것 같소. 그러면 공이 마땅히 이 일을 맡아야 할 것이오. 공이 생각하기에 오늘날 적의 형세가 어떤 것 같소? 방어하기 어렵겠소, 쉽겠소?"

신립은 적을 아주 가볍게 여기고 '걱정할 것 없을 것'이라고 말했다.

"그렇지 않소. 이전에는 왜인들에게 무기래야 짧은 창 칼이 고작이었지만, 지금은 조총 같은 좋은 신무기까지 가지고 있고, 또 조총을 다루는 특기까지 가지고 있으니 가볍게 보아서는 안 되오."

내가 이렇게 말하니 신립은 급히 대꾸했다.

"비록 조총을 가졌다지만 쏘는 대로 다 맞출 수야 있겠 습니까?"

"우리나라는 태평세월을 누린 지 오래 되었으므로 군사 들이 겁쟁이고 나약하오. 그러니 실제로 위급한 일이 닥 치면 적에게 항거하기가 아주 어려울 것 같소. 내 생각 엔 몇 년이 지나 사람들이 군사 일에 익숙해지면, 그땐 그럭저럭 난리를 수습할 수 있을지 모르나, 지금 같아선 매우 근심스럽소."

내가 이렇게 경각심을 일깨워 줬으나, 신립은 내 말뜻 을 전혀 깨닫지 못하고 가버렸다.

신립은 계미년(1583)에 온성부사가 되었다. 오랑캐들이 종성을 포위했는데 신립이 달려가 구원하였다. 그때 그 가 10여 명의 기병을 거느리고 돌격하니 오랑캐들이 포 위를 풀고 물러가 버렸다. 조정에서는 신립이 대장의 소 임을 감당할만한 재능이 있다하여 북병사(北兵使), 평안병 사로 승진시키고, 얼마 지나지 않아 정2품인 자헌대부(資 憲大夫)에 올려 병조판서로 삼으려 했다. 형편이 여기까 지 이르자 그는 자만심이 하늘을 찔러, 바로 조괄(趙括

36

7. 신립장군의 됨됨이

중국 전국시대 조趙나라의 장수로 병법을 좀 안다고 진秦나라를 업신
여기다가 결국 크게 패하여 남의 지탄을 받은 사람)이 진(秦)나라
를 얕보던 것처럼, 일에 임하여 조금도 두려워하는 기색
이 없었다. 그래서 사리를 아는 사람들은 그의 행동을
매우 걱정스러워했다.

8. 임진왜란 발발

경상우도병사 조대곤을 해임시키고, 임금의 특별 지시로 승지(承旨 승정원에 소속되어 왕명의 출납을 맡아봄. 정3품 당상관으로 정원은 6명) 김성일을 그 자리에 임명했다. 그런데 비변사에서는 '성일은 유신이라서 이런 시기에 변방장수의 소임을 맡기기에는 적합하지 않다.'고 여쭈었으나 임금께서는 윤허하지 않으셨다. 김성일은 임금께 하직하고 임지로 떠났다.

4월 3일에 왜군들이 국경을 침입하여 부산포를 함락시켰다. 이때 첨사 정발(鄭撥)이 전사했다.

이보다 먼저 왜국의 평조신, 현소 등이 통신사와 함께 와서 동평관에 묵고 있을 때였다. 비변사에서는 임금께 '황윤길, 김성일 등으로 하여금 개인자격으로 술과 음식을 준비하여 가지고 가서, 그들을 위로하는 체하면서, 조용히 그 나라 형편을 물어보아 정세를 살핀 다음에 방비할 대책을 마련하자.'고 청하니 이를 허락하셨다.

김성일 등이 동평관에 가니, 현소는 은밀히 이렇게 말해주었다.

"중국이 오랫동안 일본과의 국교를 끊고 조공을 바치지 못했으므로, 평수길은 이 일을 속으로 분하고 수치스럽게 여겨 전쟁을 일으키려고 합니다. 조선이 먼저 이런 사정을 중국에 알려서 조공하는 길이 트이게끔 주선한다 면 아무 일 없이 넘어갈 것이고, 왜국 66주의 백성들 역 시 전쟁하는 수고를 하지 않아도 될 것입니다."

김성일 등은 대의명분을 들어 이를 책망하고 타일렀으 나, 현소는 점점 더 거칠게 말했다.

"옛날에 고려는 원(元)나라 군대를 인도하여 일본을 쳤 습니다. 일본이 이 일에 대한 원한을 조선에 갚으려 하 는 것은 당연한 일입니다."

이런 일이 있은 후 두 번 다시 찾아가지 않았다. 그리 고 조신과 현소도 자진하여 돌아가 버렸다.

신묘년(1591) 여름에 평의지가 또 부산포에 와서 변방 장수에게 이렇게 통보했다.

"일본은 명나라와 국교를 맺고자 합니다. 만약 조선이 명나라에 우리의 뜻을 알려주면 아주 다행이겠으나, 그 렇지 않으면 장차 두 나라의 우호관계는 깨지게 될 것입 니다. 이는 중대한 일이기 때문에 미리 와서 알려드립니 다."

변방장수가 이 사실을 조정에 알렸으나, 당시 조정에서 는 일본에 통신사를 보낸 것이 잘못이라고 서로 탓하며 의론이 한창 분분하였다. 또 그들의 행동이 거칠고 무례 함에 화가 나 아무런 회답을 주지 않았다. 의지는 열흘 넘게 배를 대놓고 기다리다 앙심을 품고 그대로 돌아가

버렸다.

이런 일이 있은 뒤로 왜인들은 다시 오지 않았다. 그리고 부산포의 왜관에 항상 머물러 있던 왜인 수십 명도 차츰차츰 돌아가 버려 왜관 전부가 거의 비다시피 하니, 사람들은 이를 이상하게 여겼다.

4월 13일 왜적의 배가 대마도에서부터 온 바다를 덮으며 건너오는데, 아무리 바라보아도 그 끝이 보이지 않았다.

부산포 첨사 정발은 절영도(부산 영도)로 나가 사냥을 하다가 왜적이 쳐들어오는 것을 보고 허둥지둥 성안으로 달려 들어왔다. 왜병이 뒤따라 상륙하여 사방에서 구름같이 모여들었다. 삽시간에 부산성이 함락되고 말았다.

9. 영남 여러 성의 함락

경상좌도수사 박홍(朴泓)은 왜적의 기세가 대단한 걸 보고는, 감히 군사를 내어 싸워볼 엄두도 내지 못하고 성을 버리고 도망쳐 버렸다.

왜적은 군사를 나누어 각각 서평포와 다대포를 함락시켰다. 이때 다대포 첨사 윤흥신(尹興信)은 적을 막아 싸우다 죽었다.

병영에 있던 경상좌도병사 이각(李珏)은 이 소식을 듣고 동래성으로 들어왔다. 부산성이 함락되자 이각은 겁을 내며 어찌할 줄 몰라 했다. 말로는 성 밖에 나가서 적을 견제하겠다고 핑계대고 나와서는 소산역으로 물러나 진을 치려고 했다. 이때 동래부사 송상현(宋象賢)이 여기서 함께 성을 지키자고 했으나 이각은 듣지 않고 나가버렸다.

4월 15일에 왜적이 동래로 쳐들어와서 성에 육박하였다. 부사 송상현은 남문으로 올라가서 군사들의 싸움을 독려했으나 반나절 만에 성이 함락되고 말았다. 이때 송상현은 그 자리에 버티고 앉은 채 적의 칼날에 맞아죽었다. 왜적들은 그가 죽음으로 성을 지키려 한 점을 가상하게 여겨, 그의 시체를 관에 넣어 성 밖에 묻고 말뚝을

41

세우고 그 뜻을 표지하였다.

이렇게 되자 여러 군현에서는 풍문만 듣고 지레 도망가
버려 순식간에 무너져 버렸다.

밀양부사 박진(朴晉)은 동래성에서 급히 달려 들어오다
가 작원의 좁은 길목을 가로막고 적을 막으려했다. 이때
적은 양산을 함락시키고 작원에 이르러, 길목을 지키는
우리 군사를 보고, 산 뒤로 올라가 높은 봉우리를 타고
넘어서 개미떼처럼 산자락에 붙어 마구 흩어져 내려왔
다. 좁은 길목을 지키던 우리군사들은 이 광경을 보고
다 흩어져 버렸다. 박진은 말을 달려 밀양으로 돌아와
성안에 불을 질러 군기 창고를 불태우고 성을 버리고 산
으로 들어갔다.

이각은 적진에서 황급히 달아나 병영으로 되돌아와서,
먼저 그의 첩을 피난 보냈다. 그러자 성안의 민심은 흉
흉해지고 군사들도 하룻밤 사이에 네댓 번이나 놀라 술
렁거렸다. 이각은 새벽을 틈타 몸을 빼 도망가 버렸고,
따라서 군사는 무너져 뿔뿔이 흩어져버렸다.

이때 적은 진로를 나누어 휘몰아쳐 잇달아 여러 고을을
함락시켰으나, 우리 측에서 막아서는 군사는 단 한 사람
도 없었다.

김해부사 서예원(徐禮元)은 성문을 굳게 닫고 지키고 있
었는데, 적들은 성 밖의 보리를 베어 해자를 메웠다. 잠
깐 사이에 그 높이가 성과 같아졌고, 왜적들은 이것을

듣고 성벽을 타넘어 달려 들어왔다. 그러자 초계군수 이
(李) 아무개가 먼저 달아나고, 서예원이 뒤따라 성을 나
가 도망치니, 결국 성은 함락되고 말았다.

순찰사 김수는 진주성에 있다가 왜적이 침범했다는 소
식을 듣고 말을 달려 동래성으로 향했다. 그러나 중도에
이미 적병이 가까이 왔다는 말을 듣고, 앞으로 더 나아
가지 못하고 말머리를 돌려 경상우도로 달려갔으나 어찌
할 바를 몰랐다. 그는 다만 여러 고을에 격문을 보내 적
을 피하라고만 백성들에게 권할 뿐이었다. 이로 말미암
아 온 경상도가 텅 비어서 더욱 어찌할 방도가 없었다.

용궁현감 우복룡(禹伏龍)은 그 고을 군사를 거느리고 병
영으로 달려가다가 영천의 길가에 앉아서 밥을 먹고 있
었다. 이때 하양군사 수백 명이 방어사에 배속되어 상도
로 향하느라고 그 앞을 지나갔다. 우복룡은 하양군사들
이 말에서 내리지 않고 그냥 지나가는 것을 괘씸하게 생
각하여, 붙잡아서 반란을 하려 한다며 트집을 잡았다.
하양군사들이 병마절도사의 공문을 꺼내 그에게 보이며
당장 확인시키려 했으나, 우복룡은 자기 군사들에게 눈
짓하여 그들을 에워싸고 마구 쳐 죽여 전멸시키니, 그
시체가 들판에 가득히 쌓였다.

그런데 순찰사 김수는 이런 우복룡이 도리어 큰 공을
세웠다고 임금께 보고했다. 그래서 우복룡은 정3품 당상
관 통정대부로 벼슬이 오르고, 정희적(鄭熙績)을 대신하여

안동부사까지 되었다.

훗날 하양군사들의 유족인 고아와 과부들이 높은 사람이 올 때마다, 말머리를 가로막고 원통함을 호소했다. 그러나 우복룡이 이 당시 명성이 있었으므로, 그들의 억울한 사정을 조정에 알려 풀어주는 사람이 아무도 없었다고 한다.

10. 급보가 연잇고, 신립 등이 달려감

4월 17일 이른 아침에 변방의 급보가 처음으로 조정에
이르렀다. 이것은 경상좌도수사 박홍의 장계였다. 대신들
과 비변사가 빈청에 모여 임금 뵙기를 청했으나 허락지
않아 즉시 이렇게 글을 올렸다.

이일을 순변사로 삼아 가운데 길로, 성응길(成應吉)을 방
어사로 삼아 왼쪽 길로, 조경(趙儆)을 우방어사로 삼아 서
쪽 길로 내려 보내고, 유극량(劉克良)을 조방장으로 삼아
죽령을, 변기(邊璣)를 조방장으로 삼아 조령을 지키게 하
고, 경주부윤 윤인함(尹仁涵)이 유신이라 나약하고 겁이
많으니 해임하고, 전 강계부사 변응성(邊應星)을 기복(起復
복상 중에 있는 관리에게 상복을 벗고 나와서 벼슬을 하게 하는 것)
시켜 경주부윤으로 임명하고, 각자 군관을 가려 뽑아서
데리고 가게 하십시오.

그런데 잠시 후에 부산이 함락되었다는 보고가 또 들어
왔다. 당시 부산은 적에게 포위되어 있었으므로 사람들
이 오갈 수가 없었다. 박홍의 장계에는 다만 이렇게 쓰
여 있었다.

높은 곳으로 올라가서 바라보니 붉은 깃발이 성안에 가
득합니다.

이 글로 미루어봐서 부산성이 함락된 것을 짐작할 수 있었다.

이일이 장안의 날랜 군사 3백 명을 거느리고 가겠다고 하기에, 병조에서 군사를 뽑은 문서를 가져다 보았다. 이들은 다 여염집이나 군사 경험이 없는 시정의 무리들이었다. 이 중에는 아전과 유생들이 반이나 되었다. 임시로 검열을 해 보았더니 유생들은 관복을 갖춰 입고 과거시험 볼 때 쓰는 종이를 들고 있었고, 아전들은 평정건(平頂巾 각 관사의 아전들이 머리에 쓰던 건)을 쓰고 나와 저마다 뽑히지 않으려고 애쓰는 사람들만 뜰 안에 가득했다. 그러니 마땅히 보낼만한 사람이 없었다. 그래서 이일은 명령을 받은 지 사흘이 지나도록 출발하지 못했다. 그래서 할 수 없이 이일 혼자 먼저 떠나게 하고, 별장 유옥(兪沃)이 군사를 거느리고 뒤따라가게 하였다.

나는 장계를 올려 '병조판서 홍여순은 맡은 일을 잘 해내지 못하고, 또 군사들의 원망을 많이 받으니 바꾸어야겠습니다.'했다. 그래서 김응남을 홍여순 대신 병조판서로 삼고, 심충겸(沈忠謙)을 병조참판으로 삼았다.

대간(臺諫 간언諫言을 관장하는 관직으로 사간원과 사헌부)은 이렇게 계청했다.

"마땅히 대신들을 체찰사(나라에 전란이 있을 때 임금을 대신하여 지방으로 나가 군무를 총괄하여 다스리는 벼슬)로 삼아 모든 장수들을 검열하고 감독하게 하소서."

수상(이산해)이 나를 추천하여 내가 체찰사의 명을 받았다. 나는 김응남을 부사로 삼게 해달라고 청원했다. 전 의주목사 김여물(金汝岉)은 지략이 있는 무인인데, 당시 어떤 사건에 연루되어 감옥에 갇혀있었다. 나는 임금께 계청하여 그의 죄를 면해 주어 자유로운 몸으로 군사를 따르게 하였다. 그리고 무사들 중에서 비장(神將 감사, 유수, 병사, 수사, 견외 사신을 따라다니던 무관)의 소임을 감당할만한 사람 80여 명을 모았다.

조금 뒤에 급보가 연달아 들어왔다. 적의 선봉이 벌써 밀양, 대구를 지나 곧 조령 아래까지 근접할 것이라고 알려왔다. 나는 김응남과 신립에게 물었다.

"왜적들이 이미 깊이 들어왔으니 일은 급하게 되었소. 장차 어떻게 하면 좋겠소?"

신립이 은근히 자기를 내려 보내라는 뜻을 내비쳤다.

"이일이 의로운 군사를 거느리고 전방에 나가 있는데, 그를 지원할 후속부대가 없습니다. 비록 체찰사(유성룡)께서 달려 내려가시더라도 직접 전투를 하는 장수는 아닙니다. 어째서 용맹스러운 장수를 급히 먼저 내려 보내 이일을 응원하게 하지 않으십니까?"

신립의 말을 곰곰이 생각해보니, 자신이 가서 이일을 구원하겠다는 뜻이었다. 그래서 나는 김응남과 함께 임금께 신립의 말을 그대로 아뢰었다. 임금께서는 즉시 신립을 불러 그의 의견을 물어보시고, 신립을 도순변사로 삼으셨다.

신립은 대궐문 밖으로 나가 직접 군사를 불러 모았으나 군사로 따라가려는 자가 없었다.

이때 나는 중추부(中樞府 출납, 병기, 군정, 숙위, 경비, 차섭 등의 일을 관장하는 중앙관청)에서 떠날 준비를 하고 있었는데, 신립이 나한테로 왔다. 신립은 뜰 안에 군관응모자들이 많이 늘어서 있는 것을 보고, 얼굴에 노기를 띠고 판서 김응남을 가리키며, 나에게 이렇게 말했다.

"대감께서는 이런 분(김응남)을 데리고 가서 무슨 일에 쓰시겠습니까? 소인이 부사가 되어 모시고 가고 싶습니다."

나는 신립이 무사들이 자기를 따르지 않는 것이 노여워 한 말임을 알고 있었다. 그래서 웃으면서 말했다.

"다 같은 나라 일인데 어찌 이것저것을 따지겠는가? 영공(상대방을 높여서 부르는 말)은 떠날 길이 급하니 내가 모집한 군관들을 데리고 먼저 떠나는 것이 좋겠소. 나는 따로 모아가지고 곧 따라가리다."

그러면서 군관 명단을 주니, 신립은 그제야 뜰 안에 있는 무사들을 돌아보며 '따라오너라!'고 말한 다음 당장 이끌고 나갔다. 여러 사람들은 다 실망한 모습으로 따라 갔다. 김여물도 함께 떠났으나 그 역시 그다지 좋아하지는 않는 표정이었다.

신립이 떠날 때 임금께서는 그를 불러 보검을 주시면서

말씀하셨다.

"이일 이하 명령을 듣지 않는 자가 있거든 이 칼을 쓰시오."

신립은 임금께 하직인사를 드리고 나와서 또 빈청으로 찾아왔다. 대신들을 뵌 다음 ·막 계단을 내려설 때 신립의 머리에 썼던 사모가 갑자기 땅에 떨어졌다. 이것을 본 사람들은 얼굴빛이 변했다.

신립은 용인에 이르러 임금께 장계를 올렸다. 그런데 거기에 자기의 이름을 빠트리고 쓰지 않았다. 그래서 사람들은 혹시 그의 마음이 산란한 것이 아닌지 추측들을 해댔다.

11. 김성일의 논죄

경상우도병사 김성일을 체포하여 하옥시키려다가, 그가 한양에 도착하기도 전에 죄를 사면하고 도리어 초유사 (招諭使 난리가 났을 때 백성을 불러 모아 타일러 안정시키는 책임을 맡은 임시 벼슬)로 삼았다. 그리고 함안군수 유숭인(柳崇仁)을 경상우도병마사로 삼았다.

이보다 앞서 김성일이 상주에 이르러 왜적이 이미 국경을 침범했다는 말을 듣고 밤낮으로 말을 달려 본영으로 향했다. 도중에 조대곤을 만나 인절(印節 조정에서 지방관에게 주어 보내는 인장과 병부)을 교환하였다.

이 당시 왜적은 이미 김해를 함락시키고 경상우도의 여러 고을을 나누어 노략질하고 있었다. 김성일이 나아가다가 왜적과 만났는데, 부하 장병들은 달아나려 했다. 김성일은 말에서 내려 꼿꼿하게 걸상에 걸터앉아, 군관 이종인(李宗仁)을 불러 말했다.

"너는 용감한 군사이니 적을 보고 먼저 물러서서는 안 된다."

이때 적군 하나가 금가면(金假面 쇠로 만들어 쓰는 탈)을 쓰고 칼을 휘두르며 돌진해 왔다. 이를 본 이종인이 말을 달려 뛰쳐나가며 화살 한 대를 쏘아 그를 죽였다. 그러

50

자 적들은 뒤로 물러나며 도망쳤다. 그리고 감히 앞으로 더 나오지 못했다.

김성일은 흩어졌던 군사들을 불러 거두어들이고, 여러 군현에 격문을 보내 난리를 수습할 계교를 마련하는 중이었다.

그런데 임금께서는 김성일이 전에 일본에 사신으로 다녀와서 '왜적이 쉽사리 오지 않을 것이라'고 말하여, 백성들의 마음이 해이해져 나랏일을 그르쳤다는 이유로, 의금부도사(義禁府都事 의금부는 왕명을 받들어 죄인을 추국하는 일을 관장함. 관원은 종1품 판서1명과 정2품 지사知事, 종2품 동지사同知事의 당상관을 합하여 4명을 두어 다른 관원이 겸임하게 하고, 종4품 경력經歷, 종5품 도사都事를 합하여 10명, 나장羅將 232명을 둠)에게 명하여 잡아오게 했다. 일이 장차 어떻게 될지 종잡을 수 없었다.

경상감사 김수는 김성일이 체포되었다는 말을 듣고 길가에 나와 그와 송별했다. 이때 김성일의 말이나 얼굴에 억울하고 원통하고 슬픈 빛이 가득했으나, 자기 자신에 관한 말은 한 마디도 하지 않았다. 다만 나라를 걱정하는 의로운 마음이 복받치어 김수에게 '힘을 다하여 적을 치라.'고만 거듭 당부했다. 이를 본 늙은 아전 하자용(河自溶)은 감탄하며 말했다.

"자기가 죽게 생겼는데도 자기 걱정은 않고 오로지 나라 걱정만 하니 참말 충신이다."

51

김성일이 상주를 떠나 직산에 이르렀을 때 임금께서는 노여움을 푸셨다. 또 김성일이 경상도 사민들의 인심을 얻은 것을 아시고 그의 죄를 용서하셨다. 그리고 경상우도 초유사로 임명하여 경상우도 내의 백성들을 잘 타일러 군사를 일으켜 적을 치라고 명하셨다.

이때 유숭인은 전공이 있었으므로 군수에서 몇 계단을 건너뛰어 병마사로 임명되었다.

12. 김늑의 민심수습

첨지 김늑(金玏)을 경상좌도안집사(安集使 국가에 변고가 있을 때 민심을 안정시키고 어울리게 하는 임시벼슬)로 삼았다.

이때 경상감사 김수는 경상우도에 있었는데, 적병이 중로(中路)를 가로로 꿰뚫듯이 가로막고 있어 경상좌도와 서로 소식을 주고받을 수 없었다. 그래서 수령들은 모두 관직을 버리고 도망갔다. 따라서 백성들의 마음도 풀어지고 흩어졌다.

조정에서는 이 소식을 듣고, 김늑이 영천사람으로 경상좌도 백성들의 실정을 자세히 알고 있으므로, 백성들을 불러 모아 안정시킬 수 있으리라고 임금께 아뢰었다. 그래서 임금께서 그를 경상좌도로 보내게 된 것이다.

김늑이 부임하자 경상좌도의 백성들은 비로소 조정의 명령이 지방에서 지켜지는 것을 알고 차츰 다시 모여들었다. 이때 영천과 풍기 두 고을에는 다행스럽게도 왜적이 아직 오지 않았다. 그럼에도 의병(義兵 나라가 위태로울 때 조정의 명령이나 소집을 기다리지 않고 자발적으로 일어나서 적을 무찌르던 민병)이 많이 일어났다고 한다.

13. 상주 싸움에서 이일이 패주함

왜적이 상주를 함락시키니, 순변사 이일은 싸움에 패하여 도로 충주로 도망 왔다.

이보다 먼저 경상도순찰사 김수는 왜적이 침입했다는 소식을 듣고, 즉각 제승방략의 분군법대로 여러 고을에 공문을 보냈다. 각각 소속된 군사를 거느리고 약속한 곳에 모여 한양에서 파견한 장수가 도착할 때까지 기다리게 하였다.

이 지시에 따라 문경 아래의 남쪽지방 수령들은 모두 소속 군사를 거느리고 대구로 가서 냇가에서 노숙하면서 순변사를 기다렸다. 벌써 며칠이 지났으나 순변사는 오지 않고, 적은 점점 가까이 다가오니, 군사들은 놀라 동요하기 시작했다.

이때 마침 큰비가 와 옷가지가 다 젖고 먹을 양식도 이어지지 않고 끊어지니, 군사들은 밤사이 다 흩어져 버렸다. 수령들도 몸만 빼서 도망쳐 버렸다.

순변사 이일이 문경으로 들어왔을 때는 고을은 이미 텅 비어 있어 한 사람도 볼 수 없었다. 이일은 창고에 있던 곡식을 직접 꺼내 거느리고 온 사람들에게 밥을 해 먹였다.

그리고 함창을 지나 상주에 이르렀는데, 상주목사 김해 (金澥)는 출참(出站 사신이나 감사 등을 영접하고 모든 편의를 제공하기 위하여 그의 숙역宿驛 가까운 곳에 사람을 보내는 일)에서 순변사를 기다리겠다는 핑계를 대고 산속으로 도망쳐 들어가 버리고, 판관 권길(權吉)이 홀로 고을을 지키고 있었다.

이일은 고을에 군사가 없다며 권길에게 책임을 물어, 뜰로 끌어내 목을 베어 죽이려고 했다. 그러자 권길은 직접 나가서 군사를 불러모아오겠다고 애원했다. 이일은 마지못해 허락했다. 권길이 밤새도록 마을 안을 수색하여 이튿날 아침까지 수백 명을 데리고 오긴 했으나 모두 농민들이었다.

이일은 상주에서 하루를 묵으며 창고 안에 있는 곡식을 꺼내 흩어져있는 백성들을 달래 나오도록 했다. 그랬더니 산골짜기에서 하나 둘씩 나와 모이니 또 수백 명이 되었다. 이래서 급작스럽게 모은 군사를 나누어 대오를 편성했으나, 전투를 할 만한 사람은 하나도 없었다.

이때 왜적은 이미 선산까지 와있었다. 저녁 때 개령사람 하나가 와서 적군이 가까이 왔다고 알렸다. 그런데 이일은 그가 여러 사람들의 마음을 어지럽게 만든다고 당장 목을 베어 죽이려했다. 그 사람은 소리를 지르며 하소했다.

"내 말을 못 믿겠거든 잠깐 동안만 나를 가두어 두십시

오. 내일 아침에 적이 오지 않았거든 그때 죽이시오. 그
래도 늦지 않을 것입니다."

이날 밤에 왜적은 장천에 와서 주둔했다. 장천은 상주
에서 20리 밖에 안 떨어져 있다. 그러나 이일의 군중에
는 척후병이 없었다. 그래서 왜적이 가까이 온 것을 알
지 못했다. 이튿날 아침에 이일은 '그래도 적이 온 사실
이 없지 않느냐?'고 하면서 개령사람을 옥에서 끌어내
목을 베어 여러 사람들에게 조리돌렸다.

이일은 상주에서 얻은 민군(民軍)과 한양에서 데리고 온
장병을 합하여 겨우 8, 9백 명가량을 거느리게 되었다.
그는 이들을 북천으로 데리고 나가 냇가에서 진 치는 법
을 가르쳤다. 산을 의지하여 진을 만들고, 진 한가운데
대장기를 꽂아놓고, 이일은 말 위에 앉아 대장기 밑에
서있었다. 종사관 윤섬(尹暹), 박호(朴箎)와 판관 권길과
사근찰방(沙斤察訪 찰방은 각 도의 역참驛站의 일을 맡아 보던 외
직) 김종무(金宗武) 등은 모두 말에서 내려 이일의 말 뒤
에 서 있었다.

조금 뒤 숲속 나무사이에서 몇 사람이 나와, 이 광경을
바라보며 서성거리다 돌아갔다. 사람들은 이들이 적의
척후병이 아닌지 의심했으나, 개령사람이 당한 일 때문
에 감히 이일에게 알리지 못했다.

이어서 또 성안을 바라보니 몇 군데서 연기가 일었다.
이일은 그제야 비로소 당장 가서 살펴보고 오라고 군관

하나를 보냈다. 군관이 말을 타고 역졸 둘이 말 재갈을 잡고 느릿느릿 가는데, 왜적이 다리 밑에 숨어 있다가 조총으로 군관을 쏘아 먼저 말에서 떨어뜨린 다음 목을 베어가지고 달아났다. 우리 군사들은 이것을 보고 그만 맥이 풀려버렸다.

조금 뒤에 왜적이 대거 몰려와, 조총 10여 자루로 마구 쏘아대니 총에 맞은 사람은 금방 쓰러져죽었다. 이일은 다급히 군사들을 불러 활을 쏘라고 소리 질렀으나, 화살은 수십 보를 날아가다가 뚝 떨어져버렸다. 이러니 활로는 적을 죽일 수 없었다. 이때 적들은 이미 좌익, 우익으로 나뉘어 깃발을 벌여 세워 들고 아군의 뒤를 둘러 포위하며 달려 들어왔다. 이일은 사태가 위급함을 알고 급히 말머리를 돌려 북쪽으로 달아났다. 그러자 군사들의 대오는 걷잡을 수 없이 흐트러졌고, 제각기 목숨을 건지려고 도망쳤다. 그러나 위험을 벗어나 살아남은 사람은 몇 되지 않았다. 종사관 이하 말을 미처 타지 못한 사람은 모두 적에게 죽음을 당하고 말았다.

왜적들이 이일을 바짝 뒤좇으니, 이일은 다급한 나머지 말을 버리고 옷도 벗어던지고 머리를 풀어헤치고는 알몸으로 달아났다. 이일은 문경에 이르러서야, 종이와 붓을 구해 패전한 상황을 임금께 급히 장계를 올려 보고했다.

그리고 물러가서 조령을 지키려다, 신립이 충주에 있다는 말을 듣고, 충주로 달려갔다.

14. 서울의 수비와 임금의 피란

우의정 이양원(李陽元)을 수성대장(守城大將)으로, 이전(李
戩), 변언수(邊彦琇)를 경성좌우위장(京城左右衛將)으로,
상산군(商山君) 박충간(朴忠侃)을 경성순검사로 삼아 도성
을 수비하게 하고, 상중인 김명원(金命元)을 불러들여 도
원수로 삼아 한강을 지키게 하였다.

이때 이일이 패했다는 보고서가 이미 와 있었으므로 인
심이 흉흉했다. 궁중에서는 서울을 옮기자는 말이 나왔
으나 대궐 밖에서는 알지 못했다. 그런데 이마(理馬 사복
시에 소속되어 임금이 타는 말에 관한 일을 맡아보던 관직) 김응수
(金應壽)가 빈청에 와 수상과 귓속말로 소곤거리고 갔다
가는 다시 왔다. 이를 본 사람들은 의아스럽게 생각했
다. 이는 아마 수상이 그때 사복제조(司僕提調 사복은 사복
시의 준말로 궁중의 승여乘輿, 마필馬匹, 목장牧場 등을 맡아보던 관
청. 제조는 관청의 우두머리가 아닌 사람에게 그 일을 다스리게 하던
벼슬로, 정1품이 될 때는 도제조, 정3품의 당상관일 때는 부제조라
함)를 겸하고 있었기 때문일 것이다.

도승지 이항복(李恒福)이 손바닥에 '입마영강문내(立馬永
康門內 영강문 안에 말을 세워 두라)'라는 여섯 글자를 써서 나
에게 보여주었다.

대간이 '수상 이산해가 나라 일을 그르쳤다.'고 탄핵(彈

劾 잘못된 점을 들어 논죄하며 책망하는 것)하며 파면시키기를 요청했으나, 임금께서는 허락하지 않았다. 종친들이 합문(閤門 임금이 평시에 거처하는 궁전. 즉 편전의 앞문) 밖에 모여 통곡하면서 '도성을 버리지 말라.'고 호소했다. 영부사 김귀영(金貴榮)은 더욱 격분하여 대신들과 함께 들어가 임금을 뵙고 이렇게 주장했다.

"서울을 굳게 지켜야 합니다. 도성을 버리자고 주장하는 사람은 곧 소인(小人 도량이 좁고 간사한 사람)입니다."

"종묘사직(宗廟社稷 종묘는 역대 임금의 신위를 모신 곳이고, 사직은 토지신과 곡신穀神을 위하는 곳)이 여기 있는데 내가 어디로 간다는 말이냐?"

임금께서 이렇게 대답하시니 사람들은 물러나갔다.

그러나 사태는 어찌할 수가 없었다. 이에 방리(坊里 동리와 같은 말단행정구역)의 백성들과 공사천인(公私賤人 공천公賤과 사천私賤. 공천은 조선 때 관부에 종사하는 천인으로 죄를 지어 종이 된 자나 관청 소속의 기생, 나인, 종, 역졸 등이고, 사천은 개인에게 소속된 천인)들과 서리와 삼의사(三醫司 내의원內醫院, 전의원典醫院, 혜민서惠民署의 통칭)의 사람들을 뽑아 성첩(城堞 성가퀴)을 나누어 지키게 했다. 그러나 성첩은 3만여 곳이나 되는데, 성첩을 지킬 사람은 겨우 7천 명뿐이었다. 그 7천명도 거의 다 쓸모없는 무리만 모인 오합지중이라서 다 성을 넘어 도망갈 궁리만 했다. 그리고 상번(上番 지방의 군사를 뽑아서 차례로 서울의 군영으로 올려 보내는 일)하는 군사들도 비록 병조에 소속된 정규군이었으나, 지체가 낮은 하리들과 서로 짜고 농간을 부려 함께 뇌물을 받고, 놓아 보내는 사람이 많았다. 관원들도 그들이 가 버리건 남아있건 묻지도 않았다. 그러니 위급할 땐 모두 쓸 수 없는 군사들이었다. 군사행정의 해이함이 이런 지경에까지 이르렀다.

대신들이 왕세자를 세워 민심을 수습하자고 청하니, 임금께서는 그대로 따르셨다.

동지사 이덕형(李德馨)을 왜군진영에 사자로 보냈다.

우리 군사가 상주 싸움에서 패하고 후퇴할 때, 왜학통사(倭學通事 일본말 통역관) 경응순(景應舜)이 이일의 군중에 있다가 왜적에게 사로잡혔다. 왜장 평행장이 평수길의 편지와 예조에 보내는 공문 한 통을 경응순에게 주어 보내며 이렇게 말했다.

"동래에 있을 때 울산군수를 사로잡아 편지를 전하라고 보냈으나, 지금까지 회답을 받지 못했다. (울산 군수는 바로 이언성(李彦誠)인데, 그는 적진에서 돌아왔으나, 문책 받을까 두려워 '스스로 도망쳐 왔다.'며 그 공문을 숨기고 전달하지 않았다. 그러므로 조정에서는 그 사실을 알지 못했다.) 조선이 만약 강화(講和 화친을 의논하는 것)할 생각이 있다면, 이덕형을 보내 다가오는 28일에 우리와 충주에서 만나게 하는 것이 좋겠다."

이덕형은 일찍이 선위사(宣慰使 큰 재해나 난리가 있을 때 왕명으로 위문하던 임시 벼슬)가 되어 왜국의 사신을 접대한 일

이 있었기 때문에, 소서행장이 그를 만나보려고 한 것이
다.

경응순이 평행장의 편지와 공문을 가지고 서울에 왔으
나, 당시 사정이 워낙 급박해서 아무런 계교도 나오지
않았다. 그러나 혹시 이 일로 왜군과의 싸움을 늦출 수
가 있지 않을까 하는 생각은 해보았다. 이덕형 역시 가
겠다고 자청하기에, 예조에서 답서를 마련하게 하여 경
응순을 데리고 떠나게 했다.

그런데 이덕형은 충주로 가는 도중에, 충주가 이미 함
락되었다는 소식을 듣고, 경응순에게 먼저 가서 실제 사
정을 탐지하게 했다. 그런데 경응순은 적장 가등청정(加
藤淸正)에게 잡혀 죽고 말았다. 그래서 이덕형은 결국 도
중에 평양으로 돌아와, 임금께 이런 사실을 보고했다.

형혹(熒惑)이 남두(南斗)를 침범하였다*.

경기, 강원, 황해, 평안, 함경도 등의 군사를 징발하여
서울로 들어와 구원하게 하였다.

이조판서 이원익(李元翼)을 평안도순찰사로, 지사 최흥원
(崔興源)을 황해도순찰사로 삼아, 모두 그날 당장 출발시
켜 보냈다. 이유는 임금께서 앞으로 서쪽지방으로 피란
하셔야 한다는 의견이 있었기 때문이었다.

그리고 일찍이 이원익은 안주목사를, 최흥원은 황해감
사를 지냈는데, 두 사람 모두 그때 어진 정사를 베풀어
백성들의 마음을 기쁘게 하였다. 그래서 그들을 먼저 보

61

징비록 1

내 군민을 잘 어루만지고 타일러서 임금님의 순행(巡幸)
에 대비하도록 하자는 생각에서였다.

*형혹침남두熒惑侵南斗 형혹은 화성火星의 중국식 명칭으로 전쟁, 무
력, 군대나 화재, 재난의 조짐을 예고한다는 별이름이며, 남두는 남쪽
에 있는 28수 중 6개의 별로 이루어진 남두6성 즉, 한여름 밤 남쪽
지평선 부근의 국자모양의 궁수자리로 사람의 수명, 재상의 작록을 상
징한다. 결국 이 말은 군대가 사람의 목숨을 해치는 것을 뜻한다.

15. 신립이 충주에서 대패함

왜적들이 충주에 들어왔다. 신립은 적을 맞아 싸우다 패하여 죽고, 아군은 무참히 무너졌다.

신립이 충주에 도착하니 충청도 여러 군현에서 모여든 군사가 8천여 명이나 되었다. 신립은 애초에는 조령을 지키려고 했으나, 이일이 패했다는 소식을 듣고 간담이 떨어져서 충주로 돌아왔다. 그리고 또 이일, 변기 등도 충주로 불러들였다. 험한 요새를 버려두고 지키지 않고, 호령이 번거롭고 소란스러웠기 때문에, 그를 본 사람들은 그가 반드시 패하리라고 예상했다.

그런데 그와 친한 한 군관이 적군이 이미 조령을 넘었다고 비밀리에 알려주었다. 이때가 4월 27일 초저녁이었다. 이 말을 듣자 신립은 갑자기 성 밖으로 뛰어나갔다. 그래서 군중은 더 소란해졌고, 신립이 어디에 가있는지는 아무도 몰랐다. 그는 밤이 깊어서야 몰래 객사로 돌아왔다.

이튿날 아침에 신립은 '군관이 거짓말을 했다.'며 끌어내어 목을 베어 죽였다. 그리고 임금께 올리는 장계에는 '왜적들은 아직 상주를 떠나지 않았습니다.'라고 썼다.

신립은 그때 왜적이 이미 10리 안에 들어와 있는 것을 몰랐다. 그래서 신립은 군사를 거느리고 나와 탄금대 앞의 두 강물 사이에 진을 쳤다. 그곳은 좌우에는 논이 있고 물풀이 뒤얽혀 있어 말을 달리기가 불편했다.

 그런데 조금 뒤에 왜적들이 단월역에서 진로를 나누어 쳐들어오는데, 그 기세가 비바람이 몰아치는 것처럼 엄청났다. 한 부대는 산을 따라 동쪽으로 오고, 한 부대는 강을 따라 내려오는데, 총소리는 땅을 진동시키고 하늘을 뒤흔들었다.

 신립은 어찌할 바를 모르다가 말을 채찍질하여 몸소 적진으로 돌격하려고 두어 차례 시도했으나 들어갈 수가 없었다. 이렇게 되자 그는 말머리를 돌려 강으로 뛰어들어 물에 빠져죽었다. 뒤이어 군사들도 다 강으로 뛰어들어 시체가 강물을 덮으며 떠내려갔다. 김여물 또한 갈피를 못 잡고 이리저리 뛰느라 어지러운 군사들 속에서 전사했다. 이일은 동쪽의 산골짝에서 몸을 빼 도망쳤다.

 이런 일이 있기 전에 조정에서는 적의 세력이 어마어마하다는 말을 듣고, 이일이 혼자 버티기는 어려울 것이라 우려했었다. 당시 신립은 명장이라 군사들이 그를 두려워하여 잘 따를 것이라 생각하여, 많은 군사들을 거느리고 이일의 뒤를 따라가게 했다. 두 장수가 서로 힘을 합쳐 적을 막아주기를 바랐던 것이니, 계교로서는 잘못된 것이 아니었다.

 불행히도 경상도의 수군이나 육군 장수들은 다 겁쟁이

였다. 바다를 지키던 좌수사 박홍은 단 한 명의 군사도 내보내지 않았다. 그리고 우수사 원균(元均)은 비록 물길은 좀 멀어도, 거느린 배가 많았다. 또 적병이 하루아침에 달려든 것도 아니었다. 그러니 모든 군사를 거느리고 전진하여 군사적인 위세를 보이면서 서로 대치하다가, 요행히 한번만이라도 이겼더라면, 적들은 배후가 두려워서라도, 그렇게 빨리 내륙 깊숙이까지 쳐들어오지는 못했을 것이다. 아군은 적이 보이기만 하면 재빨리 멀리 도망가 한 번도 적과 맞싸워 보지도 않았다.

그리고 적병이 육지로 올라오자, 경상좌도병사 이각은 도망가고, 우도병사 조대곤은 해임되니, 적은 북을 울리면서 거침없이 진격했다. 적들이 수백 리나 되는 거리를 사람이 안 사는 무인지경처럼 밟으며 밤낮으로 북상해도, 우리 쪽에서는 조금이라도 저항하여 왜적이 진격하는 기세를 늦추는 곳이 한 군데도 없었다. 그래서 적은 상륙한 지 열흘도 채 안되어 이미 상주까지 왔다.

이일은 객장(客將 자기 휘하의 고유한 군대가 아닌 군대를 거느리는 손님대우를 받는 장수)의 처지라 휘하에 거느리고 온 자기군대도 없었는데, 졸지에 적과 맞붙어 싸우게 되었다. 그때 이일은 정말로 적과 대적할 수 있는 형편이 못되었다. 그래서 신립이 아직 충주에 도착하기도 전에, 그는 이미 패하여 진퇴의 근거지를 잃어버렸다. 이런 이유들로 일을 이렇게 크게 그르쳤다.

아아, 원통하다!

나중에서야 들은 이야기지만, 왜적이 상주에 들어와서도 험한 요충지를 지나가기 두려워했다고 한다. 문경현 남쪽 10여 리쯤 되는 곳에 옛 성인 고모성이 있다. 여기는 좌우도의 경계로, 양쪽 산골짝이 마치 가운데를 잘라 묶어놓은 듯하고, 가운데로 큰 냇물이 흐르고, 길이 그 아래로 나 있었다. 적병들은 우리 군사가 여기서 지키고 있지나 않을까 우려하며, 사람을 시켜 두 번, 세 번 살펴보게 했다. 그러나 지키는 군사가 없다는 것을 알고는 당장 노래를 부르고 춤을 추면서 지나왔다고 한다. 뒤에 명나라 제독 이여송(李如松)이 왜적을 추격하다 조령을 지나면서 이렇게 탄식했다.

"이와 같이 험한 요새가 있는데도 지킬 줄 몰랐으니, 신립 총병은 정말로 꾀가 없는 사람이었구나."

신립은 비록 날쌔어서 당세에 이름은 떨쳤으나, 전략을 세우는 특별한 재주는 없었다.

옛 사람은 이렇게 일렀다.

"장수가 군사를 쓸 줄 모르면, 나라를 적에게 주게 된다."

이제 와서 이를 뉘우친들 소용은 없으나, 그래도 충분히 뒷날의 경계가 될 수 있으므로 자세히 적어둔다.

16. 임금이 피란길에 오름

4월 30일 새벽 임금께서는 서쪽으로 피란길을 잡아 떠나셨다.

신립이 서울을 떠난 뒤로, 사람들은 날마다 승리했다는 보고가 오기를 기다렸다. 그런데 전날 저녁 때 벙거지를 쓴 사람 셋이 말을 달려 숭인문으로 들어왔다. 성안 사람들은 앞 다투어 전쟁에 관한 소식을 물었다.

"우리는 순변사 신립을 모시던 군관의 종입니다. 순변사께서는 어제 충주에서 왜적과 싸우다 전사하시고, 아군은 대패했습니다. 우리는 겨우 몸만 빠져나왔습니다. 집으로 돌아가 가족들에게 알리고 피란시킬 참입니다."

이 말을 들은 사람들은 깜짝 놀라서, 가는 곳마다 서로 전하여 알렸다. 이 소식은 삽시간에 퍼져나가 온 도성 안이 떠들썩했다.

그날 초저녁에 임금께서 재상들을 부르셔서 피란문제를 의논하셨다. 임금께서는 동상(東廂 동쪽 바깥채)에 나와 촛불을 밝히고 마룻바닥에 앉으시고, 종실 하원군(河源君)과 하릉군(河陵君) 등이 모시고 앉았다.

대신들은 이렇게 아뢰었다.

"일이 이 지경에 이르렀으니 임금께서는 잠시 동안 평

67

양으로 행차하여 머무르시며, 명나라에 구원병을 청하여 서울을 되찾을 길을 찾으소서."

장령 권협(權悏)이 임금께 뵙기를 청하고, 무릎 밑까지 다가가서 큰소리로 이렇게 호소했다.

"청하옵건대 서울을 굳게 지키소서."

말소리가 너무 커 시끄럽기에 내가 이렇게 일렀다.

"아무리 위급하고 혼란스러운 때라도 군신간의 예의가 이래서는 안 되니, 조금 물러나서 아뢰는 것이 좋겠소."

"좌상(유성룡)께서도 또 이렇게 말씀하십니까? 그럼 서울을 버리는 게 옳다는 말씀입니까?"

권협이 연달아 부르짖기에, 나는 임금께 아뢰었다.

"권협의 말은 매우 충성스럽지만, 돌아가는 형국이 그렇게 하지 않을 수 없겠나이다."

이어서 왕자들을 각 도로 파견하여 나라를 위해 힘쓸 근왕병을 모집하게 하고, 세자는 임금님의 행차를 따라가도록 하자고 건의했다.

이렇게 의논을 결정짓고 나서 대신들은 합문 밖에 나와 기다리다 임금님의 분부를 받았다. 임해군은 영부사 김귀영과 칠계군(漆溪君) 윤탁연(尹卓然)이 모시고 함경도로 가기로 하고, 순화군(順和君)은 장계군(長溪君) 황정욱(黃廷彧)과 호군(護軍) 황혁(黃赫)과 동지(同知) 이기(李墍)가 모시고 강원도로 가기로 했다. 황혁은 딸이 순화군의 부인이고, 이기는 원주사람이었으므로 그들을 순화군에게 딸려 보내게 된 것이다.

이때 우상 이양원은 유도대장(留都大將 왕이 도성 밖에 거동할 때 남아 도성을 지키는 임무를 맡은 대장)에 임명되고, 영의정과 재신 수십 명은 임금을 호위하는 호종관으로 결정되었다. 그러나 나에게는 아무 명령이 없었다. 그러자 승정원에서 '호종에 유성룡이 없어서는 안 됩니다.'라고 아뢰니, 나에게도 호종하여 떠나라는 명령을 내리셨다.

이때 내의(內醫) 조영선(趙英璇)과 승정원의 이속(吏屬) 신덕린(申德麟) 등 10여 명이 큰소리로 부르짖었다.

"서울을 버리면 안 됩니다."

조금 뒤에 이일의 장계가 들어왔다. 그러나 궁중의 군사가 다 흩어져버려 경루(更漏 밤에 시각을 알리기 위해 북을 치는 것)조차 울리지 못했다.

선전관청(宣傳官廳 형명形名, 계라啓螺, 시위侍衛, 전령傳令, 부신符信의 출납을 맡아보는 관청)에서 횃불을 얻어 장계를 열어보니, '적이 오늘 내일 사이에 도성으로 들어갈 것 같습니다.'라는 내용이었다. 이 장계가 들어오고 나서 한참 있다가 임금이 탄 수레 대가(大駕)가 대궐문 밖으로 나왔다. 삼청(三廳 내금위內禁衛, 우림위羽林衛, 겸사복兼司僕)의 금군(禁軍 궁궐 안을 호위하는 군대)들은 다 달아나 숨어버리고, 사람들은 어둠속에서 서로 부딪쳤다. 때마침 우림위(羽林衛 왕실의 수위守衛, 신변보호를 맡아봄) 소속 지귀수(池貴壽)가 내 앞으로 지나쳤는데, 내가 그를 알아보고 나무라며 호종하게 했다.

"어찌 감히 힘을 다하여 모시지 않겠습니까?"

지귀수는 이렇게 말하고는 동료 두 사람까지 불러왔다.

경복궁 앞을 지나는데 시가 양쪽에서 통곡하는 소리가 들려왔다. 승문원(承文院 사대문린事大文隣에 관한 문서를 맡아보던 기관)의 서원(書員) 이수겸(李守謙)이 내 말고삐를 잡고 물었다.

"승문원에 있는 문서는 어떻게 할까요?"

"중요한 것만 수습하여 가지고 뒤따라오너라."

내가 이렇게 지시했더니, 이수겸은 울면서 돌아갔다.

돈의문을 나와 사현고개에 이르니 동쪽하늘이 차츰 밝아져왔다. 고개를 돌려 도성을 바라보니 남대문 안 큰 창고에서 불이 나, 연기가 이미 하늘에 치솟고 있었다.

사현을 넘어 석교에 이르렀을 때 비가 내리기 시작했다. 이때 경기감사 권징(權徵)이 뒤따라와 호종하였다.

벽제관에 이르니 비가 더 심하게 내려 일행이 다 비에 젖었다. 임금께서는 역으로 들어가셔서 조금 쉬시다가 나와 금방 떠나셨는데, 여기서 도로 도성으로 돌아가는 관원들이 많았으며, 시종 대간들 중에도 가끔 뒤쳐져 따라오지 않는 사람도 있었다.

혜음령을 지날 때는 비가 물을 들어붓듯 쏟아졌다. 궁인들은 쇠약한 말을 타고, 수건으로 얼굴을 가린 채, 소리 내 울면서 따라갔다.

마산역을 지나가는데 밭에서 일하던 한 농부가 피난행
렬을 보고는 통곡하며 소리쳤다.

"나라님이 우리를 버리고 가시면 우리는 누구를 믿고
살란 말입니까?"

임진강가에 이르렀을 때에도 비는 그치지 않았다. 임금
께서 배에 오르신 뒤에 수상과 나를 부르시기에 들어가
뵈었다. 강을 건너고 나니 날은 벌써 저물어 물체의 빛
깔도 분별할 수 없었다. 임진강의 남쪽 기슭에는 옛날
나루터를 관리하던 승청이 있었는데, 적들이 승청을 헐
어 그 재목으로 뗏목을 만들어 타고 건널지도 모르니 태
워버리라고 명령하셨다. 승청에 불을 지르니 불빛이 강
의 북쪽까지 훤하게 비쳐 길을 겨우 찾을 수가 있었다.

초경(밤 7~9시)에 동파역에 도착하니 파주목사 허진(許
晉)과 장단부사(長湍府使) 구효연(具孝淵)이 임금의 접대를
위하여 파견된 지지차견원(支持差遣員)으로 그곳에 와 있
었다. 간략하게 임금께 올릴 음식을 마련했는데, 호위하
는 사람들이 하루 종일 굶은지라 너도나도 주방으로 달
려들어 닥치는 대로 빼내 먹어치웠다. 자칫하면 임금께
올릴 음식마저 동나려 했다. 이를 본 허진과 구효연은
책임추궁이 두려워 도망쳐버렸다.

5월 1일 아침에 임금께서는 대신들을 불러 '남쪽지방에
내려가 있는 순찰사 중에 나라를 위해 기꺼이 몸을 던질
만한 사람이 없는가?'하고 물으셨다. 임금께서는 날이

저물어서야 개성으로 가려 하셨으나, 경기도의 아전과 군사들이 다 도망쳐버려 호위할 사람이 없었다.

때마침 황해감사 조인득(趙仁得)이 황해도 군사를 거느리고 도우러 곧 들어온다고 했는데, 서흥부사 남억(南嶷)이 먼저 도착했다. 남억의 군사는 수백 명이었고 말은 5, 60필이었다. 이래서 비로소 떠날 수 있게 되었다.

그런데 막 떠나려 할 때 액정서(掖庭署조선 때 왕명의 전달, 임금이 쓰는 붓과 벼루의 공급, 대궐 열쇠의 보관, 대궐 뜰의 설비 등을 맡아보던 관아) 사약(司鑰 액정서의 정6품 잡직) 최언준(崔彦俊)이 앞으로 나와서 이런 말씀을 드렸다.

"궁중사람들이 어제도 먹지 못했고, 지금도 또 못 먹었으니, 좁쌀을 좀 얻어 요기를 하게 한 다음 떠나소서."

그리고는 남의가 거느리고 온 군인들이 가지고 있던 양곡 중에서 쌀과 좁쌀을 섞어 두서너 말 걷어 들여왔다.

오정쯤에 초현참에 이르니, 조인득이 미리 와서 길 가운데 장막을 치고 영접했다. 백관들은 그제야 비로소 밥을 얻어먹을 수 있었다.

저녁때 개성부에 이르렀다. 임금께서 문 밖의 공서(公署 공공단체가 직무를 맡아보는 사무소)에 납시니, 대간이 '영의정 이산해가 궁중 측근들과 결탁하여 파당을 만들어 나라 일을 그르쳤다.'는 글을 번갈아 올려 탄핵하고 파직을 주장했으나, 임금께서는 그것을 윤허하지 않으셨다.

5월 2일에도 대간들이 계속하여 영의정을 탄핵하는 글

을 올리므로 임금께서는 영의정을 파직시켰다. 그리고 내(유성룡)가 승진하여 영의정이 되었다. 최흥원이 좌의정, 윤두수(尹斗壽)가 우의정이 되었다. 함경북도병사 신할(申硈)은 경질되었다.

이날 낮에 임금께서 개성의 남성문루에 나오셔서 백성들을 타이르시며 각자 품고 있는 생각을 말해보라고 하셨다. 그러자 한 사람이 앞으로 나와 엎드렸다. 임금께서 '무슨 말이냐?'고 물으시니, 그는 이렇게 대답했다.

"정 정승(정철)을 불러들이십시오."

이 당시 정철(鄭澈)은 강계에 귀양 가 있었으므로 그를 불러 정사를 맡기자는 말이었다. 임금께서는 '알았다.'고 하시면서, 곧 '정철을 소환하여 행재소(行在所 임금이 대궐 밖에 나가 멀리 거동할 때 일시 머무르는 곳)로 오도록 하라.'고 명령하셨다.

임금께서는 저녁때 환궁하셨다. 그리고 나의 죄를 물어 파면시키고, 유홍(兪泓)을 우의정으로 삼고, 최흥원을 영의정으로, 윤두수를 좌의정으로 차례대로 승진시키셨다.

그런데 왜적이 아직 서울까지는 오지 않았다는 소식이 들리자, 여러 사람이 다 임금이 서울을 떠난 것은 실책이었다고 나무랐다.

승지 신잡(申磼)에게 명하여 서울로 돌아가 그 형세를 살피고 오게 하였다.

17. 왜적이 서울에 들어옴

5월 3일에 왜적이 서울에 들어왔다. 유도대장 이양원과 도원수 김명원은 달아나 버렸다.

이보다 먼저 왜적은 동래서부터 세 길로 나누어 올라왔다. 한 패는 양산, 밀양, 청도, 대구, 인동, 선산을 경유하여 상주에 이르러 이일의 군사를 패배시켰고, 또 한 패는 경상좌도의 장기, 기장을 경유하여 좌병영인 울산, 영천, 신녕, 의흥, 군위, 비안을 함락시키고, 용궁 하풍진을 건너 문경을 나와서 중로로 온 군사와 합세하여 조령을 넘어 충주로 들어왔다. 충주서부터 또 두 패로 나누어 한 패는 여주로 달려가서 강물을 건넌 다음, 양근을 경유하여 용진을 건너 서울의 동쪽으로 나왔고, 다른 한 패는 죽산, 용인으로 달려가서 한강의 남쪽에 이르렀다. 동래서 갈라졌던 또 다른 한 패는 김해를 경유하여 성주, 무계현에서 강을 건너, 지례, 금산을 거쳐 충청도 영동으로 나와 청주를 함락시키고 경기도로 향했다.

그들의 깃발과 창검은 천리에 깔렸고, 총소리는 연이어 들렸다. 그리고 왜적들은 지나는 곳마다 10리 또는 5, 60리 간격으로, 지세가 험한 요지에 진영과 방책(營柵)을 설치하고, 군사를 두어 지키게 하며, 밤이면 횃불을 들어 서로 신호를 보내고 응하고 하였다.

도원수 김명원은 제천정에 있다가 적이 오는 광경을 보고 감히 나가 싸우지도 못하고, 군기, 화포, 기계들을 모조리 강물 속에 처넣어버리고는 옷을 바꿔 입고 도망쳤다. 이때 종사관 심우정(沈友正)이 이를 완강하게 말렸으나 김명원은 듣지 않았다.

이양원은 도성 안에 있다가 한강을 지키던 군사들이 이미 흩어져 달아났다는 말을 듣고는, 도성(서울)을 지킬 수 없을 것이라 생각하고, 역시 성을 버리고 나와 양주로 달아나고 말았다.

이보다 먼저 강원도 조방장 원호(元豪)는 군사 수백 명을 거느리고 여주 북쪽의 강 언덕을 지키며 왜적과 서로 대치하고 있었다. 이 때문에 적들이 강을 건너오지 못하고 며칠이나 남쪽에 발이 묶여있었다. 그런데 얼마 뒤에 강원도 순찰사 유영길(柳永吉)이 격문을 보내 원호를 불러들여 강원도로 돌아갔다. 그러자 적들은 민가와 관청 건물들을 헐어, 그 재목들을 엮어 긴 뗏목을 만들어 타고 강을 건너려 했다. 그러나 중간쯤에서 뗏목이 물살에 그냥 떠밀려가는 바람에, 꽤 많은 군사가 죽었다. 그러나 원호도 이미 떠나버려 강 언덕에는 지키는 군사가 한 사람도 없었다. 그래서 적들은 여러 날에 걸쳐서 강을 건너올 수 있었다.

이리하여 세 갈래 길로 퍼졌던 왜적들은 모두 서울로

들어왔다.

그런데 성안의 백성들은 이미 다 흩어져 가 버리고 한 사람도 남아있지 않았다.

김명원은 한강을 빼앗기고 황해도 행재소로 가려고 임진나루에 이르러 임금께 장계를 올려 상황을 보고했다. 임금께서는 '다시 경기도와 황해도의 군사를 징집하여 임진강을 지키라.'고 명령하셨다. 이어서 '신할과 함께 임진강을 지켜 왜적이 서쪽으로 내려오는 길을 막으라.' 고 하셨다.

이날 임금께서는 개성을 떠나 금교역에 행차하셨다. 나는 비록 파직을 당한 몸이지만, 감히 뒤처질 수가 없어서 임금을 모신 어가를 따라갔다.

5월 4일에 임금께서는 홍의, 금암, 평산부를 지나 보산역에 행차하셨다.

이보다 앞서 개성부를 출발할 때, 급히 서두르느라 경황이 없어 그만 종묘의 신주들을 목청전(穆淸殿)에 놓아두고 와버렸다. 이때 종실 중 한 사람이 울부짖으면서 '신주를 적이 있는 곳에 버려두어서는 안 됩니다.'하였다. 그래서 밤새 개성까지 달려가 신주를 받들고 도로 돌아왔다고 한다.

5월 5일에 임금께서는 안성, 용천, 검수역을 지나 봉산군에 행차하셨다. 6일에는 황주에 행차하시고, 7일에는 중화를 지나 평양으로 들어가셨다.

18. 삼도순군이 용인 싸움에서 무너짐

삼도순찰사들이 거느린 군사가 용인에서 무너졌다.

이보다 앞서 전라도순찰사 이광(李洸)은 전라도 군사를 거느리고 서울로 들어와 도우려다, 임금께서 서도로 피란하시고 서울이 이미 함락되었다는 말을 듣고, 군사를 거두어 전주로 되돌아가버렸다.

그런데 전라도 사람들은 이광이 싸우지도 않고 돌아온 것을 나무라고, 분개하며 불평하는 사람이 많았다. 이러니 이광 자신도 마음이 편치 않아, 다시 군사를 징발하여, 충청도순찰사 윤국형(尹國馨)과 합세하여 전진했다. 이때 경상도순찰사 김수 역시 경상도의 군관 수십 명을 거느리고 와 합세했는데, 도합 5만이 넘는 병력이었다.

그들이 용인에 이르렀을 때, 북두문산 위에 적의 작은 보루가 있는 것을 보았다. 이광은 이것을 대단찮게 여겨 얕보고는, 용사 백광언(白光彦), 이시례(李時禮) 등을 먼저 보내 적을 시험해보게 하였다. 백광언 등은 선봉을 거느리고 산으로 올라가, 적의 보루에서 수십 보쯤 떨어진 곳에 이르러, 말에서 내려 활을 쏘았다. 그러나 적들은 나오지 않았다.

백광언을 비롯한 군사들의 기세가 약간 해이해진 틈을

77

보고, 적들은 날이 저문 뒤에 시퍼런 칼을 빼들고 함성을 지르면서 돌격해 나왔다. 백광언 등은 허겁지겁 말을 찾아 타고 서둘러 달아나려 했으나, 달아나지 못하고 잡혀 적에게 죽음을 당했다. 산 아래 있던 군사들은 이 소식을 듣고 놀라고 두려워했다.

당시 순찰사 셋은 다 문인이었다. 그러니 군사에 관한 일에는 서툴렀다. 비록 군사 수는 많았으나, 통일된 훈련이 안 되어 있었고, 또 지형이 험한 군사적 요지에 설비를 갖출 줄도 몰랐다. '군사적인 행동을 봄놀이하듯 하니 어찌 패하지 않겠는가?'하는 옛말이 참으로 지당하다는 것을 이들을 통해 확인할 수 있었다.

그 이튿날 우리 군사들이 속으로 겁을 먹고 있는 것을 알고, 적병 몇 사람이 칼을 빼 휘둘러 용맹을 과시하면서 달려들었다. 3도의 군사들이 이 모양을 멀리서 보고, 마치 큰 산이 무너지는 것처럼 무참히 무너져버렸다. 이때 버려두고 간 수많은 군수물자와 기계들로 길이 막혀 사람들이 지나다닐 수가 없었다고 한다. 적들은 이것들을 전부 불태워버렸다.

사태가 이렇게 되자 이광은 전라도로, 윤국형은 공주로, 김수는 경상도로 각각 돌아갔다.

19. 신각의 승리와 억울한 죽음

 부원수 신각(申恪)이 양주에서 왜적과 싸워 적을 격파하고, 적의 머리 60여 급을 베었다. 그러나 조정에서는 선전관(宣傳官 선전관청에 소속된 관원으로 정3품에서 종9품 중에서 임명)을 파견하여 진영 안에서 참수하여 죽였다.

 신각은 일찍이 김명원을 따라가서 부원수가 되었다. 그러나 한강 전투에서 패전한 뒤, 신각은 김명원을 따르지 않고 이양원을 따라 양주로 갔다. 이때 함경남도 병사 이혼(李渾)의 군대가 마침 양주에 도착했으므로, 신각은 그들과 합세하여 적군을 쳐부쉈다. 왜적들은 서울에서 나와 민가로 돌아다니며 재물을 약탈하다 신각이 이끄는 부대와 맞닥뜨린 것이었다.

 이는 왜적이 우리나라에 쳐들어온 이후 처음으로 거둔 승리였으므로, 소식을 들은 사람들은 뛸 듯이 기뻐했다.

 그런데 김명원은 임진에 있으면서, '신각은 제 마음대로 다른 데로 가는 등 호령에 복종하지 않았습니다.'라고 장계를 올렸다.

 우의정 유홍이 당장 그를 베어 죽여야 한다고 요청했다. 그러나 신각이 적을 쳐부쉈다는 첩보가 도착한 것은 선전관이 이미 떠난 뒤였다. 조정에서는 부랴부랴 사람

79

을 보내 선전관의 뒤를 좇아가 처형을 중지시키게 했다. 그러나 그가 도착한 것은 신각이 이미 처형된 뒤였다.

신각은 비록 무인이었으나 평소 청렴하고 신중한 사람이었다. 그가 일찍이 연안부사로 있을 때, 성을 쌓고 해자를 파고 군기를 많이 준비해 놓았다. 사람들은 뒤에 이정암(李廷馣)이 연안성을 온전히 지켜 성을 보전할 수 있었던 것은 신각의 공이라고 했다. 그는 아무 죄도 없이 죽은 데다, 아흔의 늙은 어머니까지 계셨으므로, 이 소식을 듣는 사람들은 하나같이 이를 원통하게 여겼다.

조정에서는 지사 한응인(韓應寅)을 파견하여 평안도 압록강 연안의 날랜 군사 3천 명을 거느리고 임진강으로 달려가 왜적을 치게 했다. 그러나 원수 김명원의 지휘는 받지 않게 했다. 이때 한응인은 명나라에 갔다가 막 돌아왔는데, 좌의정 윤두수는 그를 가리키며 여러 사람에게 말했다.

"이 사람은 얼굴에 복이 있게 생겼으니, 반드시 일을 잘 처리할 것이다."

그래서 한응인은 임진강으로 떠났다.

20. 임진강 방어선이 무너짐

 한응인, 김명원의 군사가 임진강에서 무너지고, 왜적이 강을 건너왔다.

 이보다 먼저 김명원은 임진강 북쪽에 진을 치고, 군사를 나누어 강여울을 지키게 하고, 강 가운데 있던 배는 모두 끌어다 북쪽 언덕에 매두게 했다. 임진강의 남쪽에 진을 친 왜적은 배가 없어 건너올 수 없었다. 그들은 유격병들만 내보내 강을 사이에 두고 교전하면서 열흘이 넘게 버텼다. 그래도 왜적은 끝내 강을 건너지 못했다.

 하루는 왜적이 강 언덕에 임시로 지어놓은 군사들의 숙소를 불태우고, 장막을 걷어치우고, 무기를 거두어 싣고, 물러나 도망가는 모양새를 보였다. 이는 아군을 유인하려는 속셈이었다.

 신할은 평소 몸이 가볍고 날래기는 하나 군사전략에는 밝지 못한 사람이었다. 그는 왜적이 정말로 도망치는 줄 알고, 강을 건너 추격하여 짓밟아 버리려했다. 경기감사 권징(權徵)도 신할과 같은 생각으로 합세했으므로, 김명원은 그들을 막을 수 없었다.

 이날 한응인도 임진강 전장에 도착하여 모든 군사를 이끌고 왜적을 추격하려했다. 한응인이 거느리고 온 군사들은 다 압록강 연안의 건아들로, 북쪽 오랑캐와 늘 가까이 있었기 때문에 싸우고 진 치는 요령을 잘 알고 있었다. 그들은 한응인에게 이렇게 알려주며 건의했다.

"군사들이 먼 길 오느라 피로한 데다 아직 밥도 먹지 못했고, 무기와 기계도 아직 정비하지 못했으며, 후속부대 또한 도착하지 않았습니다. 또 왜적이 정말로 물러가는 것인지, 거짓으로 물러나는 체하여 우리를 속이려는 계략인지 알 수 없으니, 조금 쉬었다가 내일 적군의 정세를 상세히 알아보고 나서 나가 싸우도록 합시다."

그러나 한응인은 군사들이 일부러 미적거린다고 여겨 몇 사람을 베어 죽여 군율을 보였다.

김명원은 한응인이 조정에서 새로 내려 보낸 사람이고, 자신의 통제를 받지 말라는 명령까지 받고 왔기 때문에, 옳지 않은 줄 알면서도 감히 충고할 수가 없었다.

별장 유극량(劉克良)은 나이가 많고 군사전략에도 능숙한 사람이었다. 그래서 섣불리 진격해선 안 된다고 강경하게 말했으나, 신할은 도리어 그를 베려 했다. 유극량은 분개하며 이렇게 말했다.

"내가 젊어서부터 군대에 몸담고 전쟁터에 따라다녔는데 어찌 죽음을 피할 생각을 하겠습니까? 이렇게 말씀드리는 까닭은 나랏일을 그르칠까 걱정되어섭니다."

그러고는 분통을 터뜨리며 나와 휘하의 군사들을 거느리고 먼저 강을 건너갔다.

아군이 막 적진으로 들어가려 하니, 산 뒤에 매복하고 있던 적의 정예병들이 일제히 들고 일어나서 달려들었다. 아군은 뿔뿔이 흩어져 달아났다. 유극량은 말에서 내려 땅바닥에 주저앉으면서 '여기는 내가 죽을 곳이다.'라고 말하고는, 활을 당겨 적 몇을 쏘아 죽이고, 적에게 죽음을 당했다. 신할 또한 죽었다. 간신히 달아난 군사들은 강 언덕까지 왔으나 건너지 못하고, 바위 위에서 스스로 몸을 던져 강물에 뛰어드니, 마치 바람에 불려 어지럽게 날리는 나뭇잎 같았다. 그리고 미처 강물에 뛰어들지 못한 군사들도, 등 뒤에서 적이 휘두르는 긴 칼에 맞아 죽었다. 모두 엎드려 칼을 받을 뿐 아무도 감히 저항하지 못했다.

김명원과 한응인은 강의 북쪽에서 건너편의 이런 광경을 바라보고 그만 기가 꺾였다. 이때 마침 아군의 진중에 있던 상산군 박충간이 말을 타고 먼저 달아났다. 그것을 본 군사들은 그를 김명원으로 알고 '도원수(김명원)가 달아났다.'고 부르짖었다. 그 소리에 강여울을 지키던 군사들도 다 흩어져 버렸다.

김명원과 한응인은 행재소로 돌아왔으나 조정에서는 책임을 묻지도 않았다. 경기감사 권징은 가평군으로 들어가 난을 피하고 있었다.

그러니 왜적은 승리한 기세를 타고 서쪽으로 달려 내려왔지만 우리는 막지 못했다.

83

21. 왜적이 함경도로 들어옴

왜적이 함경도로 들어오고, 두 왕자가 적의 수중에 빠졌다. 종신 김귀영, 황정욱, 황혁과 함경감사 유영립(柳永立)과 함경북도병마절도사 한극함(韓克誠) 등이 다 왜적에게 붙잡히고, 함경남도병마절도사 이혼은 달아나서 갑산에 이르렀지만 우리 백성들에게 죽었고, 함경남북도의 군현들이 다 왜적의 수중에 들어가고 말았다.

이때 통역관 함정호(咸廷虎)가 서울에 있다가 적장 가등청정에게 잡혀, 적장을 따라 함경북도로 들어갔다. 그는 왜적들이 물러갈 때 도망쳐 서울로 돌아왔다. 그는 나에게 함경북도의 사정을 아주 자세하게 말해주었다.

가등청정은 적장 중에서도 특히 용맹스럽고 싸움을 잘했다. 그는 평행장(소서행장)과 함께 임진강을 건너 황해도 안성역에 이르러, 함경도와 평안도를 각각 빼앗기로 하였다. 둘은 어디로 가는 게 좋을지 의논했으나 결정을 짓지 못했다. 그래서 두 적장은 제비뽑기를 해서, 소서행장은 평안도로, 가등청정은 함경도로 가기로 했다.

그래서 가등청정은 안성사람 둘을 사로잡아 길잡이를 시키려했다. 두 사람은 '이곳에서 나고 자랐기 때문에 함경북도의 길은 잘 모른다.'고 거절하자, 가등청정은 그

자리에서 한 사람을 베어 죽였다. 그러자 남은 한 사람
은 공포에 떨며 길잡이가 되겠다고 했다.

왜적들은 곡산에서 노리현을 넘어 철령의 북쪽으로 나
왔다. 그는 하루에 수백 리 씩 달렸는데, 그 기세가 마
치 폭풍이 비를 몰고 가는 것 같았다.

북도병사 한극함은 육진(六鎭 세종 때 김종서 장군이 여진의
침구에 대비하여 두만 강변을 중심으로 설치한 종성, 은성, 회령, 경
원, 경흥, 부령의 여섯 대진)의 군사를 거느리고 가다 함경북
도 길주 해정창에서 적과 마주쳤다. 북도의 군사들은 말
달리기와 활쏘기를 잘했다. 그런데다 지형 또한 평탄하
고 넓은 지역이어서, 즉각 왼쪽 오른쪽으로 말을 달려
나오면서 활을 쏘아대니, 적들은 도저히 버티지 못하고
창고 안으로 쫓겨 들어갔다.

이때 날은 이미 저물어가고 있었다. 그래서 군사들은
좀 쉬었다가 적들이 나오기를 기다려 다음날 다시 싸우
자고 했다. 그러나 한극함은 듣지 않고 군사를 지휘하여
적을 포위하게 했다.

적들은 창고 속에 쌓여있던 곡식 섬을 꺼내 성벽처럼
둘러쌓았다. 그리고 그 속에서 화살과 돌을 피하면서 연
신 조총을 쏘아댔다. 우리 군사는 나무를 묶어세운 듯
겹겹이 빗살처럼 가지런히 늘어서 있었다. 총알을 맞았
다 하면 꼭 관통되고 총 한 방에 서너 명씩 쓰러지기도
했다. 결국 우리 군사는 무너졌다. 한극함은 남은 군사

를 거두어 고개 위로 물러났다. 그리고 진을 치고 날이 밝으면 다시 싸우려고 군사를 대기시켰다.

 그런데 적군은 밤에 몰래 창고에서 나와 아군을 포위하고 풀숲 속에 흩어져 매복했다. 다음날 아침에는 짙은 안개가 끼었다. 아군은 그때까지도 적이 산 밑에 있는 줄 알았다. 그런데 갑자기 총소리가 한 번 나더니 사방에서 고함을 지르며 달려드는데, 다 적병들이었다. 결국 우리 군사들은 너무 놀라 힘없이 무너져버렸다. 장병들은 적이 없는 쪽으로 도망치다가 모두 진흙탕에 빠졌다. 그런데 적들이 뒤좇아 와 칼로 마구 베어 죽이니, 죽은 사람의 수효는 헤아릴 수도 없었다. 한극함은 도망쳐 경성(鏡城)으로 들어갔다가 결국엔 적에게 사로잡혔다.

 임해군과 순화군은 함께 회령부에 도착했다. 순화군은 처음에는 강원도에 있다가, 적병이 강원도로 들이닥쳤기 때문에 함경북도로 옮아온 것이다. 이 당시 왜적들은 왕자를 끝까지 좇아왔다.

 이 즈음 회령부의 아전 국경인(鞠景仁)은 동료들과 함께 왕자를 배반하여, 왜적들이 들이닥치기도 전에 미리 왕자와 종신들을 결박해 놓고 기다리다 맞아들였다. 적장 가등청정은 그들의 결박을 풀어준 다음 자기 군영에 머물게 하고, 함흥으로 돌아와 주둔하였다.

 이때 칠계군 윤탁렬(尹卓烈)은 수행도중 병이 났다는 핑계를 대고 홀로 다른 길로 빠져나와 갑산 남쪽의 별해보

(別害堡)로 깊숙이 들어가 있었다. 동지 이기는 왕자를 따라가지 않고 강원도에 남아있었다. 그래서 칠계군과 이기는 적에게 붙잡히지 않았다.

유영립은 며칠 동안 적진에 구류되어 있었다. 왜적들은 그가 문관이라고 감시를 허술하게 했다. 유영립은 이 틈을 타 적의 소굴에서 빠져나와 행재소로 돌아왔다.

22. 이일이 평양으로 쫓겨 옴

이일이 평양에 왔다. 이일은 충주에서 패전한 뒤 강을
건너 강원도 근처에서 이리저리 옮겨 다니다가 평양 행
재소까지 온 것이다.

이 즈음 장수들은 서울서 남쪽으로 내려가거나 도망치
거나 죽기도 해서, 임금을 호종할 사람이 없었다. 그런
데 적군이 곧 들이닥칠 것이라는 소식이 들리자 백성들
은 더욱 두려움에 떨었다.

이일은 비록 싸움에 패하고 도망쳐 온 처지라고는 해
도, 평소 무장들 중에서도 명망이 높았으므로, 사람들은
그가 왔다는 말을 듣고 모두 다 기뻐했다.

이일은 이미 여러 차례 패전하여 가시덤불 속으로 숨어
다녔던 터라, 몰골은 형편없었다. 패랭이를 쓰고, 흰 베
적삼을 입고, 짚신을 신은 이일은 몹시 수척하여 보는
사람으로 하여금 탄식을 자아내게 하였다.

나는 행장을 뒤져 무관공복 남색 비단철릭을 찾아 그
에게 주며 말했다.

"평양사람들이 그대에게 의지할 수 있게 되어 든든하게
여기고 있는데, 이렇게 수척하고 행색이 초라해서야 어
떻게 사람들을 안심시킬 수 있겠소?"

그러자 어떤 이는 말총갓을 주고, 어떤 이는 은정자(銀頂子 군모 꼭대기에 다는 은제 장식)와 채색 갓끈을 주어, 그 자리에서 당장 바꿔 입도록 했다. 그래서 옷차림은 그럭저럭 새로 갖추어졌다. 그러나 가죽신을 벗어주는 사람은 없었으므로 이일은 여전히 짚신을 신고 있었다.

"비단옷에 짚신이라니 어울리지 않는구먼."

내가 웃으면서 이렇게 말하니 좌우에 있던 사람들이 모두 웃었다.

그런데 갑자기 압록강 연안 벽동에 사는 토병(土兵 일정한 지역의 토민으로 편성한 그 지방의 군사) 임욱경(任旭景)이 왜적들이 벌써 봉산에 이르렀다는 정보를 탐지하여 알려주었다. 나는 좌의정 윤두수에게 이렇게 일러주었다.

"왜적의 척후가 벌써 대동강 밖에 와 있을 것이 틀림없소. 이 강은 영귀루 밑에서 강물이 두 갈래로 갈라지오. 그래서 거기는 물이 얕기 때문에 배가 없어도 건널 수가 있소. 만일 왜적들이 우리 백성을 잡아 길잡이를 시켜, 몰래 건너와 갑자기 달려든다면 성은 정말 위태로워질 것이오. 가서 얕은 여울목을 장악하고, 불의의 사태를 예방하도록 이일을 속히 보내는 게 좋지 않겠소?"

윤두수도 '그게 좋겠다.'며, 즉각 이일을 보냈다.

이때 이일이 거느리고 있던 강원도 군사는 겨우 수십 명뿐이었으므로, 다른 군사를 더 붙여주게 하였다. 그런데 이일은 함구문에 앉아서 군사를 점고하고 즉시 떠나지를 않았다.

나는 일이 다급하다 싶어 사람을 보내 살펴보게 했다. 그랬더니 그는 아직 그대로 함구문 위에 있더라고 했다. 나는 윤두수에게 이일을 재촉하여 빨리 가게 하라고 거듭 말했다. 그제야 비로소 이일은 떠났다.

이일은 성 밖으로 나가기는 했으나 길을 가르쳐주는 사람이 없어서, 강서(江西) 쪽으로 길을 잘못 잡았다. 가는 길에 밖에서 성으로 들어오던 평양좌수 김내윤(金乃胤)을 만나 길을 물어보고, 그를 앞세워 만경대 아래로 달려갔다. 그곳은 성에서 10여 리쯤 밖에 안 되는 곳이었다.

이일이 강의 남쪽 언덕을 바라보니 이미 수백의 적병이 몰려와 있고, 강 중간에 있는 작은 섬 주민들이 왜적들을 보고 놀라 소리를 지르며 뿔뿔이 흩어져 도망치고 있었다. 이일은 다급히 무사 10여 명에게 빨리 섬으로 들어가 활을 쏘라고 명령했으나, 군사들은 겁을 먹고 미적거렸다. 이일이 칼을 빼들고 목이라도 칠 기세로 위협하자, 그제야 앞으로 나아갔다.

왜적들은 이미 강물을 건너고 있었고, 강 언덕에 거의 다다른 자들도 많았다. 우리 군사들이 급히 굳센 활을 당겨 이들을 쏘아 연달아 예닐곱 명을 거꾸러뜨리자, 왜적들은 마침내 물러갔다. 이일은 그대로 남아 나루터 어귀를 지켰다.

23. 명나라 사자가 옴

요동도사(遼東都司 명나라 요동성의 군정을 맡아 다스리는 관직)
가 진무(鎭撫) 임세록(林世祿)을 보내 왜적의 상황을 탐지
하게 했다. 임금께서는 명나라 사자를 평양의 객관 대동
관에서 접견했다.

나는 5월에 파면되었다가 6월 1일에야 복직되었는데,
이날 당장 임세록을 접대하라는 명을 받았다.

이 무렵 요동에서는 왜적들이 우리나라를 침입했다는
소식을 들은 지 얼마 되지도 않았는데, 서울이 함락되
고, 임금께서 서쪽지방으로 피란하셨다는 소식까지 들었
다. 그런데다 왜병이 이미 평양까지 이르렀다는 소식도
들리니, 요동에서는 몹시 의심스럽게 생각했다. 왜적의
진군이 아무리 빨라도 이렇게 빠를 수는 없을 것이라고
생각했다. '우리나라가 왜적의 앞잡이가 되었다.'고 말하
는 이도 있었다.

임세록이 오자 나는 그와 함께 연관정으로 올라가 전황
을 살폈다. 왜병 하나가 대동강 동쪽의 숲 사이에서 잠
깐 나왔다가 이내 들어가더니, 조금 뒤에는 두셋이 연이
어 나와서 앉기도 하고 서기도 했는데, 그 태도가 마치
나그네가 길을 가다가 쉬는 양 태연하고 한가로웠다.

나는 임세록에게 그들을 가리켜 보이면서 말했다.

"저놈들은 왜적의 척후병입니다."

임세록은 기둥에 기댄 채 바라보며 도저히 믿기지 않는다는 표정으로 이렇게 말했다.

"왜적이라면 왜 저렇게 숫자가 적겠습니까?"

"왜적은 교활하고 간사하여, 아무리 많은 대군이 뒤에 있더라도 먼저 와서 정탐하는 놈은 몇 놈뿐입니다. 만약 놈들의 숫자가 적다고 안이하게 여기다가는 왜적의 계략에 빠져들기 십상입니다."

내가 이렇게 설명하니, 임세록은 '그렇겠습니다.'하면서 급히 회답문서를 달라고 하여, 가지고 서둘러 돌아갔다.

조정에서는 좌의정 윤두수에게 명하여 도원수 김명원과 순찰사 이원익(李元翼) 등에게 평양을 지키라고 명했다.

성안 사람들은 임금께서 평양성을 나와 피란하려 한다는 소문을 며칠 전에 듣고, 저마다 살길을 찾아 뿔뿔이 흩어져버려 마을은 거의 텅 비어 있었다. 임금께서는 세자에게 대동관문으로 나가 성안의 백성들을 모아놓고, 평양성을 굳게 지키겠다고 설명하라고 하셨다. 세자는 임금의 명대로 백성들에게 설명했으나, 나이가 많은 한 어른이 나서서 백성들은 믿지 않을 것이라 말했다.

"동궁의 설명만 듣고는 백성들이 믿지 않을 것이니, 반드시 성상께서 친히 말씀하셔야만 믿을 수 있겠습니다."

하는 수 없이 임금께서는 그 다음날 대동관문으로 납시

어, 승지에게 어제 동궁이 말한 대로 설명하게 했다. 그러자 수십 명의 어르신들은 임금께 엎드려 절하고 통곡하면서 명령을 받들고 물러갔다. 그리고는 성을 나가 길을 나누어 달려가, 산골짝에 숨어 있던 노약자와 부녀자와 그들의 자제들인 청년들을 모두 불러내, 성안으로 다시 들어오게 하니, 성안이 다시 사람들로 가득 찼다.

그런데 왜적이 대동강 가에 나타나자, 재신 노직(盧稷) 등은 종묘와 사직의 위패를 받들고, 궁인들도 호위하여 먼저 성을 나왔다. 이를 본 성안의 아전들과 백성들이 난동을 일으켰다. 그들은 칼을 빼들고 노직 등의 길을 막고, 마구잡이로 휘둘러 쳐서 신주를 땅에 떨어뜨리고, 수행하던 재신들을 지목하며 호되게 나무랐다.

"너희들은 평소에 국록만 훔쳐 먹다가, 이제 와서는 나라 일을 그르치고 백성을 속이느냐?"

나는 연광정에서 임금님이 계시는 행궁으로 달려가다가, 길에 있는 부녀자와 어린이들을 보았다. 그들은 모두 성난 얼굴로 삿대질을 하며 고래고래 소리를 질렀다.

"애시 당초 성을 버리고 갈 작정이었으면 무엇 때문에 우리를 속여 성안으로 들어오게 했소? 왜 우리만 적의 손에 던져두어 어육을 만들려고 한단 말이오?"

행궁 문 가까이 이르니, 난민들이 거리를 꽉 메우고 있었는데, 모두들 소매를 걷어 올리고 무기와 몽둥이를 가지고 사람을 만나기만 하면 마구 후려치며 소란을 피웠으나, 막을 수가 없었다. 성문 안 조당에 있던 재신들도 얼굴빛이 다 하얗게 변하여 뜰 안에 서있었다.

나는 난민들이 궁문 안으로 몰려들어 올까봐, 궁문 밖의 섬돌 위에 나와 서있었다. 그러다가 그 중에 나이가 지긋하고 수염이 많은 한 사람을 발견했다. 손짓하여 부르니 곧장 내 앞으로 나왔다. 그는 그 지방에 사는 관리인 토관이었다. 나는 그를 타일렀다.

"너희들이 힘을 다하여 성을 지키고, 임금께서 성을 나가시지 못하게 하려고 하니, 나라를 위하는 충성이 지극하구나. 그러나 이 때문에 소란을 피우고, 더구나 행궁 앞까지 와 놀라게 하고 요란을 떠니 매우 놀라운 일이다. 또 조정에서 성을 굳게 지키자고 아뢰어 임금께서도 이미 허락하셨는데, 너희들은 무엇 때문에 이 소란을 떠느냐? 네 모양새를 보니 제법 유식하겠구나. 아무쪼록 이런 사정을 여러 사람들에게 잘 설명하고 물러가게 하여라. 만약 그러지 않는다면 너희들은 중죄를 저지르는 것이니, 그때는 용서하지 않을 것이다."

그 사람은 당장 몽둥이를 버리고 두 손 모아 빌었다.

"소인은 조정에서 성을 버리려한다는 소문을 듣고 분을 이기지 못하여 이렇게 망령된 짓을 했습니다. 이제 그 말씀을 듣고 나니, 어리석고 용렬한 소인도 가슴 속에 맺힌 응어리가 시원하게 풀려 숨통이 툭 트입니다."

그리고 사람들을 지휘하여 해산하게 했다.

이보다 먼저 조정의 신하들은 적군이 곧 가까이 온다는 소식을 듣고 모두 성을 나가 피란하기를 청했다. 사헌부, 사간원과 홍문관에서는 날마다 성문 앞에 엎드려 피란을 나가자고 주청 드렸다. 특히 인성부원군(寅城府院君) 정철(鄭澈)이 강력히 주장하였다.

나는 다음과 같은 이유를 들어 평양성에 머물기를 주장했다.

"지금의 상황은 먼저 서울에 있을 때와는 다릅니다. 서울에서는 군대와 백성들이 다 무너져 흩어져버렸으므로 궁을 지키고 싶어도 지킬 수가 없었습니다. 그러나 이 평양성은 앞에는 강물이 가로막고 있고, 성을 지키겠다는 백성들의 각오도 굳건합니다. 또 중원지방이 가깝기 때문에 며칠만 굳게 지키면 명나라 구원병이 반드시 올 것이니, 이들의 힘을 빌려 왜적을 물리칠 수 있을 것입니다. 그러나 여기를 버리고 떠나면 의주까지는 의지하여 버틸 만한 성이 없기 때문에, 나라가 망하게 될 것입니다."

좌상 윤두수의 의견도 나와 같았다. 나는 또 정철에게 실망스럽다고 말했다.

"나는 평소에 공이 나라를 위하는 일이라면 늘 의기가 충천해서 어려운 일이든 쉬운 일이든 회피하지 않을 것이라고 생각해왔소. 그런데 오늘 이와 같이 말씀하시니 실망스럽습니다."

좌상 윤두수가 문산(文山 중국 송나라 때의 충신인 문천상文天
祥의 호)의 시 '내가 칼을 빌려 아첨하는 신하를 베어 버
린다면'을 읊으니, 정철은 버럭 화를 내곤 옷소매를 떨치
며 일어나 가버렸다.

평양사람들도 내가 성을 지키자고 주장했다는 말을 들
었기 때문에, 이날 내 말을 듣고 순순히 물러갔던 것이
다.

저녁에 평안감사 송언신을 불러 난민을 진정시키지 못
한 책임을 물었다. 송언신은 앞장섰던 세 사람을 결박하
여 대동문 안에서 처형했다. 그러자 나머지는 다 흩어져
가버렸다.

그때 임금께서는 이미 성을 떠나기로 결정은 했으나,
어디로 갈지는 결정하지 못했다. 대부분의 조신들은 '함
경북도는 외진 지역이고 길이 험해 난리를 피할 만하
다.'고들 말했다. 그러나 이 무렵 적병은 벌써 함경도까
지 침범했으나, 길이 막힌 데다 이런 상황을 보고하는
사람이 없었기 때문에 조정에서는 모르고 있었다.

동지 이희득(李希得)은 일찍이 영흥부사로 있을 때 어진
정사를 베풀어 민심을 얻었다. 이런 이유로 함경도순검
사로 삼고, 병조좌랑 김의원(金義元)을 종사관으로 삼아
함경도로 가게 했다. 왕비와 궁녀들을 먼저 내보내 북으
로 향하게 했다.

나는 이를 강력히 말렸다.

"임금께서 서쪽으로 피란오신 것은 본래 명나라 군사의 힘을 빌려 나라를 되찾기 위해서였습니다. 우리는 이미 명나라에 구원병을 요청해 놓았는데, 지금 도리어 함경도로 깊이 들어갔다가, 적군이 중간에서 길을 가로막으면 명나라와 소식조차 전할 수 없을 텐데, 어떻게 나라를 되찾기를 바랄 수 있겠습니까? 더구나 왜적들이 각도에서 출몰하는데 어찌 북도에만 적병이 없다고 확신하겠습니까? 그곳으로 들어갔다가 만약 적병이 뒤따라온다면 북쪽 오랑캐 땅으로 가는 길밖에 없는데 어디에 의지하시겠습니까? 불운하게도 그리 된다면 큰 위기에 몰려 상황이 아주 급박해지지 않겠습니까? 지금 조신들의 가속들 대부분이 북도에 피란하고 있기 때문에, 각자 사적인 생각으로 북도로 가자고 하는 것입니다. 신에게도 늙은 어머니가 계십니다. 역시 동쪽 방면으로 피란을 나왔다고 들었습니다. 비록 지금 계시는 곳은 모르나 틀림없이 강원도나 함경도 사이로 흘러들어 갔을 것입니다. 개인적인 감정만 앞세워 말한다면 신 역시 북쪽으로 갈 마음이 어찌 없겠습니까? 다만 국가의 큰일을 개인사정에 맞추어 결정할 수는 없기 때문에 감히 이렇게 간곡하게 아뢰는 것입니다."

이렇게 말하고 눈물을 흘리며 흐느껴 우니, 임금께서는 측은하게 여기시며 말씀하셨다.

"경의 어머니는 어떻게 지내는지? 다 내 탓이로구나!"

 내가 물러나온 뒤 지사 한준(韓準)이 독대를 청하고, 또 북도로 향하는 것이 옳겠다고 강력하게 말씀드렸다. 이 래서 결국 중전께서 함경도로 향하셨다.

 이 무렵 왜적은 벌써 사흘 전에 대동강에 이르러 있었 다. 우리가 연광정에서 건너편을 바라보니, 한 왜적이 끝에 작은 종이를 매단 나뭇가지를 강가의 모래 위에 꽂 아놓고 갔다. 화포장(火炮匠) 김생려(金生麗)에게 작은 배 를 타고 가 가져오라고 시켰다. 놈은 무기도 휴대하지 않고 김생려와 손을 잡고 등을 두드리며 대단히 친절하 게 굴면서 서신을 주어 보냈다. 김생려가 서신을 가져왔 는데도 좌의정 윤두수는 뜯어보려고 하지 않았다.

 "열어본들 뭐 해롭기야 하겠소?"

 내가 이렇게 뜯어보기를 권하고 열어보았더니, 그 서면 에는 '상 조선국 예조판서 이공 합하(上朝鮮國禮曹判書李公 閣下 조선국 예조판서 이공 합하께 올립니다).'라고 쓰여 있었다. 이는 아마 평조신과 현소가 마련하여 이덕형에게 보내는 서신이었을 것이다. 내용은 대충 이덕형을 만나 강화를 의논하자는 것이었다.

 이덕형은 조각배를 타고 가 평조신과 현소를 대동강 중 간에서 만났는데, 평소처럼 서로 위로하고 안부를 묻고 나서 현소는 말했다.

 "일본이 조선의 길을 빌려 중국에 조공을 하고자 하는 데, 조선이 이를 허락하지 않았기 때문에 일이 이 지경에 이른 것입니다. 지금이라도 한 가닥의 길을 빌려주어 일본이 중국과 통할 수 있게만 해준다면, 아무 일도 없을 것입니다."

이덕형은 지난번에 그들이 약속을 저버린 것을 책망하고, 왜적의 군사를 철군시킨 후에 강화를 의논하자고 했다. 그런데 평조신의 말투가 상당히 불손하여 회담을 그만두고 헤어졌다.

이날 저녁때 왜적 수천 명이 몰려와 대동강 동쪽 언덕 위에 진을 쳤다.

24. 임금이 평양성을 떠남

6월 11일에 임금께서는 평양성을 떠나 영변으로 향하셨다. 대신 최홍원, 유홍, 정철 등이 호종하고, 좌상 윤두수, 도원수 김명원, 순찰사 이원익은 평양성에 남아 지키기로 했다. 나 또한 명나라 장수를 접대하기 위해 평양성에 함께 머물렀다.

이날 적군이 성을 공격하였다. 좌상 윤두수, 원수 김명원, 순찰사 이원익과 나는 연광정에 있었고, 본도감사 송언신은 대동성의 문루를 지키고, 병사 이윤덕(李潤德)은 부벽루 위쪽의 강여울을 지키고, 자산군수 윤유후(尹裕後) 등은 장경문을 지켰다. 성안의 군사와 백성들을 합해 3, 4천 명이었다. 이 인원을 나누어 성첩에 배치했으나 소속부서와 대오가 명확하게 구분되지 못하고, 성 위에는 군사배치가 들쭉날쭉했다. 사람 위에 사람이 서서 어깨와 등이 서로 부딪칠 정도로 빽빽이 들어찬 곳도 있고, 드문드문 서 있어 연이은 두세 성첩 위에 한 사람도 없는 데도 있었다. 그리고 을밀대 근처의 소나무 사이에 옷가지를 여기저기 흩어 걸어놓아 군사들이 많은 양 보이게 꾸며 놓았다. 이것이 적의 눈을 속이는 가짜군사 소위 '의병(疑兵)'이라는 것이다.

대동강 건너 적병을 바라보니 역시 아주 많지는 않았다. 동대원 언덕 위에 한일(一字)자처럼 한 줄로 늘어서서 진을 치고, 붉은 깃발 흰 깃발을 벌여 세웠는데, 마치 만장 같았다.

적 기병 10여 명이 강물 속으로 들어가 양각도로 향하는데, 물이 말의 배까지 잠겼다. 그들은 당장이라도 강을 건너올 것처럼 모두 말고삐를 잡고 늘어섰다.

나머지는 한두 명, 혹은 서너 명씩 짝을 지어 강가에서 왔다 갔다 했다. 그들이 멘 큰 칼의 칼날에 햇빛이 반사되어 번개처럼 번쩍거렸다. '저건 진짜 칼이 아니고 나무로 만든 칼에 백랍을 칠하여 번쩍거리게 만들어 남의 눈을 속이는 짓'이라고 어떤 사람은 말했다. 그러나 멀어서 분간할 수가 없었다.

그리고 왜적 예닐곱 명이 강변에 나와 평양성에 대고 조총을 쏘는데 그 소리가 매우 컸다. 탄환이 강을 건너 성안으로 들어왔는데, 멀리까지 날아온 것은 대동관까지 들어와 기와 위에 쏟아졌다. 탄알은 거의 1천보나 되는 거리를 날아왔는데, 어떤 것은 성루 기둥에 맞아 몇 치쯤 깊이 들이박혔다.

붉은 옷을 입은 왜적 하나가 연광정 위에 모여 앉아 있는 제공들을 보고 장수인줄 알았는지 조총을 들고 겨누면서 차츰차츰 다가왔다. 놈은 모래 벌까지 나와 탄환을 쏘았다. 정자 위에 있던 두 사람이 맞았으나 거리가 멀었기 때문에 중상은 아니었다.

나는 군관 강사익(姜士益)에게 방패로 가리고 안에서 편전(片箭 짧고 작은 화살로 살촉이 날카로워서 갑옷이나 투구에 잘 박혔다)을 쏘게 했다. 화살이 모래벌판 위에까지 날아가니, 적들은 이리저리 피하면서 물러갔다. 이를 본 원수 김명원은 활 잘 쏘는 사람을 뽑아 빠른 배를 타고 강의 중간까지 나가 왜적을 쏘았다. 배가 점점 동쪽 언덕에 가까워지자 적들 또한 물러나 피했다. 우리 군사가 배 위에서 불화살을 재어 현자총(玄字銃)을 쏘니 서까래 같은 불기둥이 쭉쭉 뻗어 강을 건너가 떨어졌다. 왜적들은 이를 쳐다보며 비명을 지르면서 흩어졌다가 화살이 땅에 떨어지자 다투어 몰려와 이를 구경했다.

이날 병선(兵船)을 즉시 정비하지 않았다는 죄목으로 공방(工房) 아전 하나를 베어 죽였다.

그 무렵엔 오랫동안 비가 오지 않아서 강물이 날마다 줄어들었기 때문에, 단군, 기자, 동명왕 묘에 재신을 나누어 보내 비를 내려달라고 빌었다. 그래도 비는 오지 않았다. 나는 좌상 윤두수에게 이렇게 일렀다.

"이곳은 강물이 깊고 배도 없으니 왜적들이 쉽게 건너오지 못할 것입니다. 그러나 상류엔 얕은 여울이 많으니 왜적들은 머지않아 반드시 거기로 건너오려 할 것입니다. 왜적이 건너오면 성을 지키지 못할 터인데, 엄중히 방비해야 하지 않겠습니까?"

원수 김명원은 원래 성질이 느긋한지라, 짧게 대꾸했다.

"이윤덕에게 명령하여 지키게 하겠습니다."

"이윤덕 같은 사람에게 어떻게 의지한단 말이오?"

나는 이렇게 나무라고, 순찰사 이원익을 가리키면서 말했다.

"공들이 잔치모임 하듯 한 자리에 모여앉아 있는 것이 일하는 데는 아무런 도움이 되지 않소. 공이 나가서 강여울을 지켜야 되지 않겠소?"

"가보라고 명령만 하신다면 어찌 감히 힘을 다하지 않겠습니까?"

이원익의 대답에 윤두수가 지시했다.

"공이 가보는 것이 좋겠소."

이원익은 일어나서 나갔다.

나는 그때 명나라 장수를 접대하라는 명령만 받았기 때문에 군사적인 일에는 직접 참여하지 않았다. 그러나 가만히 생각해보니 아무래도 패할 것만 같았다. 그래서 빨리 명나라 장수가 오는 길목까지 나가 중도에서 맞이하여, 한 걸음이라도 속히 와서 구원하게 하는 것이 좋을 것 같았다. 그래서 날이 저물녘에 종사관 홍종록, 신경진과 함께 성을 나서 밤이 깊어서야 순안에 도착했다. 도중에 회양에서 오는 이양원의 종사관 김정목(金廷睦)을 만나 적병이 철령까지 들어왔다는 말을 들었다. 다음날

숙주를 지나 안주에 이르니, 요동진무 임세록이 또 왔기에, 공문을 받아 행재소로 보냈다.

그 다음날 임금께서 이미 영변을 떠나 박천에 행차하셨다는 소식을 듣고, 나는 박천으로 달려갔다. 임금께서는 동헌(東軒)에 나오시어 나를 불러 '평양성을 지킬 수 있겠더냐?'고 물으셨다.

"사람들의 각오가 퍽 굳건하여 지킬 수 있을 것 같았습니다. 다만 구원병을 빨리 보내지 않으면 안 될 것 같아서 왔습니다. 이 일을 위하여 신은 명나라 군대를 만나면 속히 달려가 구원해 달라고 부탁하려 하나, 아직까지 오지 않아 걱정입니다."

내가 이렇게 대답하니, 임금께서는 손수 윤두수의 장계를 가져다가 나에게 보이시며 말씀하셨다.

"어제 이미 늙은이와 어린이들을 성에서 내보냈다고 하니, 민심이 동요하고 있을 것이오. 그런데 어떻게 지킬 수 있겠소?"

"성상께서 염려하시는 그대로입니다. 그러나 신이 그곳에 있을 때는 그런 일이 없었습니다. 그곳의 형세를 보면 왜적들은 반드시 얕은 여울로 건너올 것이니, 물속에 마름쇠를 많이 뿌려놓고 방비해야겠습니다."

내가 이렇게 대답하니, 임금께서는 이 고을에 마름쇠가 있는지 물어보게 하셨다. 당장 알아본 뒤, '수천 개가 있습니다.'라고 대답했더니, 임금께서는 '급히 사람을 모아 이것들을 평양으로 보내라.'고 말씀하셨다.

"평양 서쪽의 강서, 용강, 증산, 함종 등의 여러 고을에는 창고에 곡식이 많고 백성들도 많습니다. 그런데 적병이 가까이 오고 있다는 말을 들으면 백성들은 반드시 놀라서 흩어질 것입니다. 그러니 여기서 급히 시종 한 사람을 보내 이들을 진정시키고, 군사를 수습하여 평양을 방어하도록 돕는 것이 좋겠습니다."

내가 또 이렇게 아뢰니 임금께서는 물으셨다.

"누구를 보내면 좋겠는가?"

"병조정랑 이유징(李幼澄)이 계략이 있으니, 그를 보내면 좋겠습니다."

나는 이렇게 대답하고 하직인사를 드렸다.

"신은 일의 형세가 급박하여 지체할 수가 없습니다. 마땅히 밤새 달려가 명나라 장수를 맞이하여 원군이 언제 올지 의논해야겠습니다."

물러나와서 이유징에게 임금께 아뢴 대로 말해주니, 이유징은 깜짝 놀라면서 말했다.

"그곳은 왜적의 소굴인데, 어떻게 간단 말입니까?"

"국록을 먹고 있으면 난리를 피하지 않는 것이 신하의 도리요. 지금 나라가 위태로운 지경인데, 끓는 물속이나 불길 속에 뛰어들라고 해도 피하면 안 될 터인데, 그곳에 한 번 가는 것을 어렵게 생각하는가?"

내가 꾸짖으니 이유징은 아무 말은 안 하나 원망하는

기색을 보였다.

하직하고 나와 대정강가에 이르니 해는 벌써 서산으로 기울어졌다. 고개를 돌려 광통원 쪽을 바라보니 군사들이 대오도 없이 들판에 흩어져 여기저기서 달려오고 있었다. 평양성이 함락된 것이 아닌가 걱정하며, 군관 몇 사람을 시켜 달려가서 거두어 오게 했더니, 열아홉을 데리고 왔다. 이들은 의주, 용천 등지의 군사로 평양에 가서 강여울을 지키던 사람들이었다.

"이미 어제 왜적들이 왕성탄으로 강을 건너 왔기 때문에, 강가를 지키던 군사들은 다 무너지고, 병사 이윤덕은 도망갔습니다."

그들의 말을 듣고 나는 크게 놀라, 그길로 당장 서장(書狀)을 만들어 군관 최윤원(崔允元)에게 주어 행재소에 달려가 급히 알리게 했다.

밤에 가산군으로 들어갔다.

이날 밤 중전께서 박주에 이르셨다. 북으로 향하시는 길에 적병이 벌써 북도로 들어갔다는 소식을 들었기 때문에 더 이상 앞으로 나아가지 못하시고 돌아오신 듯했다.

이 무렵 통천군수 정구(鄭逑)가 선물을 들려 사람을 보내왔다.

25. 왜적이 평양성에 들어옴

평양성이 함락되었다. 임금께서는 가산으로 옮기시고, 동궁께서는 종묘사직의 신주를 받들고 박천에서 산골로 들어가셨다.

이보다 먼저 적병은 대동강의 모래 벌에 10여 개의 둔진을 만들고, 풀을 엮어 초막을 치고 주둔하고 있었다. 벌써 여러 날이 지났으나 강을 건너지 못했고, 경비도 제법 느슨해졌다.

김명원은 성 위에서 이 모습을 보고 야습할 수 있겠다 생각하고, 고언백(高彦伯) 등에게 날랜 군사를 뽑아 부벽루 밑 능라도나루에서 몰래 배로 건너게 했다. 삼경(밤 11시~오전 1시경)에 습격하기로 처음에 약속했으나, 강을 다 건너고 보니 벌써 새벽이었다. 시간을 놓쳐버린 것이다. 막사를 살펴보니 적은 아직도 일어나지 않았다. 그래서 먼저 제1진이 돌격하니 적들은 놀라 소란을 떨었다. 우리 군사는 적을 많이 쏘아 죽였다. 이때 사병 임욱경은 앞장서서 적진으로 뛰어들어 힘써 싸우다가 적도들에게 죽었다. 이 싸움에서 적의 말 3백여 필을 빼앗았다.

그런데 갑자기 여러 곳에 주둔해 있던 적들이 다 일어

나서 대규모로 달려들었기 때문에, 우리 군사는 물러나 도로 배로 달려왔다. 그러나 배 위에 있던 사람들은 적들이 아군 뒤를 바로 육박해 오니, 감히 물가로 가서 배를 대지 못하고 강 가운데 떠 있었다. 그래서 뒷사람에게 떠밀려 물에 빠져 죽은 사람이 부지기수였다. 나머지 군사들은 왕성탄에서 어지럽게 강을 가로질러 건너왔다.

이를 본 적들은 비로소 그곳 강물이 얕은 것을 알고, 이날 저물녘에 많은 무리를 휘몰아 얕은 여울로 강을 건너왔다. 이때 여울을 지키던 우리 군사들은 감히 화살 한 대도 쏘지 못하고 모두 흩어져 달아났다.

왜적들은 대동강을 건너와서도 성안에 수비대가 있을 것이라고 생각하여 오히려 쉽게 전진하지 못했다.

이날 밤에 윤두수와 김명원은 성문을 열어 성안에 있던 사람들을 모두 내보내고, 군기와 화포를 풍월루의 연못 속에 던져 수장시켜버렸다. 윤두수 등은 보통문으로 나와 순안까지 왔지만 뒤좇아 오는 적병은 없었다. 종사관 김신원(金信元)은 혼자 대동문을 나와 배를 타고 물결을 따라 강서로 향했다.

다음날 왜적은 모란봉으로 올라가 한참 살피다가 성이 텅 빈 것을 알고는 곧장 평양성으로 들어왔다.

이보다 앞서 임금께서 평양성에 이르렀을 때, 조정에서는 식량을 걱정하여 여러 고을의 세곡을 평양성으로 가져다 두자고 의논을 모은 뒤 옮겨두었었다. 그런데 성이

함락되자 옮겨두었던 세곡과 본래 창고에 있던 곡식 10
만 석까지 다 적의 손에 넘어가고 말았다.

 그때 나의 장계가 박천에 당도하고, 순찰사 이원익과
그의 종사관 이호민(李好閔) 역시 평양에서 달려와 적이
강을 건너온 상황을 알렸다. 그래서 밤에 임금님과 중전
께서는 가산으로 떠나시고, 세자에게는 종묘사직의 신주
를 받들고 다른 길을 경유하면서 사방의 군사를 거두어
모아 나라를 되살릴 방도를 찾으라고 명하셨다. 따라서
신료들도 둘로 나누어 수행하게 했다. 영의정 최흥원이
세자를 수행하라는 어명을 받았다. 우의정 유홍도 세자
를 수행하겠다고 자청했으나 임금께서는 이에 답하지 않
으셨다.

 임금께서는 드디어 동궁 뒤를 따라 길을 나섰다.

 당시 윤두수는 평양성에서 아직 돌아오지 못했기 때문
에 행재소에는 대신이라곤 하나도 없었다. 오직 정철만
옛 재상으로서 임금의 어가를 모셨다. 임금께서 가산에
이르렀을 때는 시각이 이미 오경(새벽 3시~5시 경)이었다.

26. 임금은 정주, 선천으로 향하고

　임금께서 정주로 행차하셨다. 임금께서 평양성을 떠난
뒤부터 인심이 사나워졌다. 피난민들이 지나는 곳마다
창고로 뛰어들어 곡물을 약탈하여, 순안, 숙천, 안주, 영
변, 박천의 창고들이 차례로 다 허물어져 버렸다.
　이날 임금께서는 가산을 출발하셨다. 이때 가산군수 심
신겸(沈信謙)이 나에게 말했다.
　"가산군은 양곡이 제법 넉넉해, 관청에도 백미 1천석이
있습니다. 이것을 명나라 군사의 군량으로 쓰려 했는데,
불행히도 일이 이 지경에 이르렀습니다. 공께서 잠시만
머물러 계시면서 고을 사람들을 진정시킨다면 감히 함부
로 날뛰지는 못할 것입니다. 그렇지 않으면 난동이 일어
날 것이니, 그땐 바닷가 쪽으로 몸을 피하겠습니다."
　이 당시 심신겸의 명령은 이미 부하들에게 먹혀들지 않
은지 오래였다. 내가 데리고 있던 군관 6명과 도중에 거
둬 모은 패잔병 19명은 모두 자청하여 나를 따라오기로
약속했으므로, 활과 화살을 휴대하고 늘 내 곁에 있었
다. 심신겸은 이들의 힘을 빌려 자신을 지키고 싶어 그
렇게 말한 것이었다. 나는 차마 당장 떠날 수가 없어서
얼마 동안 대문간에 앉아 있으려니, 해는 벌써 한낮이

지났다. 다시 생각해 보니, 임금님의 명령도 아닌데 마음대로 머물러 있는 것은 도리에 맞지 않는 일이었다. 그래서 드디어 심신겸과 헤어져 서쪽으로 길을 떠나, 효성령에 올라 머리를 돌려 가산을 바라보니, 고을 안은 이미 혼란에 빠져있었다. 심신겸은 창고의 곡식을 다 빼앗기고 도망쳤다.

그 다음날 임금께서는 정주를 떠나 선천으로 가시며, 나에게는 정주에 머물러 있으라고 명령하셨다.

고을사람들은 이미 사방으로 흩어져 피난가고, 다만 늙은 아전 백학송(白鶴松)을 비롯한 몇 사람만 성안에 남아 있었다. 나는 길가에 엎드려 성을 떠나시는 임금님을 전송하고, 눈물을 닦고 연훈루에 앉아 있었다. 군관 몇이 좌우의 섬돌 아래에 섰고, 거두어 모은 패잔병 19명도 아직 떠나지 않고 길가의 버드나무에 말을 매놓고 둘러앉아 있었다.

저녁 무렵 남문 쪽을 바라보니, 몽둥이를 든 사람들이 남문 밖에서 잇달아 들어와 왼쪽으로 가기에, 군관을 시켜 알아보게 했다. 창고 밑에 모여든 사람이 벌써 수 백명이나 된다고 군관은 나에게 보고했다. 생각해보니 내가 거느린 군사는 수도 적고 약한데, 만약 난민이 더 늘어난 후에 그들과 싸운다면 제어하기가 어려울 것 같았다. 그래서 먼저 비교적 약해 보이는 쪽을 먼저 쳐서, 놀라 흩어지게 하는 것이 좋겠다고 생각했다.

성문 쪽을 보니 또 10여 명이 오고 있었다. 나는 급히
군관을 불러 19명의 군사를 데리고 달려가 그들을 잡아
오라고 했다. 잡으러 오는 군사들을 보고 도망치는 사람
들을 뒤좇아 가 9명을 잡아왔다. 즉시 그들의 머리를 풀
어 산발시키고, 손을 뒤로 돌려 묶고, 벌거벗긴 다음 창
고 갓길로 조리돌려 보이게 했다. 그리고 10여 명의 군
사에게 그들의 뒤를 따라가면서 큰 소리로 이렇게 외치
라고 시켰다.

"창고를 약탈하려는 도적을 잡아 곧 참형에 처하고 효
시(梟示 죄인의 목을 베어 높은 곳에 달아매고 여러 사람에게 보여
경계하는 것)할 것이니, 성안 사람들은 보시오."

이때 창고 아래 모여 있던 자들이 이 광경을 보고는
질겁하여 모두 흩어져 서문으로 달아나버렸다. 이렇게
하여 정주 창고에 있던 곡식은 겨우 보전했다. 또 용천,
선천, 철산 등의 여러 고을에도 창고를 덮치려는 사람은
없었다.

정주판관 김영일(金英一)은 무인이었다. 그는 평양에서
도망쳐 왔는데, 처자식을 바닷가에 데려다 두고, 훔쳐낸
창고 곡식을 들려 보내려하였다. 나는 이 말을 듣고, 그
를 잡아들여 죄를 하나하나 들춰냈다.

"너는 무장으로 싸움에 패하고도 죽지 않았으니, 그 죄
만 해도 사형감이다. 그런데 감히 또 관곡을 훔쳐내려
들었더냐? 이 곡식은 장차 명나라에서 올 구원병의 군량

이다. 네가 사사로이 가져다 먹을 것이 아니다."

그리고 곤장 60대를 때렸다.

조금 뒤에 좌상 윤두수, 원수 김명원, 무장 이빈(李薲)
등이 평양에서 정주로 왔다. 임금께서 정주를 떠나실 때
이렇게 명하셨다.

"만약 좌상(윤두수)이 오거든 정주에 머물러 있게 하라."

윤두수가 당도했기에 나는 임금님의 명을 전했다. 그러
나 윤두수는 대답도 하지 않고 바로 행재소를 향해 가버
렸다. 김명원과 이빈 등에게 정주에 남아 지키게 하고,
나도 임금님의 행차를 뒤좇아 용천으로 갔다.

이때는 이미 평양성이 함락되었다는 소식이 여러 고을
에 전해진 뒤였다. 왜적들이 뒤따라 올까봐 백성들이 모
두 산골짝으로 숨어버려 길에는 하나도 보이지 않았다.
강계 같은 압록강변의 모든 고을이 다 그렇다는 소식이
들렸다.

길을 떠나 곽산산성 밑에 이르니 두 갈래 길이 나왔다.
'이 길은 어디로 가는 길이냐?'고 하졸(下卒)에게 물으니,
'이 길은 귀성으로 달리는 길입니다.'했다.

나는 말을 세우고, 종사관 홍종록(洪宗祿)을 불러 말했
다.

"연도의 창고가 텅텅 비었으니, 명나라 구원병이 온들
식량공급을 어떻게 하겠는가? 이 부근에서 오직 귀성 한
고을만 비축해둔 곡식이 좀 넉넉한 모양일세. 그러나 그

113

곳도 아전과 백성들이 다 도망갔다니, 곡식을 옮길 방도
가 없네. 자네는 귀성에 오래 있었으니, 만약 자네가 왔
다는 말을 들으면 그곳 사람들은 산골짝에 숨어 있다가
도 왜적의 형세를 듣고 싶어 반드시 찾아올 것일세. 자
넨 서둘러 귀성으로 달려가 그들을 타이르게. '왜적이
평양성에 들어오긴 했으나 아직 나오지 않았고, 지금 대
규모의 명나라 구원병이 오고 있으니 되찾을 날이 멀지
않았다. 다만 한 가지 걱정은 군량이 부족한 것뿐이다.
벼슬아치든 아전이든 가릴 것 없이 온 고을이 모두 힘을
합쳐 군량을 옮기게. 그래서 군량이 떨어지지 않게 한다
면 후일 반드시 큰 상이 내릴 것이네.'라고 하게. 이렇게
말하면 아마 마음과 힘을 합쳐 정주, 가산까지 군량을
운반해 줄 것이네. 그럼 일이 우리 뜻대로 될 것일세."

홍종록은 감개하여 승낙하고는 나와 길을 나누어 귀성
으로 떠나고, 나는 용천으로 향했다.

홍종록은 기축옥사(己丑獄事 선조 때1589 정여립鄭汝立 모반을
계기로 일어난 옥사)에 연루되어 귀성에 귀양 가 있었다. 임
금께서 평양에 오신 뒤에 비로소 용서하고 사옹 정(司饔
正 궁중의 음식에 관한 일을 맡아보던 사옹원의 으뜸 벼슬)으로 삼
았다. 그는 충직하고 성실하여 자신의 안위는 생각지 않
고, 나랏일을 위하여 좋은 일 궂은일을 가리지 않고 해
낼 각오가 되어있는 사람이었다.

27. 임금이 의주에 이르고 원병이 옴

임금께서 의주에 이르렀다.

명나라 참장(參將) 대(戴) 아무개장수와 유격장(遊擊將) 사유(史儒)가 군사를 각각 한 부대씩 거느리고 평양으로 가다, 임반역에 이르러 평양성이 벌써 함락되었다는 소식을 듣고 의주로 돌아와 주둔하였다. 또 명나라 조정에서는 군사들이 쓸 경비로 은 2만 냥을 내려주었다. 명나라 관원이 이것을 가지고 의주에 도착했다.

이보다 앞서 요동에서는 우리나라에 왜적의 변고가 있다는 말을 듣고 즉시 조정에 보고했으나, 조정에서는 의견이 크게 엇갈렸다. 심지어 우리가 왜적의 길잡이가 되었다는 의심까지 했다. 그런데 유독 병부상서 석성(石星)만 우리나라를 구원해 줄 것을 강력히 주장하였다.

이때 우리나라에서 사신으로 가 있던 신점(申點)이 옥하관에 묵고 있다가, 석성이 불러서 뜰에 도착하니, 요동에서 왜적이 침입했다고 보내온 보고 문서를 꺼내 보여주었다.

신점은 그 자리에서 통곡을 했다. 그리고 일행과 함께 아침저녁으로 국상을 당해 통곡하는 것처럼 울며 우선 구원병을 보내달라고 요청했다.

병부상서 석성은 신종황제께 이를 알리고, 두 부대를 보내 조선의 임금을 호위하게 하고, 그들이 쓸 경비로 은을 하사할 것을 요청했다.

신점이 귀국길에 통주에 이르렀을 때, 다급한 상황을 알리기 위해 명으로 가는 우리 사신 정곤수(鄭崑壽)가 뒤이어 도착했다. 병부상서 석성은 그를 화방(火房 다사로운 방. 중국의 가옥구조상 특별한 의미가 있음)까지 맞아들여 친히 상황을 물으면서 눈물까지 흘렸다고 한다.

이때 연달아 요동에 파견한 우리 사신이 위급함을 알리고 구원병을 요청했다. 또 명나라에 복속되겠다는 약속도 했다. 이미 평양성을 함락시킨 만큼 왜적이 밀어붙이는 형세는 지붕에서 물병을 쏟아 부은 것처럼 세차서, 압록강까지 밀고 올라오는 것은 시간문제였다. 사정이 이처럼 다급했기 때문에 복속하려는 궁리까지 하게 된 것이다.

다행히 왜적은 평양성에 들어온 뒤로 몇 달 동안 움직이지 않았다. 순안, 영유가 평양에서 아주 가까운 지척인데도 침범하지 않았다.

이 덕분에 인심이 차츰 안정되었고, 남은 군사를 재정비하는 한편, 명나라 구원병을 맞아들여 마침내는 나라를 되찾게 되었다. 이는 실로 하늘의 도움이지 사람의 힘으로 이룰 수 있는 일이 아니었다.

28. 명나라 구원병 5천 명이 달려옴

7월에 요동부총병(遼東副總兵) 조승훈(祖承訓)이 군사 5천 명을 거느리고 도우러 온다는 기별이 먼저 왔다.

나는 당시 치질 때문에 고통이 심하여 자리에 누워 일어나지 못했다. 임금께서는 좌상 윤두수에게 연도의 고을에 나가 군사들의 식량을 마련하라고 하셨다.

나는 종사관 신경진(辛慶晉)에게 임금께 아뢰라고 했다.

"현직대신 중 윤두수 한 사람만 행재소에 남아 있을 뿐이므로 그가 나가면 안 됩니다. 신이 이미 명나라 장수를 접대하라는 명령을 받았으니, 비록 병이 들었지만 나가서 힘껏 마련해보겠습니다."

임금께서 이를 허락하셨다.

7월 7일에 아픔을 무릅쓰고 하직인사를 드리러 행궁으로 갔더니, 임금께서 부르시기에 기다시피 들어가 아뢰었다.

"명나라 군사가 지나가는 길인 소관 이남부터 정주, 가산까지는 5천 명의 군사가 지나갈 하루 이틀 동안 먹을 식량은 마련할 수 있습니다. 안주, 숙천, 순안 세 고을은 저장해둔 양식이 없으니, 명나라 군사가 여기를 지날 때는 미리 3일 동안 먹을 식량을 마련하여 안주 이남에서

117

징비록 1

먹일 수 있도록 준비하셔야 합니다. 만약 구원병이 평양에 도착한 그날로 수복한다면, 성안에는 좁쌀이 많으므로 식량을 보급할 수 있습니다. 또 여러 날 동안 성을 포위하더라도 평양 서쪽의 강서, 용강, 함종 세 고을에 있는 곡식을 옮겨오면 군 주둔지에 공급할 수 있어 군량이 모자라지는 않을 것입니다. 여기 있는 여러 신하들에게 이런 사정을 명나라 장수와 서로 의논하도록 하여, 융통성 있게 운용하시고 상황을 봐가며 편리한 대로 대처하게 하십시오."

임금께서는 '그렇게 하겠다.'고 말씀하셨다. 어전을 물러나오니 임금께서는 안에 분부하여 웅담과 납약을 내려주셨다. 내의원의 늙은 종 용운(龍雲)이 성문 밖 5리가량까지 나를 전송하면서 통곡했다. 내가 전문령에 올랐을 때까지도 울음소리가 그대로 들렸다.

저녁때 소관역에 도착해보니 아전과 군사들이 다 도망쳐버려 사람 그림자 하나 보이지 않았다. 군관을 시켜 촌락을 수색하게 했더니 몇 사람을 데리고 왔다.

나는 힘써 그들을 타일렀다.

"나라에서 평소 너희들을 보살피는 것은 오늘같이 어려운 날에 쓰기 위해서인데, 어떻게 도망을 친단 말이냐? 이제 곧 명나라 구원병이 올 테고, 그러면 나라일이 정말로 위급하다. 이때야말로 너희들이 수고를 다하여 공을 세울 좋은 기회다."

118

그리고는 공책 한 권을 꺼내 군관이 데려온 사람의 성
명을 먼저 써서 보이면서 말했다.

"훗날 이것으로 공로의 등급을 매겨 임금께 고하여 상
을 내리시게 할 것이고, 여기에 기록되어 있지 않은 사
람은 일일이 조사하여 벌을 줄 것이니, 한 사람도 그 죄
를 면할 수는 없을 것이다."

그랬더니 조금 뒤에 사람들이 줄지어 와서 말했다.

"소인들이 볼일이 있어 잠시 나갔었습니다. 어찌 감히
맡은 일을 기피하겠습니까? 원컨대 저희들 이름을 써넣
어 주십시오."

나는 이런 방법으로 사람들의 마음을 수습할 수 있음을
알고, 즉시 각처로 공문을 보냈다. 이 같은 선례에 따라
공로를 적는 장부를 비치해 두고, 공의 많고 적음을 기
록해 두었다가, 후일 보고하여 상벌을 주는 데 참고할
수 있도록 시행하게 하였다.

이렇게 하여 명령을 들은 사람들은 앞 다투어 나와 땔
나무와 말먹일 풀을 운반하고, 집을 짓기도 하고, 가마
솥을 걸어놓기도 하여, 며칠 새 모든 일이 조금씩 체계
가 잡혀갔다. 당시 나는 안 그래도 난리에 시달리는 백
성들을 다그치며 부려서는 안 되겠다 싶어, 성심껏 잘
타이르기만 하고 한 번도 매질을 하지는 않았다.

그길로 나아가 정주에 이르니, 홍종록이 귀성 사람들을
모두 동원하여 2천여 석이나 되는 말먹일 콩과 좁쌀을

정주, 가산에 운반해 놓았다. 나는 오히려 구원병이 안주에 도착한 이후의 일이 걱정이었는데, 마침 충청도 아산 창고에 있던 세미(稅米) 1천2백 석을 실은 배가 행재소로 가다가 정주의 입암에 이르러 정박하고 있었다.

난 너무 기뻐 당장 행재소로 장계를 올렸다.

'먼 곳에 있는 곡식이 마치 약속이나 한 듯 때맞춰 도착했으니, 이는 하늘이 나라를 다시 일으키도록 돕는 것 같습니다. 이 양곡들도 함께 가져다 군량을 보충하게 해 주십시오.'

이어 수문장 강사웅(姜士雄)을 입암으로 달려가게 하여, 2백 석은 정주로, 2백 석은 가산으로, 8백 석은 안주로 나누어 옮기게 했다. 안주는 왜적이 가까이 있었기 때문에 당분간 배를 물속에 정박시키고 기다리라고 했다.

이때 선사포 첨사 장우성(張佑成)은 대정강에, 노강 첨사 민계중(閔繼中)은 청천강에 각각 부교를 만들어, 명나라 군사들이 건널 수 있게 준비하게 하고, 나는 먼저 안주로 가서 군수품을 징발하였다.

이때 왜적은 평양성으로 들어간 이후 오랫동안 나오지 않고 있었고, 순찰사 이원익은 병사 이빈과 함께 순안에 주둔하고, 도원수 김명원은 숙천에, 나는 안주에 있었다.

29. 구원병이 평양성 공격에 실패함

7월 19일에 총병 조승훈의 군사가 평양성을 치다가 전세가 불리하여 물러가고, 유격장군 사유가 전사했다.

이 일이 있기 전에 조승훈이 의주에 이르자, 사유는 그 부대의 선봉이 되었다. 조승훈은 요동의 용맹스러운 장수로 여러 차례 북쪽 오랑캐와 싸운 전공이 있었기 때문에, 이번 출정 때도 '왜적을 반드시 물리칠 것'이라고 큰소리쳤다. 가산에 이르러 우리나라 사람에게 물었다.

"평양성의 왜적이 벌써 달아나지나 않았는가?"

"아직 물러가지 않았습니다."

그러자 조승훈은 술잔을 들고 하늘을 우러러 보며 자축까지 했다.

"적군이 아직 있다니, 하늘이 내게 큰 공을 세우도록 허락하시는구나!"

이날 삼경에 조승훈은 순안에서 군사를 출발시켜 평양성을 공격했다. 마침 큰 비가 내려 성 위에는 지키는 군사도 없었다. 명나라 군사는 칠성문 쪽으로 들어갔는데, 길은 좁고 꼬불꼬불한 골목길이라 말을 달릴 수가 없었다. 왜적들은 험하고 좁은 곳에 몸을 의지하고 조총을 마구 쏘아댔다. 유격장군 사유는 총에 맞아 그 자리에서 쓰러져 죽고, 군사와 말도 많이 죽었다. 조승훈은 하는 수 없이 군사를 후퇴시켰다. 그러나 적은 다급하게 좇아오지는 않았으나, 뒤처진 군사 중 진흙탕에 빠져 헤어나오지 못한 사람은 모두 적에게 죽고 말았다.

조승훈은 남은 군사를 이끌고 말머리를 돌렸다. 순안, 숙천을 지나 밤중에 안주성 밖에 이르러 말을 세우고 통역관 박의검(朴義儉)을 불러 말했다.

"아군은 오늘 왜적을 많이 죽였다. 그러나 불행히 유격장군 사유가 전사했다. 날씨도 궂어 큰 비가 오고, 땅이질어 왜적을 섬멸시키지 못했다. 그러나 군사를 증원하여 다시 쳐들어갈 것이다. 그러니 네 나라 재상에게 동요하지 말고, 부교 또한 철거하면 안 된다고 전하라."

조승훈은 말을 마치자 말을 달려 두 강을 건너, 공강정에 군사를 주둔시켰다. 아마 조승훈은 싸움에 패하여 적병이 추격해 올까봐 두려웠을 것이다. 그래서 앞을 두 강으로 가로막고 싶었기 때문에 그렇게 빨리 서둘렀을 것이다. 나는 종사관 신경진을 보내 위로하게 하고, 양식과 음식을 실어 보내주었다. 조승훈이 공강정에 주둔한 이틀 꼬박 큰 비가 내렸다. 들판에서 노숙 중이었으므로 옷과 갑옷이 다 젖자 군사들은 조승훈을 원망했다. 그는 얼마 머무르지 못하고 요동으로 되돌아가 버렸다.

나는 인심이 동요될까 우려돼, 임금께 계청하여 안주에 그대로 머물러 있으면서 후속부대를 기다리기로 했다.

30. 이순신이 거북선으로 왜적을 격파

전라수군절도사 이순신이 경상우수사 원균과 전라우수사 이억기(李億棋) 등과 함께 거제도 앞바다에서 적군을 크게 격파했다.

이보다 앞서 왜적이 바다를 건너 상륙했을 때, 원균은 적군의 어마어마한 숫자를 보고 감히 나가 싸우지도 못하고, 휘하의 전선(戰船) 백여 척과 화포, 군기를 모두 바다 속에 침몰시켜버린 후, 휘하의 비장 이영남(李英男), 이운룡(李雲龍) 등과 함께 네 척의 배를 타고 곤양의 바다 어귀로 달아나 육지로 올라가 왜적을 피하려했다. 이 때문에 수군 1만여 명이 다 흩어져 버렸다.

이영남이 원균에게 조언했다.

"공은 임금의 명을 받아 수군절도사가 되었습니다. 그런데 지금 군사를 버리고 육지로 올라간다면, 훗날 조정에서 공로와 과실을 조사할 때 어떻게 해명하겠습니까? 그보다는 전라도에 구원병을 요청하여 왜적과 한 번 싸워보고, 못 이기겠으면 그때 달아나도 늦지 않습니다."

원균은 그렇게 하는 것이 옳다고 여겨, 이영남을 이순신에게 보내 원병을 요청하게 했다.

그러나 이순신은 원병요청을 거절했다.

"각자 분담한 지역이 있는데, 조정의 명령도 없이 어찌 함부로 경계를 넘어갈 수 있겠는가?"

원균은 원병을 요청하라고 다시 이영남을 보냈다. 이러기를 무릇 대여섯 차례나 되풀이했다. 이영남은 늘 마다 않고 이순신에게 왔다 갔는데, 그때마다 원균은 뱃머리에 앉아서 바라보며 통곡하곤 했다.

얼마 뒤에 이순신은 판옥선(板屋船 널판으로 지붕과 벽을 만든 전선) 40척을 거느리고, 약속한 이억기와 함께 거제로 왔다. 여기서 원균과 합세하여 군사를 몰아 전진해, 견내량에서 왜적선과 만났다.

"이곳은 목이 좁고 수심이 얕아서 마음대로 배를 부리기 어려우니, 거짓으로 물러가는 체하며 적을 유인해 넓은 바다로 나가서 싸우는 것이 좋겠습니다."

이순신이 이렇게 말하니, 원균이 분을 못 이겨 당장 앞으로 나아가 싸우려고 덤볐다.

"공은 병법을 모르나봅니다. 그러다가는 반드시 패하고 맙니다."

이순신은 말을 마치고는, 깃발을 올려 휘하의 배들을 지휘하여 물러나게 했다. 왜적들은 얼씨구나 하며 서로 앞 다투어 따라 나왔다. 좁은 여울목을 거의 다 벗어났을 즈음, 이순신이 북을 한 번 울리자, 배들은 일제히 노를 돌려 저어, 당장이라도 적선과 맞부딪칠 것처럼 바다가운데 줄지어 늘어섰다. 거리는 수십 보 정도였다.

이에 앞서 이순신은 거북선을 만들었다. 거북선은 널빤지로 배 위를 덮어, 그 모양이 마치 거북의 등과 같았다. 전투병과 노 젓는 사람들 모두 배 안에서 활동하고, 양 옆과 앞뒤에는 화포를 많이 싣게 되어 있고, 내부는 베 짜는 북 드나들듯 마음대로 드나들 수 있게 통로가 만들어져 있었다.

이순신은 적선과 만나자 대포를 쏘며 여러 배들이 합세하여 일제히 공격했다. 연기와 불꽃이 하늘에 가득 찼고, 불탄 적선이 무수히 많았다. 이때 적장은 누선(樓船)을 타고 있었는데, 높이가 두어 길이나 되고, 갑판 위에 높은 전망대를 설치하고 붉은 비단과 채색 담요로 둘러싸놓았다. 이 누선 또한 우리 대포에 맞아 부서지고 타고 있던 적들은 모두 바닷물에 빠져죽었다.

그 뒤에도 왜적들은 연전연패하여, 부산과 거제로 도망쳐 들어가 다시는 나오지 못했다.

어느 날 이순신은 싸움을 독려하다 날아온 총탄에 왼쪽 어깨를 맞아 피가 발꿈치까지 흘러내렸으나 아무 말도 하지 않았다. 그는 싸움이 끝난 뒤에야 비로소 칼로 살을 가르고 총알을 꺼냈는데, 두어 치나 되게 깊이 박혀 있었다. 이를 보는 사람들은 새파랗게 질렸으나, 이순신은 여느 때와 다름없이 태연하게 웃고 떠들었다.

승전보가 들어오자 조정에서는 무척 기뻐했다. 임금께서 이순신을 1품으로 올려주려 했으나, 간언이 너무 과

분하다 하여, 정2품 정헌(正憲)대부로, 이억기와 원균을
종2품 가선(嘉善)대부로 각각 높여주었다.

이 싸움 전에 적장 평행장(소서행장)은 평양에 이르러 이
런 글을 보낸 적이 있다.

'일본의 수군 10만여 명이 또 서해로 들어올 것입니다.
그럼 이제 대왕은 어디로 행차하시겠습니까?'

아마 적들은 본래 수군과 육군이 합세하여 서쪽으로 내
려올 심산이었을 것이다.

그런데 이 한 번의 승리가 결국 적의 한쪽 팔을 끊어
버린 셈이었다. 그래서 소서행장은 평양성을 빼앗고도
군세가 고립되어 감히 더 전진하지 못했던 것이다.

이 승리로 우리는 전라도와 충청도를 확보할 수 있었
고, 그 여파로 황해도와 평안도 연안 일대도 보전할 수
있었다. 그 덕분에 군량조달이 순조로웠고, 명령을 전달
할 수 있어서 다시 일어설 수 있었다. 그리고 요동의 금
주, 복주, 해주, 개주와 천진 등지도 전란에 휘말리지 않
게 되었고, 명나라 원병이 육로로 올 수 있었던 것도,
그래서 왜적을 물리치게 된 것도, 다 이순신이 이 싸움
에서 승리한 덕분이었다. 아아, 어찌 하늘의 도우심이
아니겠는가!

이순신은 이를 계기로 경상, 전라, 충청 3도의 수군을
거느리고 한산도에 주둔하며, 왜적들이 서쪽으로 침범하
지 못하도록 길을 막았다.

31. 조호익의 충성심

전에 의금부도사(義禁府都事 의금부는 왕명을 받들어 죄수를 추국하는 일을 관장함)를 지낸 조호익(曺好益)이 강동에서 군사를 모아 왜적을 토벌했다. 조호익은 창원사람으로 지조와 덕행이 있었는데, 무고를 당해 온 가족이 강동으로 이사했다. 집안이 가난해 20년 넘게 아이들을 가르쳐 먹고살았어도 그는 지조를 더욱 굳건히 하기만 했다.

임금께서 평양에 이르러 그의 죄를 용서하고 불러들여 의금부도사로 임명했다. 평양성이 포위되자 조호익은 강동으로 가서 군사를 모집하여 평양을 구원하려 했으나, 얼마 지나지 않아 평양성은 함락되고 군사와 백성들이 다 무너졌다. 그래서 행재소로 돌아가는 참이던 조호익을 마침 양책역에서 만나 나는 이렇게 권했다.

"명나라 구원병이 곧 올 것이네. 자네는 의주로 가지 말고 이대로 강동으로 돌아가서 군사를 모집하여, 평양에서 명나라 군사와 합세해 돕는 것이 좋겠네."

조호익은 내 의견을 따르겠다고 했다. 나는 사유를 적은 장계를 조정에 올리고, 군사를 일으키자는 기병(起兵) 문을 작성하여 조호익에게 주고, 군사상 필요한 무기 등도 도와주었다.

조호익은 그길로 강동으로 가서 수백 명이나 되는 군사
를 모아, 상원에 나와 진을 치고 많은 왜적을 맞아 베어
죽였다.

조호익은 글을 읽는 선비라, 활 쏘고 말 달리는 무예에
는 익숙지 못했으나, 충성심과 의리로 군사들의 마음을
격려했다. 그는 동짓날에 군사를 거느리고 멀리 행재소
쪽을 향해 네 번 절하고 밤새도록 통곡했다. 군사들도
다 따라서 눈물을 흘렸다.

32. 전주의 방어전과 정담 등의 용전

왜적들이 전라도를 침범하자 김제군수 정담(鄭湛)과 해남현감 변응정(邊應井)이 힘을 다해 싸우다 전사했다.

당시 왜적은 경상우도로부터 전주 경내로 들어왔기 때문에, 정담과 변응정 등이 웅령에서 막았다. 산길을 가로질러 목책을 설치하여 길을 끊어놓고, 진종일 장병들을 독려하여 치열하게 싸워 수많은 적병을 쏘아 죽였다. 왜적들이 물러가려할 즈음, 마침 날이 저물고 화살이 다 떨어졌다. 이를 눈치 챈 왜적들이 재차 공격해왔다. 이를 막다가 둘 다 전사하고, 결국 아군은 무너졌다.

그 다음날 왜적이 전주에 이르니, 관리들은 달아나려고 했다. 그때 고을사람 중에 전에 전적(典籍) 벼슬을 지낸 이정란(李廷鸞)이 성안으로 들어가 아전과 백성들을 불러 모아 굳게 성을 지켰다.

이 당시 왜적 정예병들이 웅령에서 많이 죽은 뒤였기 때문에, 이미 그 기세가 꺾여있었다. 또 전라감사 이광(李洸)은 성 밖에 의병을 풀어, 낮에는 수많은 깃발을 늘여 세우고, 밤이면 온 산 가득히 횃불을 벌여놓아, 많은 군사가 진을 치고 있는 것처럼 위장했다.

왜적은 성 밑에 와서 몇 번 살피며 돌아다니다가 감히

129

공격하지 못하고 달아나 버렸다. 왜적들은 돌아가다가 웅령에서 전사한 시체를 모두 모아 묻어주었다. 그래서 길가에 큰 무덤 몇 개가 만들어졌다. 그리고 그 무덤 위에 나무를 세우고 이렇게 써두었다.

'조조선국충간의담(弔朝鮮國忠肝義膽 조선국의 충성스럽고 의로운 넋을 위로한다).'

이는 아군이 힘을 다해 용감하게 싸운 것을 칭찬한 것이었다.

이리하여 유독 전라도만은 보전되었다.

33. 평양성을 공격했으나 실패

8월 1일에 순찰사 이원익과 순변사 이빈 등이 군사를 거느리고 나가 평양성을 공격했으나 전세가 불리하여 물러났다.

이때 이원익은 이빈과 함께 수천 명의 군사를 거느리고 순안으로 가고, 별장 김응서(金應瑞) 등은 용강, 삼화, 증산, 강서 네 고을의 군사들을 20여 개의 진둔으로 나누어 편성하여 거느리고 평양의 서쪽에 주둔해 있고, 김억추(金億秋)는 수군을 거느리고 대동강 하류에 머물면서 서로 호응할 태세를 갖추고 있었다.

이날 이원익 등은 평양성 북쪽에서 진군해 가다가, 왜적의 선봉을 만나 20여 명을 쏘아 죽였다. 그런데 조금 뒤에 대규모의 왜적들이 몰려오자, 군사들이 당황하여 무너지고 말았다. 압록강 연안 출신의 용맹한 군사들이 많이 죽고 다쳤다. 우리 군사는 결국 순안으로 되돌아와 주둔했다.

34. 명나라 심유경의 강화회담

9월에 명나라 유격장군 심유경(沈惟敬)이 왔다.

이에 앞서 조승훈이 패전하고 본국으로 돌아가자, 왜적들은 더욱 교만해져 아군에게 편지를 보냈는데, '염소 떼가 한 호랑이를 친다.'는 말이 있었다. 염소는 명나라 군사를 빗댄 것이고, 호랑이는 자기 자신을 자랑하는 것이었다. 왜적들은 가까운 시일 안에 서쪽 방면으로 쳐내려갈 것이라고 떠들어댔다. 그래서 의주사람들은 당장이라도 피란할 수 있게 짐을 지고 서있는 형편이었다.

심유경은 원래 절강성 사람이었는데, 병부상서 석성은 평소 그가 왜국의 실정을 잘 안다고 하여 유격장군의 직함을 주어 내보냈던 것이다.

그는 순안에 이르러 급히 왜적의 장수에게 편지를 보냈는데, 성지(聖旨 명나라 신종의 교지)라며 이렇게 문책했다.

'조선이 일본에 무슨 잘못을 저질렀기에 마음대로 군사를 일으켰느냐?'

당시 왜란이 갑자기 일어났고, 또 그들이 잔인하고 혹독하기가 이루 말할 수 없었으므로, 다 겁을 내어 감히 그들의 병영 가까이 다가가보는 사람이 없었다.

그런데 심유경은 노란 보자기에 편지를 싸서 부하에게

등에 지고 말을 달려 보통문으로 들어가 왜적의 진영에
갖다 주라고 시켰다. 왜적장수 소서행장은 그 편지를 보
고는 즉시 '직접 만나서 일을 의논하자.'고 회답을 보내
왔다. 심유경이 당장 적진으로 가려고 하자 사람들은 모
두 위험한 일이라 했고, 가지 말라고 말리는 이도 많았
다.

그러자 심유경은 웃으면서 큰 소리쳤다.

"저들이 어찌 감히 나를 해칠 수 있겠느냐."

그리고는 부하 서너 명만 데리고 평양성으로 갔다. 소
서행장, 평의지, 현소 등은 어마어마한 군대의 위세를
보이며 평양성 북쪽 10리 밖의 강복산 아래까지 나와서
맞이했다.

우리 군사들이 대흥산 꼭대기에 올라가서 그 광경을 바
라보니, 왜적의 군사는 아주 많고 창칼이 쌓인 눈처럼
번뜩였다. 심유경이 말에서 내려 왜적의 진중으로 들어
가자, 왜적들이 떼를 지어 사방에서 에워쌌다. 붙잡혀
갇히지나 않을까 걱정될 정도였다. 날이 저물어 심유경
이 돌아왔는데, 왜적들은 그를 공손히 예를 다해 전송해
주었다고 했다.

그 이튿날 소서행장은 편지를 보내 안부를 묻고, 또 이
렇게 썼다.

"대인(심유경)께서는 시퍼런 칼날 속에서도 안색 하나
변하지 않으셨습니다. 일본 사람이라도 그보다 더 태연

할 수는 없었을 겁니다."

심유경은 이에 곽자의를 인용하며 회답했다.

"너희들은 당나라 때 곽영공(郭令公 당나라 때의 명장 곽자의 郭子儀를 말함. 현종 때 안록산의 난리를 평정하고, 회흘回紇의 후범 後犯을 막는 등 많은 공을 세움)이 1만의 군진 속으로 들어가서도 조금도 두려워하지 않았다는 말을 듣지 못했느냐? 그런데 난들 어찌 너희를 두려워하겠는가!"

이어서 왜적과 이렇게 약속했다.

"내가 돌아가서 신종황제께 보고하면 의당 마땅한 처분이 있을 것이다. 앞으로 50일 동안 왜인은 평양성 북쪽 10리 밖으로 나와 재물을 약탈하는 일이 없도록 하고, 조선 군사도 그 10리 안으로 들어가서 너희들과 싸우지 못하도록 할 것이다."

그리고는 즉석에서 경계에 말뚝을 세워 금지표시를 해놓고 돌아갔다. 그러나 우리나라 사람들은 그 내용을 전혀 알 수가 없었다.

35. 경기감사 심대의 죽음

경기감사 심대(沈岱)가 왜적의 습격을 받아 삭녕에서 사망했다.

심대는 의협심이 강한 사람으로 왜적의 변고가 일어난 이후 항상 분함을 참지 못했으며, 나라의 사명을 받들어 싸움터로 들고날 때도 위험을 피하지 않았다.

이 해(1592) 가을 심대는 권징(權徵)의 후임으로 경기감사에 임명되었다. 행재소에서 부임지로 가는 길이 안주를 거쳐 가게 되어 있으므로, 가는 길에 나를 찾아왔기에 백상루에서 만났다. 그는 국난에 대해 말하며 분개했는데, 그가 말하는 것을 보니, 날아오는 화살과 돌을 무릅쓰고 직접 왜적과 맞서 싸우겠다는 뜻이기에, 나는 경계하며 일렀다.

"옛 사람이 말하지 않았는가? '밭을 가는 일은 마땅히 농부에게 물어야 한다고.' 그대는 글 읽는 선비니 싸움터에서 하는 일은 서툴 것일세. 경기도 양주목사 고언백이 용맹스러워 잘 싸울 것이니, 그대는 그저 군병을 모으고 그들을 돕는 일을 하고, 고언백에게 이들을 거느리고 나가 싸우게 하게. 그러면 공을 세울 수 있을 것이니, 직접 군사를 이끌고나가 싸우지는 말게."

심대는 '예, 예.'하고 대답했지만, 속으로는 매우 못마땅한 눈치였다. 나는 또 그가 홀로 왜적이 득실거리는 속으로 들어가는 것을 보고, 활 잘 쏘는 군관 중 의주사람 장 아무개를 딸려 보냈다.

심대가 떠난 후 몇 달 동안 경기도에서 안주를 지나 행재소로 가는 인편이 있으면, 그는 그때마다 나에게 편지를 보내 안부를 물었다. 나도 그때마다 직접 그 사람에게 경기지방 왜적의 형세와 감사 심대는 어떻게 하고 있는지 물었다.

편지를 들고 온 경기도사람의 대답은 이랬다.

"경기도는 다른 도보다도 왜적에게 당한 피해가 훨씬 크고 잔혹합니다. 왜적들은 날마다 나와서 불을 지르고 약탈을 하여 성한 곳이라곤 없습니다. 전에는 감사와 수령과 그 밑의 관원들은 다 깊고 궁벽한 산골로 몸을 피하기도 하고, 수행원들도 백성들이 입는 흰옷을 입고 몰래 다니거나, 일정한 주거지를 정하지 않고 여기저기로 자주 옮겨 다녀 왜적들의 환난을 당하지 않았습니다. 그런데 지금의 감사께서는 왜적을 두려워하지 않고, 고을을 돌아보실 때마다 평상시처럼 먼저 공문을 보내 알린 다음 깃발을 세우고 나팔을 불며 다니십니다."

나는 이 말을 듣고 몹시 걱정되어 전에 말한 것같이 조심하라고 글을 써 보내 거듭 당부했으나, 심대의 태도는 바뀌지 않았다.

그는 군사를 모아 모두 직접 거느리고 '서울을 수복하겠다.'고 소리쳐 소문을 퍼뜨렸다. 날마다 사람을 성안으로 들여보내, 군사를 모아 안에서 호응하겠다는 약속을 받아내게 했다. 사람들은 난리가 진정된 뒤에 왜적을 도왔다는 죄로 벌을 받을까봐 두려워, 연명장을 써 감사에게 가져가 성안에서 내응할 수 있다고 자진해서 약속했다. 이런 사람이 날마다 수백 수천 명이었다. 그들은 '약속을 받는 패'니, '군기를 옮기는 패'니, '적정을 알리는 패'니 하며 감사에게 아무나 거리낌 없이 들고 나고했다. 그러니 그들 중에는 왜적의 앞잡이가 되어 우리의 동정을 살피고 가는 사람 또한 많았으나 심대는 고스란히 믿고 누가 와도 의심하지 않았다.

이 무렵 심대는 삭녕군(연천군)에 있었는데, 왜적들은 이를 탐지하고 몰래 대탄을 건너와 밤에 습격해왔다. 놀라 일어나서 옷을 걸치고 달아나는 심대를 왜적들이 좇아와 죽였다. 내가 함께 보냈던 군관 장 아무개 역시 이때 같이 죽음을 당했다.

왜적들이 물러간 뒤에 경기도 사람들은 그의 시신을 거두어 임시로 삭녕군 안에다 안치해 두었다. 며칠 뒤에 왜적이 다시 와서 그의 머리를 베어 가져가 서울의 종루(鐘樓)거리에 매달아 놓았는데, 5, 60일이 지나도 얼굴빛이 살아있는 사람 같았다고 한다. 경기도 사람들은 그의 충성심을 안타깝게 여겨 서로 재물을 모아 파수 보는 왜

137

적에게 몰래 뇌물로 주고 머리를 찾아와, 함에 넣어 강화도로 보냈다가, 왜적이 물러간 뒤에야 그의 시신과 함께 고향 산에다 장사지냈다.

심대는 본관이 청송이고, 자는 공망(公望)이다. 조정에서 심대 대신 그의 아들 대복(大復)에게 벼슬을 주어 현감에 이르렀다.

36. 원호가 왜적을 쳐부숨

　강원도 조방장 원호(元豪)는 여주 남쪽 구미포에서 왜적을 쳐 섬멸시켰다. 그는 춘천에서 싸우다 죽었다.

　당시 왜적의 대부대는 충주와 원주에 있었고, 병영은 서울까지 잇닿아 있었다. 충주의 적들은 죽산, 양지, 용인을 경유 서울로 왕래했고, 원주에 있는 적들은 지평, 양근, 양주, 광주 등지를 경유하여 서울로 가려했다.

　원호는 구미포에서 왜적을 쳐서 섬멸시켰다. 또 이천부사 변응성(邊應星)은 궁수를 배에 싣고 안개가 낀 틈을 타 여주의 마탄에서 왜적을 맞아 많은 적을 죽였다. 이로 인해 원주에 있던 왜적들은 서울로 가는 길이 끊겨, 모두 충주를 경유해 다니게 되었다. 그래서 이천, 여주, 양근, 지평 등지의 백성들은 왜적의 칼날에서 벗어났다. 이것은 모두 원호의 공이라고 사람들은 생각했다.

　강원도순찰사 유영길은 원호를 재촉해 춘천의 왜적을 치게 했다. 원호는 이미 적을 쳐부순 적이 있기 때문에 자만심이 생겼다. 그런데 춘천의 왜적들은 원호가 곧 쳐들어올 것을 알고 복병을 숨겨두고 기다렸다. 원호는 이 사실을 모른 채 진격하다가 복병의 공격을 받아 죽었다. 그래서 강원도에서는 왜적을 막아낼 사람이 없었다.

37. 권응수 등이 영천을 수복함

훈련원부봉사 권응수(權應銖)와 정대임(鄭大任) 등이 지역에서 훈련시킨 향병을 거느리고 영천에 있던 왜적을 격파하고 드디어 영천을 수복했다.

권응수는 영천사람인데 담력과 용맹이 있었다. 그는 정대임과 함께 향병 천여 명을 거느리고 영천에서 왜적을 포위했다. 전투를 해보지 않은 군사들은 왜적이 두려워 앞으로 나아가지 못했다. 이를 보고 권응수가 본보기로 몇 사람을 베니, 그제야 군사들은 앞 다투어 성을 타넘어 들어갔다. 군사들이 기세를 몰아 왜적과 좁은 골목에서 싸웠다. 왜적들은 당해내지 못하다 달아나다 창고 속으로 들어가거나 명원루 위로 올라갔다. 우리 군사는 불로 이들을 공격하여 모두 태워 죽였다. 시체 타는 냄새가 몇 리 밖까지 풍겼다. 살아남은 왜적 수십 명은 경주로 도망가 버렸다.

이때부터 신녕, 의흥, 의성, 안동 등지의 왜적들이 다 한쪽으로 모이게 되어, 경상좌도의 고을들을 보전할 수 있었다. 이것은 모두 영천전투에서 이긴 덕분이었다.

38. 박진이 경주를 수복함

경상좌도병사 박진(朴晉)이 경주를 수복했다.

박진은 처음에 밀양에서 산속으로 달아나 숨어있었는데, 조정에서는 성을 버리고 도망친 전 병사 이각을 즉석에서 참형시키고, 대신 박진을 병사에 앉혔다.

당시엔 왜적들이 도처에서 우글거려 행재소의 소식이 오랫동안 남쪽지방으로 전달되지 못했다. 민심은 동요되어 어찌할 바를 몰랐는데, 박진이 병사가 되었다는 소식을 듣고, 흩어졌던 백성들이 차츰 모여들었다. 수령들도 속속 산골짜기에서 다시 나와 일을 하니, 비로소 조정이 일하고 있음을 백성들도 알게 되었다.

권응수가 영천을 수복하자, 박진은 경상도의 군사 1만여 명을 거느리고 나아가 경주성 바로 밑에까지 육박해 들어갔다. 이때 왜적들은 몰래 북문으로 나와 우리 군사들을 뒤에서 습격했다. 박진은 군사를 거느리고 안강으로 후퇴했다. 그는 밤에 다시 군사를 경주성 밑에 몰래 매복시켜 놓았다가 비격진천뢰(飛擊震天雷 임진왜란 때 화포장 이장손이 만든 무기로 화약, 철편, 뇌관 등을 속에 넣고 겉을 쇠로 싸서 만든 폭발탄)를 성안으로 쏘아 보냈다. 탄알은 왜적들이 있는 객사 뜰 안에 떨어졌다. 그런데 왜적들은 그것이 어떻게 만들어진 것인지도 모르고 우르르 몰려들어 구경했다. 서로 밀었다 당겼다 굴렸다 하며 자세히 살펴보기도 했다. 그런데 갑자기 포탄이 왜적들의 한가운데서 폭발하여, 소리가 천지를 진동시키고 쇳조각이 별처럼 부서지며 흩어져 튀었다. 파편에 맞아 그 자리에서 쓰러져 죽은 사람이 서른 명이 넘었고, 맞지 않은 사람 역시 쓰러졌다가 한참 뒤에야 깨어났다. 모두 다 놀라고 두려워했다. 그들은 그것이 어떻게 만들어졌는지 몰랐으므로, 모두들 신통한 재주를 부린다고 생각했다. 다음날 왜적들은 경주성을 버리고 모조리 서생포로 도망쳐 버렸다.

박진은 드디어 경주성으로 들어가 남은 곡식 1만여 석을 되찾았다.

이 사실이 알려지자 임금께선 박진을 가선대부로, 권응수를 통정대부로, 정대임을 예천군수로 각각 승진시켰다.

진천뢰를 날려 공격하는 전법은 이전에는 없었다. 군기시의 화포장 이장손(李長孫)이 창안하여 만든 무기로, 진천뢰를 대완구(大碗口 조선 때 쇠나 돌로 만든 둥근 탄알을 넣어 쏘던 큰 화포. '댕구'라고도 함. 본래는 이 속에 돌을 넣고 화약을 터트려 쏘았으나, 임진왜란 때는 이장손이 발명한 진천뢰를 넣고 쏨)에 넣고 쏘면 5, 6백보는 너끈히 날아간다. 땅에 떨어져서는 한참이 지나야 안에서 저절로 불이 일어나 터진다. 왜적들은 이 무기를 가장 두려워했다.

39. 의병이 일어나서 왜적을 무찌름

당시 각도에서는 의병을 일으켜 왜적을 토벌하는 사람이 아주 많았다.

전라도에서는 전 판결사 김천일(金千鎰)과 첨지 고경명(高敬命)과 전 영해부사 최경회(崔慶會) 등이 활약했다.

김천일의 자는 사중(士重)이다. 그는 의병을 거느리고 제일 먼저 경기도에 도착했으므로, 조정에서는 이를 가상히 여겨 그의 군대를 앞장서서 정의를 부르짖는 군대라는 뜻으로 창의군(倡義軍)이라 부르게 했다. 그러나 군세를 잘 정비하지 못해 얼마 안가 강화도로 들어갔다.

고경명의 자는 이순(而順)이다. 그는 맹영(孟英)의 아들로 글재주가 있었다. 그도 향병을 거느리고 격문을 여러 군현으로 보내고 왜적을 토벌했으나, 왜적과 싸우다 패하여 전사했다. 그가 죽자 아들 종후(從厚)가 아버지 대신 향도를 거느리고 아비의 죽음을 복수한다는 뜻으로 '복수군(復讎軍)'이라 불렀다.

최경회는 뒤에 경상우도병사가 되어 진주에서 왜적과 싸우다 전사했다.

경상도에서 활약했던 사람으로는 현풍사람 곽재우(郭再祐), 고령사람 전 좌랑 김면(金沔), 합천사람 전 장령 정

인홍(鄭仁弘), 예안사람 전 예문관 검열 김해(金垓), 교서
정자(校書正字 교서는 책이나 문서에 잘못된 것이 없는지 살펴 바로
잡음) 유종개(柳宗介), 초계사람 이대조(李大朝), 군위의 향
교유생 장사진(張士珍) 등이 있었다.

곽재우는 곽월(郭越)의 아들로 재주와 꾀가 많았다. 그
는 여러 차례 왜적과 싸웠는데, 왜적들은 그를 두려워했
다. 그는 의령과 함안 사이를 흐르는 남강의 정진을 굳
게 지켜, 왜적들은 의령의 경계 안으로 들어오지 못했
다. 이는 다 곽재우의 공이라고 사람들은 생각했다.

김면은 무장이었던 김세문의 아들로, 거창 우척현에서
왜적을 맞아 싸워 여러 차례 물리쳤다. 이 사실이 임금
께 알려지자 발탁하여 우도병사로 삼았으나, 싸움터에서
병으로 사망했다.

유종개는 의병을 일으킨 지 얼마 되지 않아 왜적을 만
나 싸우다 전사했다. 조정에서는 그 뜻을 가상하게 여겨
예조참의를 추증하였다.

장사진의 앞뒤에는 그가 쏘아 죽인 왜적이 아주 많았
다. 왜적들은 그를 장 장군이라고 칭하며, 그가 지키는
군위 경계 내에는 감히 들어오지 못했다. 그런데 하루는
왜적들이 복병을 숨겨두고 그를 유인했는데, 장사진은
속임수인지 모르고 끝까지 쫓아가다가 매복병들 속에 포
위되었다. 그래도 그는 크게 고함을 지르며 힘껏 싸웠으
나 화살이 다 떨어졌다. 이때 왜적들이 달려들어 장사진

144

의 한쪽 팔을 잘랐으나, 그는 남은 한쪽 팔만으로 끝까
지 싸우다가 마침내 전사했다. 이 사실이 알려지자 임금
께서는 그에게 수군절도사를 추증하였다.

충청도에서는 중 영규(靈圭), 전 도독관 조헌(趙憲), 전
충주목사 김홍민(金弘敏), 서얼(庶孽 서자와 그 자손) 이산겸
(李山謙), 벼슬을 하지 않은 선비 박춘무(朴春茂), 충주사
람 조덕공(趙德恭), 내금위 조웅(趙雄), 청주사람 이봉(李
逢) 등이 활약했다.

영규는 용맹하고 힘이 세 싸움을 잘 했다. 조헌과 함께
청주를 되찾았다. 그러나 뒤에 금산에서 왜적과 싸우다
전사했다.

조웅은 말 위에 서서 달릴 만큼 용감하고 싸움을 잘해
많은 왜적을 죽였으나 전사했다.

경기도에서 활약했던 사람으로는 전 사간 우성전(禹性
傳), 전정(前正) 정숙하(鄭叔夏), 수원사람 최흘(崔屹), 고양
사람 진사 이노(李魯)와 이산휘(李山輝), 전 목사 남언경
(南彦經), 벼슬하지 않은 유생 김탁(金琢), 전 정랑 유대진
(兪大進), 충의위(忠義衛) 이질(李軼), 서얼 홍계남(洪季男),
벼슬을 하지 않은 선비 왕옥(王玉) 등이 있었다.

이들 중 홍계남이 가장 날쌔고 용감했다.

그 밖에 각자 자기고을에서 백여 명, 혹은 수십여 명을
모아 의병이라 칭한 자는 헤아릴 수 없이 많았다. 그러
나 기록할 만한 공적은 없이, 이리저리 옮겨 다니며 시

간만 끌다 사라져버렸다.

또 중 유정(惟政)은 금강산 표훈사에 있었는데, 왜적들이 이 산속으로 들어오자 절에 있던 중들은 다 도망갔지만, 그는 꼼짝도 않고 있었다. 그 모습을 본 왜적들은 감히 가까이 다가오지 못했다. 오히려 어떤 놈은 합장하며 공경의 뜻을 표하기까지 했다.

내(유성룡)가 안주에 있으면서 각자 의병을 일으켜 국난을 구하자고 사방으로 공문을 보낸 적이 있었다. 그 공문이 금강산 안에까지 전해지자, 유정은 여러 중들을 불러놓고, 이를 불탁(佛卓) 위에 펴놓고 읽으며 눈물을 흘렸다고 한다. 그는 승군(僧軍)을 일으켜 서쪽으로 달려와 국난을 구하려고 애를 썼는데, 평양에 도달할 무렵에는 천여 명이나 되었다. 유정은 평양의 동쪽에 주둔하면서 순안에 있던 관군과 힘을 합치니 형세가 굳건해졌다.

또 종실의 호성감(湖城監) 이주(李株)는 백여 명의 의병을 이끌고 행재소로 달려갔다. 조정에서는 그의 벼슬을 올려 호성도정(湖城都正 도정은 종친부, 돈녕부, 훈련원의 정3품 당상관)으로 삼아 순안에 주둔하면서 명나라 대군과 힘을 합쳐 싸우게 했다.

함경도에서는 평사(評事) 정문부(鄭文孚), 훈융첨사(訓戎僉使) 고경민(高敬敏)의 공이 가장 컸다.

40. 이일이 순변사가 됨

이일을 순변사로 삼고 이빈을 행재소로 불러 들였다.

이 전에 이일은 대동강 여울을 지키다 평양성이 함락되자 대동강을 건너 남쪽으로 내려갔다. 황해도로 들어가 안악을 거쳐 해주에 이르렀다가, 다시 강원도 이천으로 가 세자를 모시고 군사 수백 명을 모았다. 그는 왜적이 평양성으로 들어간 뒤 오랫동안 나오지 않고 있고, 명나라 구원병이 곧 도착한다는 소식을 듣고 평양으로 되돌아왔다. 그는 평양성에서 동북쪽으로 10여 리 가량 떨어진 임원역에 진을 치고, 의병장 고충경(高忠卿) 등과 연합하여 왜적을 쳐서 제법 많이 죽였다.

이 당시 이빈은 순안에 있었는데, 싸울 때마다 번번이 패하니, 무군사(撫軍司 임진왜란 때 비변사에 두었던 한 관청)의 종관(從官)들은 모두 이일과 교체시키자고 했다. 그러나 도원수 김명원 혼자만 이빈에게 그대로 맡겨두자고 주장하고 나섰기 때문에, 무군사와 의논이 맞지 않아, 자칫 서로 격돌할 조짐까지 보였다. 조정에서는 군중을 진정시키고 조정하라고 나를 순안으로 보냈다.

나는 당시 조정의 공론이 다 이빈보다 이일이 낫다고들 하고, 또 명나라 구원병이 곧 나올 것이라는 소식도 들려온 터라, 이빈이 그 임무를 감당하지 못할까 우려되었다. 그래서 결국 이일로 교체시키고, 이일이 거느리던 군사는 박명현(朴名賢)에게 맡기고, 이빈은 행재소로 돌아오게 했다.

41. 왜적의 첩자 김순량을 잡아 죽임

왜적의 첩자 김순량(金順良)을 사로잡았다.

나는 안주에서 군관 성남(成男)에게 전령을 주어 수군장군(水軍將軍) 김억추에게 보냈다. 왜적을 공격할 일에 관해 비밀리에 약속을 받아오게 했다. 그때가 12월 2일이었다. 성남을 보낼 때 이렇게 못 박았었다.

"6일 이내에 전령을 돌려보내도록 하라."

그런데 6일이 지나도록 전령을 돌려보내지 않았다. 성남을 추궁하며 물었더니, 성남은 이런 대답을 했다.

"벌써 강서군인 김순량을 시켜 돌려드리게 했습니다."

나는 김순량을 잡아들여 전령이 어디 있는지 물었다. 김순량은 고의로 전혀 모른다는 시늉을 했는데, 말하는 모양이 거짓으로 꾸며대는 것 같았다. 그걸 보고 성남이 말했다.

"이 사람이 전령을 가지고 나간 지 며칠 뒤에 소 한 마리를 끌고 군중으로 돌아와 자기 패거리들과 함께 잡아먹었습니다. 그때 사람들이 '어디서 난 소냐?'고 물으니, 김순량은 '내 소인데 친척집에 맡겨 기르다 도로 찾아온 것뿐이다.'라고 대답했습니다. 그런데 지금 그의 말을 듣고 보니 그의 행적이 의심스럽습니다."

고문을 하며 엄중히 국문하게 했더니, 그제야 그는 사실대로 털어놓았다.

"소인은 적의 첩자였습니다. 그날 전령과 비밀공문을 받아 바로 평양성으로 들어가 보였더니, 적장은 전령은 책상 위에 놓아두고, 공문은 보고나서 찢어 없앴습니다. 그리고 소인에게는 소 한 마리를 주고, 같이 첩자가 된 서한룡(徐漢龍)에게는 명주 다섯 필을 상으로 주었습니다. 그리고 다른 기밀을 탐지하여 15일 안에 다시 와서 보고하라기에 그렇게 하기로 약속하고 나왔습니다."

"첩자가 너 하나뿐이냐, 몇 사람 더 있느냐?"

내가 물으니, 김순량은 대답했다.

"모두 40여 명인데 순안과 강서의 여러 진영에 흩어져 있습니다. 또 숙천, 안주, 의주 등지까지 뚫고 들어가서 돌아다니지 않는 데가 없습니다. 일이 있을 때마다 즉시 보고하고 있습니다."

나는 깜짝 놀라 당장 장계를 올리고, 첩자들을 조사해 여러 진에 급히 통보하여 잡아들이게 했는데, 잡기도 하고 더러 놓치기도 했다. 김순량을 성 밖에서 처형했다.

이 일이 있은 지 오래지 않아 명나라 군사가 도착했지만 왜적들은 알지 못했다. 이는 아마 첩자들이 놀라 도망친 탓일 것이다. 이 중요한 일을 우연히 알게 되어 처리했으니, 이 어찌 하늘의 도움이 아니겠는가!

징비록 2

42. 평양성을 수복함

12월에 명나라 대군 4만여 명이 압록강을 건너왔다. 병부우시랑(兵部右侍郎) 송응창(宋應唱)을 경략(經略)으로, 병부원외랑(兵部員外郎) 유황상(劉黃裳), 주사(主事) 원황(袁黃)을 찬획군무(贊劃軍務)로 삼아 요동에 주둔하게 하고, 제독 이여송(李如松)을 대장으로 삼아 세 영장(營將)인 이여백(李如柏), 장세작(張世爵), 양원(楊元)과 남방 장수 낙상지(駱尙志), 오유충(吳惟忠), 왕필적(王必迪) 등을 거느리게 했다.

이보다 앞서 심유경이 왜적의 진영을 다녀와 명나라로 돌아간 뒤, 왜적들은 평양성에서 움직이지 않았다. 약속한 50일이 지나도 심유경이 오지 않자 왜적들은 그를 의심했다. 그리고 '설에는 말을 몰고 가 압록강에서 물을 먹이겠다.'는 소문을 퍼뜨렸다. 왜적에게 잡혀갔다 도망 나온 사람들은 '왜적들이 성을 공격할 때 쓰는 무기를 대대적으로 수리하고 있다.'고 전했다. 그래서 사람들은 더욱 공포에 떨었다.

12월 초에 심유경이 또 와서 평양성으로 들어가 며칠을 머무르며 다시 서로 약속을 하고 돌아갔다. 그러나 약속한 내용은 듣지 못했다.

이때 명나라 구원병이 안주에 이르러 성 남쪽에 병영을 설치했다. 깃발과 병기계가 정돈되고, 신령스러울 정도로 분위기가 엄숙했다.

내가 제독 이여송을 만나 할 말이 있다고 청했더니, 제독은 동헌에 있으면서 들어오라고 했다. 그는 키가 크고 품위가 있어 대장부다웠다. 의자를 놓고 마주앉은 다음, 내가 소매 속에서 평양성 지도를 꺼내, 지형과 군세를 설명하고 군사들이 들어갈 길을 가리키니, 제독은 주의 깊게 들은 다음 가리키는 곳마다 붉은 색으로 점을 찍어 표시를 했다. 그리고 이렇게 말했다.

"왜적들은 단지 조총을 믿고 있을 뿐입니다. 우리는 대포를 사용하는데, 다 5, 6리를 날아가 맞힙니다. 그러니 왜적들이 어떻게 당해낼 수 있겠습니까?"

내가 물러나온 뒤, 제독은 부채에 시를 적어 보내왔다.

군사를 거느리고 압록강을 건너옴은
삼한(三韓 한반도)의 나라 안이 안정되지 못한 때문.
명 황제께선 날마다 승전보 기다리시고
이 몸은 밤들어도 술놀음도 그만뒀네.
살기를 띠고 왔건만 마음은 오히려 장렬해지니
이젠 왜적들도 벌써 뼈가 저리겠네.
농담인들 어찌 감히 승산 아닌 것을 말하리오.
꿈속에서도 싸움터로 말 달리오.

이때 안주성 안은 명나라 군사로 가득 차있었다. 나는 백상루에 있었는데, 한밤중에 명나라 사람이 불쑥 찾아와, 군사상의 기밀 세 조목을 내게 보여주었다. 이름을 물었으나 그는 대답도 않고 가버렸다.

제독은 부총병 사대수(査大受)에게 먼저 순안으로 가, 이렇게 말해 왜적을 속이라고 했다.

"명나라에서는 이미 강화를 허락했으며, 유격장군 심유경이 다시 또 왔다."

이 거짓말에 속아 왜적들은 기뻐했고, 현소는 시를 지어 바쳤다.

일본이 싸움을 그치고 중화를 굴복시키니
사해와 구주가 한 집안이 되었구나.
기쁜 기운이 갑자기 나라 밖의 눈을 녹이니
세상엔 아직 봄이 이른데 태평화(太平花)가 피었구나.

이때가 선조 26년(1593) 계사년 정월 초하루였다.

왜적 소장(小將) 평호관(平好官)이 부하 20여 명을 거느리고 심유경을 맞으러 순안까지 나왔다. 총병 사대수는 미리 복병을 숨겨두고 그들을 유인하여 함께 술을 마셨다. 그러는 동안 복병들이 그들을 닥치는 대로 몰아쳐 평호관을 사로잡고, 그를 따라온 왜적들을 거의 다 베어 죽였다. 왜병 중 셋이 평양성으로 도망쳐 돌아가 이 사실을 전하자, 왜적진영은 비로소 명나라 원군이 와 있는 것을 알고 크게 소란스러워졌다.

이때 명나라 대군이 이미 숙천에 도착해 있었는데, 날이 저물어 병영을 마련하고 밥을 짓는데, 이 첩보가 들어왔다. 제독이 화살을 쏘아 신호를 하고 나서, 즉시 기병 몇을 데리고 말을 달려 순안으로 달려가니, 병영의 모든 군사들이 잇달아 출발해 나갔다.

다음날 아침 명나라 군이 진격하여 평양성을 포위하고 보통문과 칠성문을 공격했다. 왜적은 성 위로 올라가 붉은 기와 흰 기를 벌여 세우고 맞서 싸웠다. 명나라 군사가 대포와 불화살로 공격하니, 대포소리는 지축을 울리고 몇 십리 안의 산악까지 다 들썩거렸으며, 불화살은 베를 짜는 실오리처럼 하늘에 퍼지고 연기는 하늘을 덮었다. 불화살이 성안으로 날아가 떨어지자 곳곳에 불이 번지고 나무들까지 다 불붙어버렸다.

낙상지, 오유충 등은 친히 군사를 거느리고 개미떼처럼 성벽에 붙어 기어 올라갔다. 앞서 오르던 사람이 떨어져도 뒤따르던 사람은 계속 기어 올라가며 물러서는 사람이 없었다. 왜적들이 창과 칼을 성첩에 고슴도치 털처럼 드리워 놓았으나 명나라 군사들은 더욱 세차게 공격했다. 왜적들은 버텨내지 못하고 물러나 내성으로 들어갔다. 이 싸움에서 수많은 왜적이 베이거나 불타 죽었다.

명나라 군사는 성안으로 들어가서 내성을 공격했다. 왜

적들은 성 위에 흙벽을 만들고, 여기에 벌집처럼 많은 구멍을 뚫어, 이 구멍으로 총알을 난사해 명나라 군이 많이 상했다. 제독은 궁지에 몰린 적들은 죽기를 각오하고 덤빌 것이라 생각하고, 군사를 성 밖으로 후퇴시켜, 왜적들이 도망할 길을 열어 놓았다. 그날 밤에 왜적들은 얼음을 타고 대동강을 건너 도망갔다.

이보다 먼저 내가 안주에 있을 때 명나라 대군이 곧 도착한다는 소식을 듣고, 황해도 방어사 이시언(李時言)과 김경로(金敬老)에게 왜적들이 달아날 길목에서 지키다 공격하라고 은밀히 말해주었다.

"이시언과 김경로 두 부대는 길가에 매복했다가 왜적들이 지나갈 때 그 뒤를 쳐라. 왜적들은 굶주리고 지쳐 도망칠 궁리뿐 싸울 마음도 없을 것이니, 다 잡아 묶을 수 있을 것이다."

이시언은 나의 전갈을 받고 즉시 떠나 중화에 도착했으나, 김경로는 딴 일을 핑계 대며 듣지 않았다. 나는 군관 강덕관(姜德寬)을 보내 재촉하게 했다. 김경로는 마지못해 중화로 왔으나, 왜적이 물러나기 하루 전에 황해도 순찰사 유영경의 공문을 받고 재령으로 되돌아가버렸다. 이때 유영경은 해주에 있었는데, 자신을 지키기 위해 김경로를 오라고 한 것이고, 김경로는 왜적과 싸우는 것이 두려워 해주로 피했던 것이다.

왜적 장수 평행장, 평의지, 현소, 평조신 등은 남은 군사를 거느리고서 밤을 새워 도망쳤다. 적군은 기운은 빠지고 발은 부르터서 절룩거리며 걸어갔다. 밭고랑에 배를 붙이고 기어가기도 하고, 입을 가리키며 밥을 빌어먹기도 했으나, 우리나라에선 한 사람도 나와서 치지 않았다. 이시언이 홀로 그 뒤를 밟았으나 감히 가까이 다가가지 못하고, 다만 굶주리거나 병들어 뒤처진 왜적들 60여 명의 목만 베었을 뿐이었다.

 이때 서울에 남아있던 왜적의 장수는 평수가(平秀嘉)였다. 그는 관백 풍신수길의 조카라고도 하고 사위라고도 했는데, 나이가 어려 모든 일을 주관할 수 없었기 때문에, 군사적 업무는 소서행장이 맡고 있었다. 그리고 가등청정은 함경도에서 아직 서울로 돌아오지 않았으므로, 만약 소서행장, 의지, 현소 등을 사로잡았다면 서울의 왜적은 저절로 무너졌을 것이다. 그랬다면 가등청정은 돌아갈 길이 끊겨 왜적들의 마음은 흉흉해지고 공포에 떨었을 것이다. 그들이 바닷가를 따라 도망친다 해도 스스로 빠져나갈 수는 없었을 것이다. 그랬으면 한강 남쪽에 주둔한 왜적들은 차례로 무너졌을 것이니, 명나라 군사가 북을 울리며 천천히 따라가기만 해도 바로 부산까지 진군해 신물 나도록 술을 마시기만 하면 됐을 것이다. 뿐만 아니라 잠깐 사이에 온 나라 안의 왜적이 소탕되었을 것이니, 어찌 몇 해 동안 어렵게 싸울 일이 있었겠는가? 김경로 한 사람의 잘못으로 온 세상이 뒤흔들렸으니 참으로 분하고 안타까운 일이다.

나는 장계를 올려 김경로의 목을 베자고 청했다. 나는 당시 평안도체찰사로 있었다. 그래서 김경로는 나의 관할 하에 있지 않았다. 그래서 먼저 임금께 청한 것이다.

조정에서는 선전관 이순일(李純一)에게 처형하라는 표신을 주어 파견했다. 이순일이 개성부에 이르러 그를 죽이려고, 먼저 제독 이여송에게 알렸더니, 제독은 김경로의 죄는 인정하면서도 처형은 반대했다.

"그의 죄는 죽어 마땅하나, 아직 왜적이 섬멸되지 않았으므로, 한 사람의 무사가 아쉬운 실정입니다. 우선 백의종군(白衣從軍)하여 공을 세워, 자신의 죄를 씻도록 하는 것이 좋겠습니다."

제독은 이렇게 말하고, 공문을 만들어 이순일에게 주어 보내왔다.

43. 이일 대신 이빈을 순변사로 임명

이일을 순변사 직에서 해임하고 대신 이빈을 임명했다.

평양성 싸움에서 명나라 군사는 보통문으로 공격해 들어가고, 이일과 김응서는 함구문으로 공격해 들어갔다. 명나라가 군사를 후퇴시키자 아군도 같이 물러나와 성 밖에 주둔했다. 밤에 왜적들이 도망친 사실을 그 다음날 아침에야 비로소 깨달은 이여송 제독은 우리 군사들이 잘 경비하지 않아 왜적이 도망치는 것도 알지 못했다고 나무랐다.

이때 명나라 장수 중 전부터 순안을 왕래하며 이빈과 친하게 지내던 사람들이 '이일은 장수 재목이 못되고, 이빈이 적임자다.'라고 다투어 제안하니, 제독은 우리 조정에 공문을 보내 그런 사정을 설명했다.

이에 조정에서는 좌상 윤두수를 평양에 보냈다. 윤두수는 이일의 죄를 묻고 군법에 따라 다스리려다 얼마 뒤에 풀어주었다. 그리고 이일의 소임이었던 순변사를 이빈에게 다시 맡기고, 군사 3천 명을 뽑아 거느리고 제독 이여송을 따라 남쪽으로 가게 했다.

44. 명군이 벽제 전투에서 패배

이여송 제독이 군사를 거느리고 파주로 진군해 벽제 남쪽에서 왜적과 맞서 싸웠으나 전세가 불리하여 개성으로 되돌아와 주둔했다.

이보다 앞서 우리가 평양성을 수복하자, 대동강 이남에 있던 왜적들은 모두 도망쳐버렸다. 제독 이여송은 왜적을 추격할 작정으로 나에게 말했다.

"지금 명나라 대군이 전진하려 하는데, 듣자니 앞길에 군량과 말먹일 풀이 없답니다. 의정(유성룡)께서 대신으로서 나랏일을 먼저 생각하신다면 그런 수고를 꺼리지 마십시오. 급히 가셔서 군량을 준비하여 소홀하거나 그르치는 일이 없도록 하십시오."

나는 제독과 작별하고 길을 나섰다. 그러나 그때 명나라 선봉은 벌써 대동강을 지나 남쪽으로 가는 중이었기 때문에, 길이 막혀 갈 수가 없었다. 나는 옆길로 돌아 빨리 달려 명나라 군대 행렬보다 앞섰다. 밤에 중화로 들어갔다가 황주에 도착하니 벌써 삼경이었다.

이때는 왜적들이 막 물러난 뒤여서 길은 황량하고 텅 비어 백성들이 다니지 않았으므로 어떻게 해야 좋을지 아무런 대책이 서지 않았다. 급히 황해감사 유영경에게 공문을 보내 서둘러 군량을 운반하도록 재촉하게 했다.
그리고 평안감사 이원익에게도 공문을 보내, 김응서 등
이 거느린 군사들 중 싸움터에 나가 전투에 참여할 수
없는 사람을 골라, 평양에서 본진의 뒤를 따라 군량을
운반하여 황주까지 보내라고 하고, 또 평안도 세 고을에
있는 곡식을 배로 청룡포에서 황해도로 옮기도록 했다.
그러나 미리 준비했던 일이 아니고 임시로 다급하게 서
두르다 보니, 대군은 뒤따라오는데 군량이 부족하지나
않을까 하는 염려 때문에 속이 까맣게 탔다. 다행히 유
영경이 왜적들에게 빼앗길까 두려워 산골 사이에 분산시
켜 저장해두었던 곡식이 꽤 많았다. 유영경이 백성들을
독려하여 수송해온 덕분에 연도에서 군량이 모자라는 사
태까지 이르지는 않았다. 그리고 조금 뒤에 명나라대군
이 개성부에 들어왔다.

1월 24일 서울에 온 왜적들은 우리 백성들이 성안에서
명나라 군과 서로 연락하며 싸우지 않을까 의심하고, 또
평양에서의 패전에 대한 분풀이로 서울 안에 있던 백성
들을 모조리 살육하고, 민가나 관가 가릴 것 없이 거의
다 불태워 없애버렸다. 그리고 서쪽지방 여러 고을에 산
재해있던 왜적들도 모두 서울로 모여 우리 군사에 대항
해 싸울 준비를 했다.

나는 제독 이여송에게 빨리 진군하자고 거듭 요청했으
나, 제독은 머뭇거리다 여러 날 만에 진군하여 파주에

이르렀다.

그 다음날 부총병 사대수는 우리 장수 고언백과 함께 군사 수백 명을 거느리고 먼저 가서 왜적의 동정을 살피다가 벽제역 남쪽 여석령에서 왜적과 만나 백여 명을 베어 죽였다.

제독 이여송은 이 소식을 듣고 주력대군은 그대로 둔 채, 말 잘 타는 하인 천여 명만 데리고 그곳으로 달려가다, 혜음령을 지날 때 말이 넘어지는 바람에 땅에 떨어지니 부하들이 붙들어 일으켰다.

이때 당시 왜적은 수많은 대군을 여석령 뒤에 숨겨두고, 영마루 위에는 수백 명만 배치해 두었다. 제독 이여송은 영마루 위의 적만 보고 군사를 두 부대로 나누어 전진하게 하니, 왜적들 역시 영마루에서 내려왔다. 양군 사이의 거리가 점점 가까워지자, 고개 뒤에 숨어있던 왜적들이 갑자기 고개 위로 올라와서 진을 치는데, 그 수가 수만 명이나 되었다. 명나라 군은 대규모의 적군을 보고 겁을 냈지만, 이미 칼날을 맞대고 싸우던 중이라 피해 돌아갈 수도 없었다.

이때 제독 이여송이 거느린 군사는 모두 북방의 기병들이었으므로 화기는 없었다. 그들이 가진 무기라고는 짧고 무딘 칼이 전부였으나, 왜적들은 모두 길이가 3, 4척(약 2미터)이나 되는 예리한 칼을 쓰는 보병들이었다. 양쪽이 맞부딪쳐 싸우는데, 왜적들이 긴 칼을 좌우로 휘두

르니 그 칼날에 사람과 말이 다 쓰러져 감히 당해낼 수
가 없었다. 제독 이여송은 전세가 위급한 것을 보고 후
군을 불렀으나 거리가 멀어 빨리 오지 않았다. 그러는
동안 선군은 이미 패하여 사상자가 매우 많았다. 왜적
또한 지쳐 군사를 거두어 다급히 추격하지는 않았다.

날이 저물녘에 제독 이여송은 파주로 돌아왔다. 비록
자신의 패전은 숨겼으나, 많이 지친 것이 눈에 보였다.
밤에는 믿고 아끼던 하인들이 전사한 것을 슬퍼하며 통
곡했다.

다음날 제독은 군사를 동파로 후퇴시키려 했다. 나는
우의정 유홍, 도원수 김명원, 장수 이빈 등과 함께 이여
송의 군막으로 갔다. 제독 이여송은 일어서 장막 밖으로
나가려는 참이었고, 여러 장수들도 좌우에 늘어서 있었
다. 나는 얼른 이여송 앞으로 가 퇴각을 극력 반대했다.

"이기고 지는 것은 싸움터에서는 늘 있는 일입니다. 형
세를 보아 다시 공격해야지, 어찌 이리 가벼이 군사를
움직이려 하시오?"

"우리 군사는 어제 적을 많이 죽였으니 싸움에 패한 것
은 아니요. 다만 이곳은 비가 온 뒤에는 진창이 돼서 군
대를 주둔시키기에 불편하오. 그래서 동파로 돌아가서
군사를 쉬게 했다가 다시 진격하려는 것입니다."

이여송의 대답에 나와 여러 사람들이 그래서는 안 된다
고 극구 반대하고 나서니, 제독 이여송은 명 황제께 올

릴 보고서 초안을 보여주었다. 거기에는 '서울에 있는 적병이 20여만 명이나 되어 수적으로 상대가 안 된다'는 말과, '저는 병이 깊으니 청컨대 다른 사람에게 제 소임을 맡기소서.'하고 끝에 적혀있었다.

나는 깜짝 놀라 손으로 그 부분을 지적하면서 물었다.

"왜적의 수는 아주 적은데 어찌 20만이라 했습니까?"

"내가 그걸 어찌 알겠습니까? 당신네 나라 사람이 그렇게 말해준 것이지요."

나는 제독이 핑계를 대고 있다는 걸 감 잡았다. 명나라 장수들 중 장세작이 도독 이여송에게 후퇴하자고 극력 권했다. 우리가 굳이 반대하며 물러나가지 않는다고, 순변사 이빈을 발길로 차며 물러가라고 호통까지 쳤는데, 말소리와 얼굴빛이 다 격분해서 사나워져 있었다.

그 무렵에는 날마다 큰 비가 왔다. 왜적들은 길가의 산들을 모두 불태웠기 때문에 전부 민둥산이 되어 말에게 먹일 풀 한 포기 없었다. 게다가 말 전염병까지 겹쳐 며칠 사이에 쓰러져 죽은 말이 거의 만 필이나 되었다.

이날 명나라 세 진영의 군사들이 임진강을 건너 동파역 앞에 주둔했다. 그 다음날에는 동파역에서 다시 개성부로 돌아가려고 했다. 나는 또 강력히 반대했다.

"대군이 한 번 물러가면 왜적들은 더욱 기고만장해지고, 멀고 가까운 곳의 백성들이 다 놀라고 두려워할 것이오. 그러면 임진강 이북도 보전할 수가 없을 것이오.

그러니 좀 더 머물러 있으면서 틈을 보아 이동하시오."

제독 이여송은 거짓으로 더 머물겠다고 했다.

그러나 내가 물러나온 뒤 제독 이여송은 곧 말을 타고 개성부로 돌아가 버렸다. 그러자 다른 병영도 모두 따라서 개성으로 물러갔다. 오직 부총병 사대수와 유격 관승선(毌承宣)의 군사 수백 명만 임진강을 지켰다.

나는 그대로 동파에 머물러 있으면서 날마다 이여송에게 사람을 보내 다시 진격시키라고 요청했다.

"날이 개고 길이 마르면 진격할 것입니다."

제독 이여송은 말로는 응낙했지만, 사실 진격할 의사가 없었다.

대군이 개성부에 와서 여러 날 머무니 군량이 바닥났다. 오직 강화도에서 뱃길로 조와 말먹이를 가져오고, 충청도와 전라도의 세곡을 배로 조금씩 옮겨와 조달했으나, 그것들은 도착하는 족족 다 먹어치우니 식량사정은 점점 더 다급해졌다.

하루는 명나라 장수들이 군량이 떨어졌다는 핑계로 제독 이여송에게 군사를 돌리자고 청했다. 제독 이여송은 화가 나, 나와 호조판서 이성중(李誠中)과 경기좌도감사 이정형(李廷馨)을 불러 뜰아래 꿇어앉히고는 큰 소리로 꾸짖으며 군법으로 다스리려 했다. 나는 계속 거듭하여 사과했다. 그러면서 나랏일이 이 지경까지 이른 것을 생각하니 나도 모르게 눈물이 흘렀다. 제독 이여송은 민망했던지, 명나라 장수들에게 성을 내며 말했다.

"너희들이 지난날 나를 따라 서하(西夏 중국북서부에 있던 나라)를 칠 때는 군사들이 여러 날을 먹지 못해도 감히 돌아가겠다고 하지 않고 싸워 마침내 큰 공을 세웠다. 그런데 지금 조선이 겨우 며칠 군량을 조달하지 못했다고 어찌 감히 섣불리 군사를 돌리자고 하느냐? 갈 테면 가라! 나는 적을 섬멸시키기 전에는 돌아가지 않겠다. 말가죽으로 내 시체를 싸가지고 돌아가야 할 것이다."

그러자 여러 장수들은 머리를 조아리며 사과했다.

나는 명군 진영에서 나와, 군량을 제때에 공급하지 못한 죄로 개성경력 심예겸(沈禮謙)을 곤장으로 다스렸다. 뒤이어 강화도에서 군량을 실은 배 수십 척이 후서강에 와 닿았으므로 겨우 위기를 넘겼다. 이날 저녁에 제독 이여송은 총병 장세작을 시켜 나를 불러 위로한 다음, 군사에 관하여 의논했다.

제독 이여송이 평양으로 돌아갔다. 이때 왜적장수 가등청정은 아직도 함경도에 있었다. 어떤 사람이 와서 '가등청정이 곧 함흥에서 양덕, 맹산을 넘어 평양성을 습격하려 한다.'고 전했다. 이때 제독 이여송은 북으로 돌아가고 싶었으나, 기회를 잡지 못하고 있었다.

"평양은 조선의 근본 거점이기 때문에, 만약 여기를 지키지 못한다면 우리 명나라대군이 돌아갈 길이 없어질 것이다. 그러니 여길 구하지 않을 수 없다."

소식을 듣고 이여송은 이렇게 선언하고, 군사를 돌려 평양성으로 돌아가고, 개성은 왕필적을 남겨두어 지키게 했다. 그리고 접반사(接伴使 임금을 모시며 외국사신의 접대를 맡은 임시직) 이덕형에게 이렇게 말했다.

"조선의 군대도 고립될 형국이고 구원병도 없으니 모두 임진강 북쪽으로 돌아가는 게 좋겠습니다."

이때 전라도순찰사 권율(權慄)은 고양군 행주에, 순변사 이빈은 파주에, 고언백과 이시언은 양주 서쪽 해유령에, 도원수 김명원은 임진강 남쪽에, 나는 동파에서 각기 지키고 있었다. 제독 이여송은 왜적들이 명군이 퇴각하는 틈을 타 공격해 올까봐 두려웠기 때문에 그렇게 말한 것이다.

나는 종사관 신경진에게 제독 이여송에게 달려가 군사를 후퇴시키면 안 될 이유 다섯 가지를 설명하게 했다.

"첫째로 선왕의 분묘가 경기도 안에 다 있는데, 지금 왜적들이 차지하고 있으므로, 신(神)이나 사람이나 되찾고 싶은 마음이 간절하니 차마 버리고 갈 수 없습니다. 둘째로는 경기도 이남에 있는 백성들은 날마다 구원병이 오기를 기다리고 있는데 갑자기 물러갔다는 소식을 들으면, 다시 굳게 지킬 마음이 사라져 서로를 이끌고 왜적에게로 돌아설 것입니다. 셋째로는 우리 강토는 한 자, 한 치도 쉽게 버릴 수 없습니다. 넷째로는 우리 장병들은 비록 힘은 약하나, 바야흐로 명나라 구원병이 오면

167

힘을 합쳐 함께 진격하려고 준비하고 있는데, 명군에게 후퇴명령을 내렸다는 말을 들으면, 필시 다 원망과 분노를 품고 사방으로 흩어져 버릴 것입니다. 다섯째로 구원병이 물러가면 왜적들이 그 틈을 타 다시 덤벼들면 임진강 이북 역시 보전할 수 없을 것입니다."

그러나 제독 이여송은 내가 주장하는 글을 보고도 아무 말도 않고 떠나가 버렸다.

45. 권율의 행주대첩

 전라도순찰사 권율이 행주에서 왜적을 격파하고 군대를 파주로 옮겼다.

 이 전에 권율은 광주목사로 있다가 이광의 후임으로 순찰사가 되어 근왕병을 거느렸다. 그는 이광 등이 들판에서 싸우다 패전한 것을 보고, 수원에 이르러 독성산성에 의지하여 버티니 왜적들은 감히 공격해 들어오지 못했다. 그는 명나라 구원병이 곧 서울로 들어올 것이라는 소식을 듣고 한강을 건너 행주산성에 진을 쳤다.

 이때 왜적들은 서울에서 대거 출동해 공격해 왔다. 민심은 흉흉해지고 군사들은 겁을 먹고 달아나려 했으나, 뒤에 강물이 가로막고 있어 달아날 길이 없었다. 군사들은 할 수 없이 도로 성안으로 들어와 힘껏 싸우니 화살이 비 오듯 쏟아졌다. 왜적들은 부대를 세 진으로 나누어 번갈아가며 공격해 들어왔으나 모두 실패하고 말았다. 마침 날이 저물자 왜적들은 서울로 도로 들어갔다. 권율은 군사들에게 왜적의 시체들을 가져다 사지를 찢어 나뭇가지 여기저기에 흩어 걸어놓게 하여 맺혔던 한을 풀었다.

 얼마 뒤에 권율은 왜적이 기필코 다시 나와 원수를 갚

169

으려 한다는 소식을 듣고 몹시 걱정했다. 결국 병영과 목책을 헐어버리고 군사를 이끌고 임진강에 이르러 도원수 김명원을 따랐다.

 나는 이 소식을 듣고 혼자 말을 달려 파주산성으로 올라가 지형을 살펴보았다. 큰 길로 통하는 요충으로 지형이 험준하여 근거지로 삼기에 충분하다는 생각이 들었다. 그래서 즉시 권율과 순변사 이빈에게 군사를 모아 이곳에 와서 굳게 지켜 왜적이 서쪽으로 내려오는 길을 막도록 했다. 그리고 방어사 고언백과 이시언, 조방장 정희현(鄭希玄)과 박명현 등은 유격부대가 되어 해유령을 막도록 하고, 의병장 박유인(朴惟仁), 윤선정(尹先正), 이산휘 등은 오른쪽 길을 따라 창릉과 경릉 사이에 매복해 있도록 했다. 그리고 각기 군사를 거느리고 출몰하면서 공격하되, 왜적이 많이 나오면 싸우지 말고 피하고, 적게 나오면 그때그때 상황에 따라 공격하도록 했다. 이때부터 왜적들은 성 밖에 나와서 땔나무와 말먹일 풀을 구해갈 수 없어 말들이 상당히 많이 죽었다.

 또 창의사 김천일, 경기수사 이빈, 충청수사 정걸(丁傑) 등에게 배를 타고 용산, 서강을 따라 왜적의 세력을 분산시키도록 명했다. 충청도순찰사 허욱(許頊)이 양성에 있었는데, 충청도로 돌아가 본도를 지키며 왜적이 남쪽으로 내려오며 부딪치려는 기세에 대비토록 했다. 경기, 충청, 경상도의 관군과 의병에게 공문을 보내 각기 자기

자리를 고수하면서 좌우로 공격하여 왜적들이 갈 길목을
막아 끊도록 했다. 양근군수 이여양(李汝讓)에게는 용진
을 지키게 했다. 그리고 모든 장수들에게 왜적의 머리를
베는 족족 개성부의 남문 밖에 매달아 놓게 했다. 제독
이여송의 참군(參軍) 여응종(呂應鍾)이 이를 보고 기뻐하
며 말했다.

"조선 사람도 이제는 적의 머리를 자르기를 공 쪼개듯
합니다그려."

하루는 왜적이 동문으로 대거 몰려나와 산을 수색했다.
이들은 양주, 적성부터 대탄까지 뒤졌으나, 아무 소득이
없었다. 명나라 장수 사대수는 왜적의 습격을 받을까봐
두려워 나에게 이렇게 알렸다.

"정탐꾼의 말로는 '적들은 사 총병(사대수)과 유 체찰(유
성룡)을 사로잡으려 한다.'고 하니, 잠시 개성으로 피하는
게 어떻겠습니까?"

"아마 그럴 리는 없을 겁니다. 왜적들은 지금 우리 대
군이 가까이 와 있을까봐 전전긍긍하고 있을 텐데, 어찌
섣불리 강을 건너오겠습니까? 우리가 움직이면 민심이
동요될 것이 분명하니 조용히 기다리고 있는 것이 좋겠
습니다."

내가 이렇게 대답하니, 사대수는 웃으면서 말했다.

"정말 옳은 말씀입니다. 가령 적이 온대도 나와 체찰은
생사를 같이할 터인데 어찌 감히 혼자 가겠습니까?"

그렇게 말하고는 휘하의 군사 수십 명을 떼어 나를 보호하게 보내왔다. 그들은 비가 억수같이 퍼붓는 밤에도 게으름 피우지 않고 나를 경비하다가, 왜적들이 성안으로 들어갔다는 소식을 듣고서야 그만두었다.

그 뒤 왜적들은 권율이 파주산성에 있다는 사실을 탐지하고 행주에서의 패전을 설욕하려고 대군을 거느리고 서쪽 길로 나와 광탄까지 왔다. 광탄은 파주산성에서 몇 리 밖에 안 되지만, 왜적들은 군사를 머물러 두고 진격하지는 않았다. 왜적들은 오시(오전 11시~오후 1시)부터 미시(오후 1시~오후 3시)까지 공격도 하지 않다가, 슬그머니 물러나 돌아간 뒤 다시는 나오지 않았다. 아마 왜적들은 권율이 의지한 지형을 보고 너무 험준해서 공격할 엄두가 나지 않았을 것이다.

나는 왕필적에게 공문을 보냈다.

"현재 왜적은 험준한 지형에 의지하여 진을 치고 있으니 아직은 쉽게 공략하지 못합니다. 대군은 동파로 나와 진을 치고, 파주에서는 적의 뒤를 바짝 따라붙어 견제하고, 남쪽의 군사 1만 명을 뽑아 강화에서 한강 남쪽으로 진격하여 왜적의 허점을 노려 여러 둔진을 격파하면, 서울에 남아있는 왜적들은 귀로가 끊기게 되니 필시 용진 쪽으로 달아날 것입니다. 이때 뒤에 있는 군사를 몰아 나루를 덮치면 왜적을 말끔히 소탕할 수 있을 겁니다."

왕필적은 무릎을 치며 신묘한 전략이라 칭찬하면서 정

탐꾼 36명을 가려 충청도 의병장 이산겸의 진으로 보내
왜적들의 형세를 살피게 하였다.

당시 왜적의 정예부대는 모두 서울에 있었고, 후방에
주둔한 군사들은 허약하고 변변찮아 쓸모없는 소수뿐이
었다. 정탐꾼들은 좋아 날뛰며 돌아와 보고했다.

"1만 명까지도 필요 없습니다. 2, 3천 명 정도면 너끈
히 쳐부술 수 있겠습니다."

이 제독은 북방출신 장수였다. 그는 이 전쟁에서 남방
출신의 명나라 군을 몹시 견제했다. 제독은 남방출신 장
수 왕필적이 공을 세우는 것을 꺼려, 이 작전을 허락하
지 않았다.

46. 굶주리는 백성들을 구제함

군량을 뺀 나머지 곡식을 풀어 굶주린 백성들을 구제하
자고 임금께 청했더니 이를 허락하셨다.

이때는 왜적이 서울을 점거한지 이미 2년이나 지났기
때문에, 전쟁으로 인해 천지사방이 쓸쓸했고, 백성들은
농사를 지을 수 없어 굶어 죽거나 거의 죽어가는 상태였
다. 도성 안에 남아 있던 사람들은 내가 동파에 있다는
말을 듣고 서로 붙들고 이고지고 오는데 셀 수 없이 많
았다. 총병 사대수가 마산으로 가는 길에 어린 아기가
기어가 죽은 어미의 젖을 빨고 있는 것을 보고 가엾게
여겨 데려다 군중에서 길렀다.

"왜적들이 아직 물러가지도 않았는데, 백성들이 이렇게
비참한 지경에 처했으니 장차 어떻게 해야 좋겠습니까?"
나에게 이렇게 말하고 이어 탄식했다.

"하늘도 울고 땅도 슬퍼할 일입니다."
이 말을 듣고 나도 모르는 새 눈물이 흘렀다.

이때, 남쪽에서 군량을 실은 배가 올라와 강가에 늘어
서 있었으나, 명나라 대군이 곧 다시 온다고 하니, 감히
달리 사용하지 못했다. 때마침 전라도 소모관(召募官 전시
에 군량, 마필, 정병 등을 모집하는 벼슬) 안민학(安敏學)이 껍질

174

을 까지 않은 곡식 1천 석을 모아 배에 싣고 왔다. 나는 정말 기뻐서 임금께 즉시 장계를 올려, 이것으로 굶주린 백성들을 구제하자고 청했다. 또 전 군수 남궁제(南宮悌)를 감진관(監賑官 굶주리는 백성을 구제하는 일을 감독하는 임시벼슬)으로 삼아, 솔잎을 따다 가루로 만들어 솔잎가루 열 푼(열 숟가락)에 쌀가루 한 홉(약 180밀리리터)씩 섞어 물에 타서 마시게 했다. 그래도 사람은 많고 곡식은 적어 살려낸 사람이 얼마 되지 않았다. 이를 본 명나라 장수들 역시 이를 불쌍히 여겨, 자기네들이 먹을 군량 30석을 떼어 백성들을 구제하게 했으나, 필요한 양의 100분의 1에도 못 미쳤다.

하루는 밤에 큰비가 왔다. 굶주린 백성들이 나의 좌우로 와서 신음하는데 차마 들을 수가 없었다. 아침에 일어나 보니 많은 사람이 여기저기 흩어져 죽어있었다.

경상우도감사 김성일도 전 전적 이노를 나에게 보내 급박한 사정을 알렸다.

"전라좌도의 곡식을 꾸어다 굶주린 백성들을 구제하고, 봄 밭갈이 종자로 쓰려고 하는데, 전라도사 최철견(崔鐵堅)이 꾸어주려 하지 않습니다."

이때 지사 김찬(金瓚)이 체찰부사로 호서(湖西 충청도)에 있었으므로, 나는 즉시 공문을 보내 전라도로 달려 내려가 직접 남원 등지의 창고를 열어 1만 석을 영남으로 보내 백성을 구제하게 했다.

175

　이때는 서울부터 남쪽 해변까지 왜적들이 가로질러 꿰뚫고 있어, 때는 바야흐로 농사철인 4월인데도 백성들은 모두 산골짜기에 들어가 숨어있었으므로, 보리를 갈아놓은 곳이 한 군데도 없었다. 왜적들이 몇 달만 더 물러가지 않고 버텼다면, 우리 백성들은 모조리 다 굶어죽었을 것이다.

47. 심유경의 적극 강화책

유격장 심유경이 다시 서울로 들어가 왜적들을 물러가
라고 회유했다.

4월 7일에는 제독 이여송이 군사를 거느리고 평양에서
개성으로 돌아왔다.

이보다 앞서 김천일 부대의 이신충(李藎忠)이라는 사람
이 자청하여 서울로 들어가 왜적들의 동정을 탐지하고
임해군과 순화군 두 왕자와 장계군 황정욱을 만나보고
돌아와 이렇게 보고했다.

"왜적들이 강화할 의사를 가지고 있었습니다."

얼마 지나지 않아 왜적이 용산의 우리 수군에게 편지를
보내 화친하기를 청했다. 김천일은 그 편지를 나에게 보
내왔다. 나는 '제독 이여송은 이미 싸울 생각이 없으니,
혹시 강화를 기회삼아 왜적을 물리치려 한다면 다시 개
성으로 내려올 수밖에 없을 것이고, 그러면 일을 끝낼
수도 있을 것'이라고 생각했다. 그래서 편지를 사대수에
게 보여주었더니, 그는 즉시 하인 이경(李慶)에게 빨리
평양으로 달려가 이여송에게 알리라고 했다. 이래서 제
독 이여송은 다시 심유경을 파견한 것이다.

김명원은 심유경을 보고 물었다.

"왜적들이 평양에서 속은 것을 분하게 생각하고 좋지 않은 생각을 가졌을 게 분명한데, 적진으로 다시 들어갈 수 있겠습니까?"

"적들이 스스로 빨리 물러가지 않았기 때문에 우리한테 졌는데, 그게 나와 무슨 상관이 있단 말이오?"

심유경은 그렇게 말하고 다시 적진으로 들어갔다. 그가 왜적의 진중에서 무슨 말을 했는지 비록 듣지는 못했지만, 아마 '왕자와 수행했던 신하들을 돌려보내고, 부산으로 물러간 후라야 강화를 허락하겠다.'는 내용이었을 것이다.

왜적은 심유경의 제안을 받아들이고, 강화에 관하여 의논하자고 명나라 군에 요청하여, 제독 이여송은 드디어 개성으로 돌아왔다.

나는 제독 이여송에게 강화하는 게 좋은 방법이 아니고, 왜적을 치는 것이 더 좋다고 강력하게 주장하는 공문을 보냈더니, 제독 이여송은 회답을 보내왔다.

"우선 내 생각도 그렇습니다."

회답은 그렇게 했으면서도 내 의견을 받아들일 생각은 없었던 것이다.

제독은 유격장군 주홍모(周弘謨)를 왜적 진영으로 보냈다. 나는 마침 김원수와 함께 권율의 진중에 있다가 파주에서 그를 만났다. 주홍모가 우리더러 기패(旗牌 임금의 명령을 적은 깃발)에 절을 하라기에 나는 항의했다.

"이것은 왜적 진영으로 들어갈 기패인데, 내가 뭣 때문에 절을 한단 말이오? 또 명나라 병부 우시랑 송응창이 왜적을 죽이지 말라고 한 패문(牌文)도 있으니 더더욱 절을 할 수가 없습니다."

주홍모는 세 번 네 번 거듭 강요했으나, 나는 대답도 하지 않고 말을 타고 동파로 돌아가 버렸다. 주홍모가 제독 이여송에게 사람을 보내 이런 사실을 보고하게 하니, 제독 이여송은 버럭 화를 내면서 말했다.

"기패는 곧 황제의 명령이다. 오랑캐들도 보면 무조건 절을 하는데, 어찌 절을 하지 않는단 말이냐? 내 군법으로 처리한 후에 명나라로 돌아가리라."

접반사 이덕형이 이런 사실을 나에게 알리며 조언했다.

"내일 아침에 와서 사과하는 수밖에 없겠습니다."

다음날 나는 원수 김명원과 함께 개성으로 가, 제독 처소 앞으로 찾아갔다. 이름을 밝히고 제독을 만나려 했으나, 제독 이여송은 성이 나 만나주지 않았다. 김명원은 그만 물러가자고 했으나 나는 만류했다.

"제독이 우리를 시험하는 것이 틀림없으니 조그만 더 기다려 봅시다."

이때 비가 조금 왔다. 우리 둘이 양손을 모아잡고 문밖에 서 있으니, 조금 뒤에 제독의 부하가 문을 열고 나와 우리를 엿보고 들어갔다가 다시 나오기를 두어 차례 되풀이하더니 조금 뒤에 들어오라고 했다. 안으로 들어가니 제독은 마루 위에 있었다. 내가 그 앞으로 나아가 예를 표하고 사과했다.

"우리가 비록 어리석고 용렬하다 해도 어찌 기패를 보면 예의를 차려야 한다는 걸 모르겠습니까? 다만 기패 곁에 우리나라 사람에게 왜적을 죽이지 말라는 송응창의 패문이 있어, 너무 분하여 절을 하지 않았습니다. 저의 개인적인 감정이었으나 죄를 벗어날 길은 없겠습니다."

그러자 곧 제독은 부끄러워하는 표정을 지으며 말했다.

"아주 옳은 말씀입니다. 그런데 패문은 곧 송 시랑의 명령이니 나와는 관계가 없는 일입니다. 요사이엔 근거 없는 소문이 많이 돕니다. 송 시랑이 만약 조선의 신하들이 기패에 절하지 않았는데도 내가 이를 용서하고 문책하지 않았다는 말을 들으면, 나까지도 문책할 것입니다. 대략 그 사정을 해명하는 문서를 만들어 보내주시오. 만약 송 시랑이 문책하면 나는 그것으로 해명할 것이고, 묻지 않으면 이 문제를 거론하지 않겠습니다."

우리는 인사하고 물러 나와, 그가 말한 대로 문서를 만들어 보냈다.

이때부터 제독은 잇달아 사람을 왜적진영에 왕래하게 했다. 하루는 내가 원수 김명원과 함께 가, 제독의 동정을 엿보고 동파로 돌아오다, 천수정 앞에서 사대수 장군의 하인 이경을 만났다. 그는 동파에서 개성으로 들어가는 길이었다. 우리는 말 위에서 서로 인사하고 지나쳤다. 그런데 조금 후 초현리에 이르렀을 때, 명나라 사람 셋이 말을 타고 뒤쪽에서 달려와 큰 소리로 물었다.

"체찰사는 어디 계시오?"

"내가 체찰사다."

내가 대답했더니, 그들은 '말을 돌리라'고 호통 쳤다. 그들 중 한 사람이 손에 든 쇠사슬을 채찍삼아 내가 탄 말을 마구 후려갈기며 큰 소리로 '달려라, 달려!'하며 길을 재촉했다. 나는 영문도 모르고 그들에게 끌려 개성으로 달렸는데, 그 사람은 내가 탄 말 뒤에서 채찍질을 멈추지 않았다. 그러니 수행원들은 다 뒤처지고, 군관 김제(金霽)와 종사관 신경진만 힘을 다해 따라올 뿐이었다.

개성 동쪽의 청교역을 지나 곧 토성 모퉁이에 다다를 참에, 기병 하나가 성안에서 말을 달려 나오더니, 세 기병들과 뭐라고 수군거렸다. 그제야 그들은 나에게 읍하면서 '돌아가셔도 좋습니다.'라고 했다. 나는 도대체 무슨 영문인지 짐작도 못하고 돌아섰다. 그 다음날 이덕형의 통지를 받고서야 비로소 전말을 알게 되었다.

그것은 다름이 아니라 제독이 나를 오해했다는 것이다.

제독 이여송이 신임하는 하인 하나가 밖에 나갔다 들어와서 제독에게 이렇게 보고했다.

"체찰 유성룡이 강화를 못하게 하려고, 임진강의 배들을 모두 없애버려, 강화를 하려는 사자들이 왜적 진영으로 드나들지 못합니다."

 제독은 하인의 말을 곧이곧대로 듣고, 대뜸 성부터 내며 나를 잡아다 곤장 40대를 치려했다는 것이다. 내가 끌려가는 동안, 제독은 눈을 부라리고 팔뚝을 걷으며 앉았다 섰다 하니, 좌우에 있던 사람들 모두 벌벌 떨었다. 얼마 후 이경이 당도하자, 제독은 임진강에 배가 있는지 없는지 물었다.

"배가 여러 척 있어 왕래하는 데 아무런 지장이 없었습니다."

 이경이 이렇게 대답하니, 이여송은 즉시 사람을 시켜 나를 돌려보내게 하고, 하인이 거짓말을 했다면서 곤장 수백 대를 쳐 숨이 끊어진 뒤에야 끌어냈다고 한다. 그는 나에게 성낸 것을 뉘우치고 사람들에게 말했다.

"만약 체찰사가 왔다면 내가 어떻게 했어야 했겠는가?"

 내가 강화를 달가워하지 않는 것이, 제독 이여송은 평소 늘 불만스러웠기 때문에, 신임하던 하인의 말을 듣자마자 다시 생각해볼 겨를도 없이 대뜸 이렇게 성부터 냈던 것이다. 이 무렵 사람들은 모두 내가 위험한 사람이고 생각했다는 것이다.

 며칠 뒤 제독 이여송은 유격장군 척금(戚金)과 전세정(錢世禎)에게 기패를 들려 다시 동파로 보내왔다. 그들은 나와 원수 김명원과 관찰사 이덕형을 함께 불러 앉히고 조용히 말했다.

"왜적이 두 왕자와 신하들을 돌려보내고 서울에서 물러

나 돌아가겠답니다. 그들의 청을 들어주어 도성에서 나
오게 한 다음 계략을 써서 추격합시다."

 이것은 제독 이여송이 그들을 시켜 내 생각이 어떤지
탐색케 한 것이었다. 나는 종전의 주장을 고집하며 서로
옥신각신했다. 전세정은 성질이 조급했다. 벌컥 성을 내
며 소리쳤다.

"그렇다면 그대들의 국왕은 어찌하여 도성을 버리고 도
피했는가?"

 나는 천천히 말했다.

"임시로 서울을 옮겨 회복할 길을 찾는 것 역시 하나의
방도입니다."

 척금은 자주 나를 살펴보며 전세정과 미소만 주고받을
뿐 아무 말이 없었다. 전세정 등은 마침내 돌아갔다.

 4월 19일 제독 이여송은 대군을 거느리고 동파로 와,
총병 사대수의 막사에 유숙했다. 왜적이 이미 물러나겠
다고 약속했기 때문에 서울로 들어가기 위해 온 것이었
다. 나는 제독 이여송의 안부를 물으려고 숙소로 찾아갔
으나 만나주지도 않고, 통역관에게 이런 말만 했다고 한
다.

"체찰사는 내게 불만이 많을 터인데도 문안을 하러 왔
단 말인가?"

48. 서울이 수복됨

4월 20일에 서울이 수복되었다. 명나라 군사가 도성으로 들어오고, 제독 이여송은 소공주 댁(小公主宅 왕이나 왕세자의 혼례 때 비를 맞아들이던 궁전이었으나 태종 때 경정공주의 남편에게 주면서 소공주 댁으로 바뀜. 뒤에 남별궁南別宮이라 부름)으로 처소를 정했다. 왜적들은 이보다 하루 전에 벌써 다 빠져나갔다.

나도 명나라 군사를 따라 도성으로 들어왔다. 성 안에 살아남은 백성은 백 명에 한명 꼴도 안 되었고, 그렇게 살아있는 사람도 모두 굶주려 야위고 병들고 지쳐 해골이나 다름없었다. 이때는 날씨가 무척 무더웠는데, 죽은 사람과 말이 곳곳에 방치되어 있어 썩는 냄새가 성안에 가득 차, 코를 막아야 겨우 지나갈 수 있었다.

관청과 사가가 다 없어지고 없었다. 오직 숭례문 동쪽 남산 밑 일대에 왜적들이 거처하던 집들만 조금 남아있었다. 종묘와 경복궁, 창덕궁, 창경궁, 종루(鐘樓), 각 관청, 성균관과 중학, 동학, 서학, 남학의 네 학교 등 큰 거리 북쪽 편에 있던 건물들은 모두 불타 없어지고 재만 남아있었다. 소공주 댁은 왜장 수가(秀嘉)가 머물러 있던 곳이라 남아 있었던 것이다.

　나는 먼저 종묘를 찾아가 통곡했다. 다음으로 제독의 거처로 가, 문안하러 온 여러 사람들을 보고 큰 소리로 한참 동안 통곡했다.

　다음날 아침 다시 제독을 찾아가 안부를 묻고 말했다.

　"왜적들이 이제 막 물러갔으니, 멀리 가진 못했을 것이니, 급히 군사를 출동시켜 추격하도록 합시다."

　"나도 진심으로 그렇게 생각합니다. 그런데 급히 추격하지 못하는 것은 한강에 배가 없기 때문입니다."

　"만약 대인께서 왜적을 추격하기만 한다면, 내가 먼저 한강으로 가 배를 징발하겠습니다."

　"그러면 아주 좋겠습니다."

　제독이 이렇게 대답하기에, 나는 곧장 한강으로 달려나갔다.

　이런 경우를 대비해 나는 미리 경기우도감사 성영(成泳)과 수사 이빈에게 공문을 보내, 왜적들이 물러가고 나면 서둘러 강에 있는 크고 작은 배들을 거두어, 착오 없이 한강에 모두 모아두라고 명령을 내려두었었다. 그래서 이때 이미 도착한 배가 80여 척이나 되었다. 나는 바로 제독에게 사람을 보내 '배가 다 준비되었다.'고 알렸다. 조금 뒤에 영장(營將) 이여백(李如柏)이 1만여 명의 군사를 거느리고 강변으로 나왔다. 절반쯤의 군사들이 강을 건너니 해가 벌써 저물려고 했다. 그때 이여백은 갑자기 '발병이 났다'는 핑계를 대며 가마를 타고 돌아가 버렸다.

"성으로 돌아가서 발병을 고친 다음에 진격하겠다."

그러자 이미 한강 남쪽으로 건너가 있던 군사들까지 모두 도로 건너와 성안으로 들어가 버렸다. 내 가슴은 찢어지는 것 같았지만 어쩔 도리가 없었다.

제독은 실상 왜적을 추격할 의사가 전혀 없으면서, 그저 내 말을 들어주는 척 기만하는 수작을 부린 것이다.

4월 23일 나는 병이 나서 자리에 드러누웠다.

5월에 제독 이여송은 왜적을 추격한다면서 문경까지 갔다가 돌아왔다.

명나라 병부시랑 송응창은 비로소 제독에게 패문을 발송하여 왜적을 추격하게 했던 것이다.

그땐 왜적들이 떠난 지 이미 수십 일이 지난 뒤였다. 시랑은 왜적을 놓아주고 추격하지 않는다는 비난을 받을까봐, 사람들에게 보여주기 위해서 이런 행동을 한 것뿐이다. 실상 제독은 왜적이 두려워 감히 진격하지 못하고 있다가, 패문을 받고 마지못해 추격하는 시늉만하다 돌아온 것이다.

이 당시 왜적들은 도성에서 나와 가다 쉬다하면서 천천히 행군했는데, 연도를 지키던 우리 군사들도 좌우로 다 자취를 감추고, 나서서 공격하는 자가 없었다.

186

49. 진주성이 무너짐

왜적들은 바닷가에 진을 나누어 주둔했다. 그들은 울산 서생포부터 동래, 김해, 웅천, 거제까지 죽 이어서 진을 쳤는데, 무려 16둔진이나 되었다. 이들은 모두 산과 바다를 끼고 성을 쌓고 참호를 파 장기간 주둔할 수 있게 준비하고, 바다를 건너 돌아갈 기미는 보이지 않았다.

명나라에서는 또다시 사천총병(泗川總兵) 유정(劉綎)에게 복건, 서촉, 남만 등지에서 모집한 군사 5천 명을 딸려 보냈다. 이들은 성주와 팔거에, 남장(南將) 오유충은 선산과 봉계에, 이영(李寧), 조승훈, 갈봉하(葛逢夏)는 거창에, 낙상지, 왕필적은 경주에 각각 주둔하게 했다. 이렇게 사방으로 둘러싸고, 서로 버틸 뿐 진격하지는 않았다.

이들의 군량은 호서와 호남지방에서 조달해 왔는데, 험준한 산을 넘어 운반해 와 여러 진영에 나눠 공급하다보니 백성들은 더욱 곤궁해졌다.

제독은 왜적을 타일러 바다를 건너가게 하라고 심유경을 또 보냈다. 그는 또 서일관(徐一貫)과 사용재(謝用梓)를 낭고야(나고야)로 보내 관백(풍신수길)을 만나보게 했다.

왜적은 6월에야 비로소 임해군과 순화군, 재신 황정욱, 황혁 등을 돌려보내고, 심유경에게 우리 측에 보고하게 했다.

그런 한편으로 왜적들은 진주로 진격하여 진주성을 포위하고 '지난해에 패배한 원한을 갚겠다.'고 소문을 퍼뜨렸다. 이것은 임진년(1592)에 왜적이 진주를 포위했으나, 목사 김시민(金時敏)의 방어로 치욕적인 패배를 당하고 물러간 일이 있었기 때문에 그렇게 나온 것이다.

진주성은 포위당한지 8일 만에 함락되었다. 목사 서예원(徐禮元), 판관 성수경(成守璟), 창의사 김천일, 경상병사 최경회, 충청병사 황진(黃進), 의병복수장 고종후 등이 모두 이때 전사했다. 군인과 백성 6만여 명이 죽고, 닭, 개 등의 가축까지 살아남은 것이 없었다. 왜적들은 성벽을 무너뜨리고 호를 메우고 우물을 묻고 나무를 베어 버리는 등의 만행을 저지르며, 지난해 패전한 분풀이를 제멋대로들 했다. 이때가 1593년 6월 28일이었다.

이보다 앞서 조정에서는 왜적이 남쪽으로 내려갔다는 소식을 듣고, 여러 장수들을 독려하여 왜적을 추격하라는 왕명을 연달아 내렸다. 도원수 김명원과 순찰사 권율 이하 관군과 의병들은 의령에 모였다. 이 즈음 권율은 행주 싸움에서 크게 이겨 자신감이 넘쳤다. 권율이 자신감을 믿고 기강을 건너 앞으로 진격하려 하니, 곽재우와 고언백이 말렸다.

"왜적은 지금 한창 사기가 올라있는데, 우리는 오합지졸이 대부분이라, 전투를 감당해낼 만한 사람이 적습니다. 뿐만 아니라 앞길에는 군량도 없으니 경솔하게 진격해선 안 됩니다."

이 말에 다들 머뭇거리고 있는데, 이빈의 종사관 성호선(成好善)은 어리석어 사태파악도 제대로 못하면서 팔을 마구 내두르며 여러 장수들이 우물쭈물한다고 책망했다. 그는 권율과 마음이 맞아, 결국 군사를 거느리고 기강을 건너 진군하여 함안에 이르렀다. 성은 텅 비어 아무것도 얻을 것이 없었다. 군사들은 먹을 것이 없어 익지도 않은 풋감을 따먹으니, 자연 싸울 의욕조차 잃어버렸다.

그 다음날 적진을 살피러 간 정찰병이 '왜적들이 김해에서 대거 올라오고 있다.'고 보고해왔다. 함안을 지켜야 한다, 물러가서 정진을 지켜야한다는 등 의견이 분분하여 결정을 내리지 못하고 있었다. 그때 왜적의 대포소리가 들려오자, 사람들은 술렁거리며 두려움에 싸였다. 서로 앞 다투어 성 밖으로 나가려다 조교(弔橋 밧줄이나 쇠사슬로 매어 내리게 만들어 성이나 참호 위에 설치하는 다리)에서 떨어져 죽은 사람도 꽤 많았다. 이렇게 하며 정진으로 도로 건너와 바라보니, 들판을 덮고 강물을 메울 만큼 많은 수의 왜적들이 강과 육지로 몰려와 덤벼들었다. 우리 장수들은 저마다 흩어져 달아났다. 권율, 김명원, 이빈, 최원(崔遠) 등은 먼저 전라도로 향하고, 김천일, 최경회, 황진 등은 진주로 들어갔다. 왜적은 이들을 뒤따라와 진주성을 포위했다.

진주 목사 서예원과 판관 성수경은 명나라 장수의 음식 이나 용품을 공급하는 지대차사원(支待差使員)이었기 때문 에 오랫동안 상주에 있다가 왜적들이 진주로 향했다는 소식을 듣고 허겁지겁 돌아왔다. 돌아온 지 겨우 이틀 만에 성을 포위당한 것이다.

진주성은 본래 사방이 험준한 지형으로 둘러싸여 있었 는데, 임진년(1592)에 동쪽으로 옮겨 평지에 내려다 쌓았 다. 그래서 왜적들은 비루(飛樓 성을 공격할 때 성에 기대놓고 오르게 만든 누각모양의 공성기구) 여덟 개를 세워 놓고 그 위 로 올라가 성안을 내려다보며 공격했다. 그리고 성 밖의 대나무를 베어다 다발을 만들어 비루를 둘러 가리고 돌 과 화살을 막으며, 그 안에서 조총을 빗발치듯 쏘아댔 다. 성안 사람들은 감히 밖으로 머리도 내놓지 못했다. 게다가 김천일이 거느린 군사들은 서울 저잣거리에서 불 러모아온 무리들이었고, 김천일 또한 전쟁에 대해서는 알지도 못하면서 너무 자기주장만 고집했다. 그는 또 평 소 서예원을 미워하여 주인과 객이 서로 시기하니, 호령 이 달라졌다. 이런 이유 때문에 더 크게 패했다.

오직 황진 하나만 성 동쪽을 지키며 여러 날 동안 싸 우다가 날아오는 적탄에 맞아죽었다. 이러니 성안의 군 사들은 기운이 빠졌고, 밖에서는 지원군도 오지 않았다. 그런데다 마침 비까지 내려 성 한쪽이 무너지자 왜적들 이 개미떼처럼 기어 들어왔다. 성안의 군사들이 가시나

무를 묶어세우고 돌을 던지며 힘껏 왜적을 막아내 거의
다 물리친 참이었다.

그런데 이때 북문을 지키던 김천일의 군사들이 성이 이
미 함락된 것으로 지레짐작하고 제일 먼저 허물어져 버
렸다. 왜적은 산 위에서 아군이 흩어지는 광경을 보고
일제히 성벽으로 기어올랐다. 아군은 이를 보고 큰 혼란
에 졌다.

김천일은 촉석루에 있다가 최경회와 손을 잡고 통곡하
면서 강물로 뛰어들어 죽었다. 몇 안 되는 군사와 백성
이 성안에서 간신히 빠져나왔을 뿐이었다. 왜란이 시작
된 이래 사람이 이처럼 많이 죽은 싸움은 진주성이 처음
이었다.

조정에서는 김천일이 의를 위해 죽었다고 종1품 의정
부 우찬성을 추증하였다. 그리고 권율이 용감하게 싸우
며 왜적을 두려워하지 않는다고 해서 김명원과 교체시켜
도원수로 삼았다.

명나라 장수인 총병 유정은 진주성이 함락되었다는 소
식을 듣고 팔거에서 합천으로 달려가고, 오유충은 봉계
에서 초계로 가 경상우도를 지켰다.

한편 왜적들도 진주를 함락시키고 난 뒤에는 부산으로
돌아가, 명나라 조정에서 강화를 허락하면 바다를 건너
돌아가겠다고 소문을 퍼뜨렸다.

50. 임금이 서울로 돌아옴

1593년 10월에 임금께서 서울로 돌아오셨다. 12월에
명나라에서 행인사(行人司 외국과의 사신 왕래를 관장하는 관청)
의 행인 사헌(司憲)이 사신으로 왔다.

이보다 먼저 심유경은 관백(풍신수길)의 항복문서를 가지
고 왜장 소서비(小西飛)와 함께 명나라로 돌아갔다. 그러
나 명나라 조정에서는 그 항복문서가 관백이 보낸 것이
아니라 소서행장 등이 가짜로 만든 것이라고 의심했다.
게다가 심유경이 돌아가자마자 진주성이 함락되었다. 그
러니 명나라에서는 강화하겠다는 왜적의 뜻이 진정성이
없다고 생각해 소서비를 요동에 머물게 하면서 오래도록
회답하지 않았다.

이때 제독 이여송과 여러 장수들은 다 돌아가고, 유정,
오유충, 왕필적 등만 1만여 명의 군사를 거느리고 팔거
에 주둔하고 있었다.

그리고 이때에 이르러서는 서울이고 지방이고 할 것 없
이 모든 백성들이 굶주림에 시달렸다. 노약자들은 군량
을 운반하느라 지쳐 도랑과 골짜기에 쓰러졌고, 장정들
은 도적이 되었다. 게다가 전염병이 겹쳐 백성들 거의가
다 죽어가고 있었다. 심지어 아버지와 아들, 남편과 아

내가 서로 잡아먹는 지경에까지 이르렀다. 해골이 잡초처럼 널려있었다.

얼마 지나지 않아 유정의 군사마저 팔거에서 남원으로 옮기더니, 또 남원에서 서울로 돌아와 10여일 머물다 슬그머니 서쪽으로 가버렸다. 그런데 왜적들은 여전히 남쪽 바닷가에 진을 치고 있었으므로 사람들은 더욱 두려움에 떨었다.

이때 명나라는 요동경략 송응창을 탄핵하고, 고양겸(顧養謙)을 새 경략으로 임명했다. 고양겸은 요동으로 와, 참장(參將) 호택(胡澤)에게 차자를 주어 보내 우리 군신들을 설득하려 했다. 내용은 대략 다음과 같았다.

왜놈들이 아무 이유도 없이 그대 나라를 침략해, 파죽지세로 서울과 개성, 평양 세 도시를 점거하고, 그대 나라의 땅과 백성을 10분의 8, 9를 빼앗아 가졌고, 그대 나라 왕자와 신하들을 사로잡았다. 이에 황제께서는 크게 노하시어 군대를 일으켜 한 번 싸워 평양을 쳐부수고, 두 번째 진격하여 개성을 되찾았다. 그러자 왜적들은 마침내 서울에서 도망가고 왕자와 신하들을 돌려보내고, 2천여 리의 땅을 되찾았다. 여기에 소비한 내탕금(內帑金 임금의 사사로운 재산을 넣어둔 돈)도 많으며, 죽은 군사와 말의 수 역시 적지 않다. 우리 조정에서 조선을 대접하는 은혜와 의리가 이와 같으니, 황제의 망극한 은덕 또한 퍽이나 컸었다.

193

그러나 이제는 군량도 더 이상 운반할 수 없으며, 군대도 다시 쓰기 어렵게 되었다. 그런데다 왜놈들 역시 우리 황제폐하의 위엄을 두려워하여 항복을 청하고, 또 제후로 봉하여 조공을 바치게 해주기를 바라고 있다. 우리 조정에서는 왜국이 신하의 나라가 되는 것을 허락하고, 왜적을 한 놈도 남기지 않고 모조리 몰아내어 바다를 건너가게 하여, 다시는 그대 나라를 침범하지 못하게 하여, 전쟁을 종식시키려 한다. 이는 곧 그대 나라를 길이 편안케 하는 계책이 될 것이다. 지금 그대 나라는 양식이 다 떨어져 백성들이 서로 잡아먹는 형편인데, 또 무엇을 믿고 군사를 보내달라고 청하겠는가? 만일 명나라가 군량을 그대 나라에 주지 않고, 또 왜놈들이 봉공하겠다는 청을 거절한다면, 왜놈들은 반드시 그대 나라에 보복을 행사할 것이다. 그렇게 되면 그대 나라는 반드시 멸망하고 말 것이다. 그런데 어째서 조속히 자구책을 마련하지 않는단 말이냐?

옛날 월나라 구천(句踐 중국 춘추시대 월왕越王의 이름. 회계會稽산 싸움에서 오왕吳王 부차夫差에게 패하여 곤욕을 당하다가 화약을 맺고 20년 뒤에 부차를 쳐 멸망시켜 그 치욕을 씻었다)이 회계에서 곤욕을 당했을 때, 어찌 오나라 부차(夫差 중국 춘추시대 오吳왕의 이름. 부왕 합려闔閭가 월越왕 구천句踐에게 패하여 죽자 회계산에서 그를 쳐부숴 원수를 갚았으나, 뒷날 구천에게 패하여 죽고 나라도 망했다)의 살점을 씹어 먹고 싶지 않았겠는가? 그러나 얼마 동안 치욕을 꾹 참고 견딘 것은 뒷날을 기다리기 위해서였다. 그래서 그 자신은 부차의 신하가 되고, 그 아내는 부차의 첩이 되었던 것이다. 하물며 지금 왜놈들은 스스로 중국의 신하가 되고 첩이 되겠다고 자청하고 있으니, 그대들은 너그럽게 그 뜻을 받아들이고 천천히 후일을 도모한다면, 구천이 군신관계를 맺고 후일을 도모한 것보다 더 나은 계책이다. 이것을 참지 못한다면 이는 조급하고 속 좁은 졸장부의 식견일 뿐, 원수를 갚고 치욕을 씻는 영웅의 모습은 아니다. 그대 나라가 왜를 위해 봉공을 청하게 하고 그들의 뜻을 이루게 해준다면, 왜는 필시 명에 더욱 감동해 충성할 것이고, 또 조선에도 고마워하며 전쟁을 그만두고 물러갈 것이 틀림없다. 왜놈들이 가버린 뒤에 그대 나라의 임금과 신하들이 서로 뜻을 굳게 세우고 와신상담(臥薪嘗膽 월越왕 구천의 고사로 장작 위에 누워 자고 쓸개를 핥는다는 말로, 원수를 갚기 위하여 온갖 어려움과 괴로움을 참고 견딘다는 뜻)하며 구천처럼 대사업을 닦아나가다 보면 천운이 좋게 돌아와 왜놈들에게 원수 갚을 날이 오지 않겠는가?

실제로 고양겸은 온갖 좋은 말을 길게 늘어놓았으나 대강의 줄거리는 위와 같았다.

호택이 객관에 묵은 지 3개월이 넘도록 조정의 의논은 결정이 나지 않았고, 임금께서는 더욱 난처한 일로 여기셨다. 이때 나는 병으로 휴가 중이었으므로, 글을 올려

195

소견을 밝혔다.

"왜국이 봉공할 수 있게 명나라에 요청해주는 것은 사리에 맞지 않습니다. 최근의 사정을 명나라에 상세히 알리고 그들의 처분을 기다리는 것이 좋겠습니다."

이렇게 여러 번 아뢴 후에야 임금께서는 허락하셨다. 이리하여 진주사(陳奏使 사정을 자세히 설명하여 아뢰는 사명을 가지고 명으로 가는 사신) 허욱(許頊)이 명나라로 갔다.

이때 경략 고양겸은 남의 비난을 받아 사임한 후 떠나고, 새 경략으로 손광(孫鑛)이 왔다.

명나라 병부에서는 황제에게 주청하여 왜사 소서비를 명나라 서울로 데려가 세 가지 조건을 걸었다.

첫째, 봉작만 요청하고, 조공은 요구하지 말 것.

둘째, 왜병은 한 사람도 부산에 머물러 있지 말 것.

셋째, 영원히 조선을 침범하지 말 것.

이 세 가지 조건을 지키기로 약속한다면 즉시 봉작을 내릴 것이나, 약속하지 않는다면 봉작을 내리지 않겠다고 하니, 왜사 소서비는 하늘에 걸고 맹세하며 약속을 지키겠다고 맹세했다.

그러자 명나라는 드디어 심유경에게 왜사 소서비를 데리고 다시 왜군진영으로 들어가 황제의 뜻을 널리 알리게 했다. 또 이종성(李宗誠), 양방형(楊方亨)을 왜국으로 갈 상사와 부사로 삼아 평수길(풍신수길)을 왜국국왕으로 봉하게 하되, 이종성 등은 일단 우리 서울에 머물러 있

다가 왜적들이 다 철수하는 것을 확인한 다음 왜국으로
떠나게 했다.

선조 28년(1595) 을미년 4월에 이종성 등이 서울에 와,
왜적에게 바다를 건너 돌아가도록 재촉하느라 연달아 사
자를 보내니 사자들의 왕래가 끊이지 않았다.

왜적들은 먼저 웅천의 몇 진과 거제, 장문, 소진포 등
지의 여러 둔을 철수시켜 신의를 보이고는, 전에 평양에
서와 같이 속임수를 당할까 걱정되니, 명나라 사신이 속
히 왜군진영으로 들어오면 모든 것을 약속대로 이행하겠
다고 했다.

8월에 양방형이 병부의 공문을 받고 먼저 부산에 갔다.
그러나 왜적은 즉시 다 철수하지 않고 물러갈 날짜를 차
일피일 미루면서, 다시 상사 이종성도 와야 한다고 요청
하니, 왜의 속셈을 의심하는 사람들이 많았다. 병부상서
석성은 심유경의 말을 믿고 왜적에게 다른 뜻이 없다고
생각했고, 또 왜군을 빨리 물러가게 하는 게 급선무라고
여겼기 때문에, 이종성을 누차 재촉하여 먼저 가게 했
다. 이때 명나라 조정에는 이론이 많았으나, 석성은 분
연히 책임을 지고 이 일을 맡고 나섰다.

9월에 이종성이 양방형의 뒤를 이어 부산에 이르렀다.
그러나 왜장 평행장은 즉시 나와 만나보지도 않았다. 그
러면서 관백에게 보고하여 명령을 받은 다음에 명나라
사신을 맞이하겠다고 했다.

두 사신을 부산에 둔 채, 소서행장은 일본으로 들어갔
다가 이듬해인 선조 29년 병신년(1596) 정월에야 비로소
돌아왔으나, 군사 철수에 관해서는 분명하게 말하지 않
았다. 이때 심유경은 두 사신 양방형과 이종성을 부산에
머물러 있게 두고, 다시 혼자 소서행장과 함께 먼저 바
다를 건너갔다. 그는 장차 왜국이 명나라 사신을 맞이할
예절을 의논하여 결정지으러 간다고 했으나, 사람들은
그 내막을 알 수가 없었다. 심유경은 비단옷을 입고 배
에 올랐는데, 깃발에다 조집양국(調戢兩國 두 나라를 조정하
여 싸움을 그만두게 한다)이라는 네 글자를 크게 써서 배 위
에 달고 뱃머리에 서서 떠나갔다. 그는 떠난 뒤 오랫동
안 아무 소식이 없었다.

이종성은 명나라 개국공신 이문충(李文忠)의 후손이다.
그는 조상이 세운 공으로 벼슬을 이어받은 부귀한 집안
의 자제였으나 겁이 무척 많았다.

"왜추(矮醜 관백 풍신수길)가 사실 봉작 받을 의사는 없고,
이종성 등을 유인하여 데려다 가두어 놓고 곤욕을 보이
려한다."

어떤 사람이 이종성에게 이렇게 말하니, 그는 몹시 겁
을 내어 밤중에 평상복으로 바꿔 입고 왜군진영을 빠져
나와, 수행원들과 여행 짐과 사신의 신분을 증명하는 인
장과 깃발까지 다 내버려두고 도망쳤다. 왜군은 이튿날
아침에야 비로소 이 사실을 알고 길을 나누어 그를 뒤쫓

아 양산의 석교까지 가보았으나, 찾지 못하고 되돌아갔다. 양방형은 혼자 왜군진영에 남아, 왜군들을 상대로 이 일을 잘 무마시키고, 우리나라에도 공문을 보내 경거망동하지 말라고 했다. 이때 이종성은 감히 큰길로는 가지 못하고 산골로 숨어 다니느라, 며칠 동안 먹지도 못한 채 경주에서 서쪽으로 갔다.

얼마 있다가 심유경과 소서행장이 부산으로 돌아왔다. 왜군은 서생포와 죽도 등지에 주둔해 있던 군사를 철수시켰다. 그때까지 철수하지 않은 왜군은 부산의 네 둔진뿐이었다.

이어서 심유경은 부사 양방형을 데리고 바다를 건너 일본으로 또 가게 되었는데, 그는 우리나라 사신도 동행할 것을 요구하며 조카 심무시(沈懋時)를 보내 빨리 출발하자고 재촉했다. 조정에서는 탐탁찮게 여겼으나, 심무시가 기어코 함께 가려하기에 마지못해 무신 이봉춘(李逢春) 등을 수행하는 배신이라는 이름으로 그들의 요구에 응하기로 했다. 그런데 이때 어떤 사람이 '무인이 저쪽(왜국)에 가면 실수할 우려가 많으니, 문관 중에 사리를 잘 아는 사람을 보내는 것이 옳겠다.'고 말했다. 그래서 이때 심유경의 접반사(接伴使)로 왜군진영에 가있던 황신(黃愼)을 따라가게 했다.

명나라 사신 양방형과 심유경이 왜국에서 돌아왔다.

이에 앞서 양방형 등이 일본에 도착하니, 관백(풍신수길)

은 사신이 묵을 숙소를 성대하게 꾸며놓고 영접하려 했는데, 하필 하루 전에 큰 지진이 일어나 거의 다 허물어져 버렸기 때문에 다른 집에서 맞아들였다. 풍신수길은 두 사신 양방형과 심유경을 한두 차례 만났는데, 처음에는 명나라 봉작을 받을 것처럼 굴다가 느닷없이 크게 성을 내며 말했다.

"우리가 조선의 두 왕자 임해군과 순화군을 돌려보냈으니, 조선에서는 왕자를 보내 사례해야 마땅할 것이다. 그런데도 벼슬이 낮은 사람을 사신으로 보냈으니, 이는 우리를 업신여기는 짓이다."

그래서 황신 등은 왕명도 전하지 못했다. 그는 또 양방형과 심유경 등에게도 그냥 돌아가라고 재촉해대어 그대로 돌려보냈다. 그들은 명나라 조정에 대해서도 감사히 여겨 사례하는 예절이 없었다.

이때 적장수 평행장(소서행장)은 부산포로 돌아왔고, 가등청정은 다시 군대를 거느리고 계속 서생포에 주둔하며, '꼭 왕자가 와서 사례해야 전쟁을 그만둘 것'이라고 소문을 퍼뜨렸다.

풍신수길의 요구는 아주 커서 봉공뿐만이 아니었다. 그러나 명나라 조정에서는 봉작만 허락하고 조공은 허락하지 않았다.

심유경과 소서행장은 서로 친해서 저희들끼리 얼렁뚱땅 일을 성사시키려고, 명나라 조정과 우리나라에 실상을 제대로 알리지 않았기 때문에 일이 순조롭게 이루어지지 않았다.

우리나라에서는 즉시 명나라에 사신을 파견하여 실상을 재빨리 보고했다. 이리하여 석성과 심유경의 죄가 백일하에 드러났고, 명나라 군대도 다시 나오게 되었다.

51. 이순신의 하옥

 수군통제사 이순신을 옥에 가두었다.

 원균은 처음에는 이순신이 와서 구원해 준 것을 고맙게 생각해 서로 사이좋게 지냈다. 그런데 얼마 가지 않아 서로 공을 세우려 다투다 점점 사이가 벌어졌다.

 원균은 성질이 음험하고 간사해 중앙은 물론 지방의 많은 인사들과 결탁하면서 이순신을 모함하는 데 힘을 아끼지 않았다. 그는 늘 이런 식으로 이순신을 헐뜯었다.

 "이순신은 처음에는 우리를 구하러 오지 않으려했는데, 내가 극구 구해달라고 청해서 왔다. 그러니 적을 이기는 데 제일 큰 공을 세운 것은 나다."

 당시 조정에서는 의논이 갈라져 있어 저마다 주장이 달랐다. 처음에 이순신을 추천한 사람은 나였기 때문에 나를 좋아하지 않는 사람은 원균과 한 패가 되어 이순신을 공격했다. 우상 이원익만 그렇지 않다고 밝히고 이렇게 말했다.

 "이순신과 원균은 맡은 지역이 각기 다르니, 처음에 바로 나아가 구원하지 않았다 해도 크게 잘못된 일은 아닙니다."

 이에 앞서 왜장 평행장(소서행장)은 자기의 졸개 요시라

(要時羅)를 경상우도병사 김응서의 진중을 오가며 가까이 지내게 했다. 바야흐로 가등청정이 재차 출정하려 할 즈음, 요시라를 시켜 김응서에게 은밀히 알려주게 했다.

"우리 장수 소서행장의 말이 '이번에 강화가 이루어지지 못한 까닭은 가등청정이 잘못해서 그런 것이라 나도 그를 몹시 미워한다. 그런데 아무 날에는 가등청정이 틀림없이 바다를 건너올 것이다. 조선은 해전을 잘하니, 바다 한가운데서 그를 맞아 친다면 틀림없이 이길 수 있을 것이다.'라고 했습니다. 그러니 부디 이 기회를 놓치지 마십시오."

김응서는 이 일을 조정에 보고했고, 조정에서는 그 말을 곧이곧대로 믿었다. 해평군(海平君) 윤근수(尹根壽)는 특히 더 좋아 날뛰면서 이런 기회를 놓쳐서는 안 된다고 임금께 여러 번 아뢰고, 이순신에게 진격하라고 계속 재촉했다. 그런데 이순신은 왜적들이 간사한 속임수를 쓰는 것이라 의심하여, 여러 날을 나아가지 않고 머뭇거렸다. 그러자 요시라가 또 와서 말했다.

"가등청정이 벌써 상륙했습니다. 그런데 조선은 왜 막지 않았습니까?"

그리곤 거짓 한숨을 쉬고 몹시 아쉽다는 시늉을 했다.

이 사실이 알려지자 조정대신들은 다 이순신이 잘못했다고 나무라고, 대간(臺諫)은 그를 잡아 올려 국문하자고 요청했다. 현풍사람 박성(朴惺)도 당시의 여론에 영합하

여, 이순신의 목을 베야한다는 극단적인 상소문을 올렸
다. 조정에서는 드디어 의금부도사를 파견하여 이순신을
잡아오고, 원균을 통제사로 삼았다.

그러나 임금께서는 오히려 소문이 다 진실은 아닐 것이
라 의심하고, 성균관 사성(司成) 남이신(南以信)을 한산도
로 내려 보내 실정을 살피고 조사해오게 했다. 남이신이
전라도에 들어서자 수많은 군사들과 백성들이 길을 막고
이순신이 억울하게 잡혔다고 호소했다. 그러나 남이신은
사실대로 보고하지 않았다.

"가등청정이 바다 가운데 있는 섬에 머무르는 7일 동
안, 만약 아군이 진격했으면 적장을 충분히 잡아올 수
있었으나, 이순신이 머뭇거리고 나아가지 않아 기회를
놓쳤습니다."

임금께서는 이순신을 옥에 가두고 대신들에게 그 죄를
논의하게 했다. 판중추부사 정탁(鄭琢) 혼자만 이순신을
두둔했다.

"이순신은 명장이니 죽여서는 안 됩니다. 군사상의 기
밀과 잘잘못은 멀리서 헤아리기가 어려운 법입니다. 그
가 싸우러 나가지 않은 데는 반드시 그만한 사정이 있었
을 것입니다. 너그럽게 용서하시어 뒷날 공을 세우도록
하십시오."

조정에서는 한 차례 고문을 한 후에 형을 감하여 관직
을 삭탈한 다음 군대에서 사졸로 백의종군하게 했다.

이때 이순신의 늙은 어머니는 아산에 있었는데, 이순신이 옥에 갇혔다는 말을 듣고 근심으로 애를 태우다 사망했다. 이순신은 옥에서 나와 아산을 지나가는 길에 겨우 성복(成服 초상이 났을 때 4, 5일 뒤에 처음으로 상복을 입는 일)만 하고는, 바로 권율의 막하로 가서 백의종군했다. 사람들은 그 소식을 듣고 모두 슬퍼했다.

52. 명나라 군사가 다시 옴

명나라 조정에서는 병부시랑 형개(邢玠)를 총독군문(總督
軍門)으로, 요동포정사(遼東布政司) 양호(楊鎬)를 경리조선
군무(經理朝鮮軍務)로, 마귀(麻貴)를 대장으로 삼아 보냈다.
그리고 잇달아 양원, 유정, 동일원(董一元) 등이 우리나라
로 왔다.

선조 30년(1597) 정유년 5월에 양원이 3천 명의 군사를
거느리고 먼저 왔다. 그는 서울에 며칠 동안 머무르다가
전라도로 내려가 남원에 주둔하여 지켰다. 남원은 영호
남의 요충으로, 지난날 낙상지가 성을 또 증축하여 지킬
만하게 만들어 둔 까닭에 성이 아주 견고하고 완전했다.

남원성 밖에는 교룡산성이 있다. 여러 사람이 이 산성
을 지키자고 했으나, 양원은 본성을 지켜야 된다면서,
성 위에 담을 더 쌓고, 호를 파고, 호 안에 양마장(羊馬墻
성 밖의 호 안에 다시 작은 성을 쌓고 그 위에 다시 여장女墻을 세운
성곽시설)을 또 설치했다. 밤낮으로 일을 하여 한 달이 넘
게 걸려 겨우 완성했다.

53. 원균의 대패로 한산도 수군 전멸

선조 30년(1597) 8월 7일, 한산도 수군이 무너지고, 통제사 원균과 전라우수사 이억기가 사망하고, 경상우수사 배설(裵楔)은 도망쳐 죽음을 면했다.

이보다 먼저 원균은 한산도에 와서, 이순신이 정해 놓은 규정들을 다 바꾸고, 부하장수와 군사들 중 이순신이 신임하던 사람들은 거의 다 내쫓아 버렸다. 자신이 예전에 패하여 도망쳤던 사실을 이영남이 자세히 알고 있다고 해서 원균은 그를 특히 더 미워했다. 군사들은 원균에 대한 원망과 분노가 컸다.

이순신이 한산도에 있을 때 집 한 채를 지어 운주당(運籌堂)이라 부르고, 밤낮으로 그 안에서 기거하면서 여러 장수들과 함께 전쟁에 관한 일을 논의했다. 군사에 관한 일이라면 말단 졸병이든 휘하 장수든 언제 어느 때라도 와서 말하도록 했기 때문에, 진영 안에서는 각자의 생각을 자유롭게 주고받을 수 있었다. 싸움을 앞두고는 항상 장수들을 모두 불러 모아 계책을 묻고 전략을 세운 뒤에 싸웠기 때문에 패한 일이 없었다.

그런데 원균은 좋아하는 첩을 데려다가 운주당에서 함께 살면서, 이중으로 울타리를 쳐 안팎을 막아버려 장수

들도 그의 얼굴 보기가 힘들었다. 그는 또 술을 좋아해
날마다 술주정을 해대고 성내기를 일삼고, 형벌에도 규
율이 없었다. 그래서 군중에서는 다들 몰래 수군거렸다.
"만일 왜적을 만난다면 오로지 도망치는 수밖에 없지."
 장수들도 뒤에서 끼리끼리 원균을 비웃으며, 상관이지
만 보고하거나 두려워하지도 않았다. 이래서 원균의 명
령과 지휘는 먹혀들지 않았다.
 이때 왜적이 다시 쳐들어왔다. 적장 평행장(소서행장)은
요시라를 김응서에게 또 보내 거짓정보를 흘리게 했다.
"왜선이 아무 날에 반드시 더 들어올 것이니, 조선 수
군이 중간에서 맞아 쳐부수는 것이 좋을 것입니다."
 특히 도원수 권율이 그 말을 더 믿었다. 이순신이 머뭇
거리다가 이미 죄를 받았기 때문에, 날마다 원균에게 군
사를 거느리고 진격하라고 재촉했다. 원균도 왜적을 보
고도 진격하지 않았다고 이순신을 모함하여, 이순신을
내쫓고 그 자리를 차지했으니, 형세가 불리한 줄 알면서
도 전함을 이끌고 나가 싸울 수밖에 없었다.
 이때 높은 언덕 위에 있던 왜군진영에서는 우리 배를
굽어보며 동정을 살펴 각 진영에 알렸다. 원균이 절영도
(絶影島)에 이르니 거센 풍랑이 일고, 날은 벌써 저무는
데, 배를 정박할 데가 없었다. 그런데 그때 왜선들이 바
다 가운데서 모습을 드러냈다. 원균은 앞으로 진격하라
고 군사들을 독려했다. 그러나 배 안의 군사들은 한산도

에서부터 종일 노를 저어 오느라 쉬지도 못하고, 허기와 갈증에 시달리느라 배를 제대로 움직이지도 못했다. 함선들은 우왕좌왕 어지럽게 뒤흔들리며 잠깐 앞으로 나아 갔다가는 이내 도로 뒤로 밀리곤 했다. 왜적들은 우리 군사를 지치게 만들려고 우리 배에 가까이 접근했다가는 금방 내빼는 채 달아나곤 하면서 맞부딪쳐 싸우지는 않았다. 밤이 깊어지자 풍랑이 더 거세어져 우리 배들은 사방으로 흩어져 표류하며 방향조차 가늠하지 못했다.

원균은 간신히 남은 배를 수습하여 가덕도로 돌아왔다. 군사들은 몹시도 목이 탔던 터라 서로 앞 다투어 배에서 내려 물을 마셨다. 그런데 그때 섬 안에서 왜적들이 튀어나와 덮쳤다. 그래서 싸워보지도 못하고 장졸 4백여 명을 잃었다. 원균은 다시 퇴각하여 거제의 칠천도로 물러났다.

권율은 이때 고성에 있었는데 원균이 아무런 성과를 내지 못하자, 격서를 보내 불러들여 곤장을 치고 다시 진격하라고 독촉했다. 원균은 진영으로 돌아와서는 분하고 억울하여 술을 마시고 취해 누워버렸다. 부하 장수들이 원균을 만나 군사에 관한 일을 상의하려 했으나 만날 수가 없었다.

이날 한밤중에 왜선이 습격해왔다. 우리 군사는 크게 무너졌다. 원균은 바닷가로 도망쳐 배를 버리고 언덕으로 기어올라 달아나려 했다. 그러나 몸집이 둔하여 소나

무 밑에 주저앉았는데, 곁에 있던 사람들은 다 흩어져
도망쳐버렸다. 어떤 사람은 왜적에게 죽음을 당했다 하
고, 어떤 사람은 도망쳐 죽음을 면했다고도 하는데, 사
실을 확인할 수가 없다.

이억기는 배 위에서 바닷물에 뛰어들어 죽었다.

배설은 이전부터 '이러다가는 반드시 패할 것'이라고
원균에게 여러 차례 조언했다. 이날도 '칠천도는 물이
얕고 목이 좁아 배를 부리기가 어려우니, 다른 데로 옮
겨 진을 치는 것이 좋겠다.'고 조언했으나, 원균은 듣지
않았다. 그래서 배설은 가만히 휘하의 전함들과 약속을
해두고, 경계를 하며 적의 공격에 대비하고 있었다. 그
러다가 적선이 쳐들어오자, 항구를 빠져나와 먼저 달아
났다. 그래서 그의 군사들만 온전했다.

배설은 한산도로 돌아와 불을 질러 건물과 양곡과 무기
를 태워버리고, 섬 안에 남아 있던 백성들을 왜적을 피
해 옮겨가게 했다.

한산도가 궤멸되자, 왜적들은 승리한 기세를 타고 서쪽
으로 진격하여 남해, 순천을 차례로 함락시켰다. 왜선들
은 섬진강 하구의 두치진에서 육지에 올라, 계속 진격해
남원을 포위하자, 호남과 호서지방이 크게 들썩거렸다.

왜적은 임진년(1592)에 이 땅에 들어온 이래 오직 수군
에게만 패했다. 평수길(풍신수길)은 이를 분하게 여기고,
소서행장에게 반드시 조선 수군을 쳐부수라는 특명을 내

210

렸다. 그래서 소서행장은 전략적으로 김응서에게 성의를
보이며 호감을 사는 한편, 이순신이 죄를 짓도록 만들
고, 원균을 바다 한가운데로 유인하여 우리 수군의 허실
을 낱낱이 파악하고 나서 습격했다. 그의 계략은 아주
대단히 교묘하여, 우린 모두 그의 꾀에 완전히 속고 말
았으니, 참으로 안타깝다.

54. 황석산성 싸움의 패배

황석산성이 왜적에게 함락되고, 안음현감 곽준(郭遵)과 전 함안군수 조종도(趙宗道)가 전사했다.

이보다 먼저 체찰사 이원익과 도원수 권율이 경상도내의 산성을 수리하여 왜적을 막기로 하고, 대구 팔공산, 구미 금오산, 용기, 경주의 부산 등지의 산성을 수리했다. 팔공산산성과 금오산산성을 쌓는 데는 백성들의 힘이 특히 더 많이 들었다. 그리고 이웃 고을의 기계와 양곡을 거두어 산성 안에 채워 넣고, 수령들을 독려하여 남녀노소 할 것 없이 죄다 이끌고 성안으로 들어가 지키게 하니, 주변 어디나 다 소란스러웠다.

왜적이 재차 쳐들어 올 때, 가등청정은 서생포에서 서쪽인 전라도로 길을 잡아 진격하여, 수로로 오는 소서행장의 군사와 합세하여 남원을 치려했다. 이때 도원수 이하 모든 장병은 그들의 위풍만보고도 피해 달아났다. 그리고 각 산성을 지키는 사람들에게 전령(傳令)을 보내 각기 흩어져 적병을 피하라고 했다. 오직 의병장 곽재우만 창녕의 화왕산성으로 들어가 죽기를 각오하고 지켰다. 왜적들은 산성 밑에까지 왔으나, 산성의 형세가 험준할 뿐 아니라 성안 사람들이 침착하게 움직이며 동요하지

않고 지키는 걸 보고는 공격해보지도 않고 그대로 가버
렸다.

안음현감 곽준이 함양의 황석산성으로 들어가니, 전 김
해부사 백사림(白士霖)도 성안으로 들어왔다. 백사림은 무
인이었으므로 모든 사람들이 그를 든든하게 생각하며 의
지했다. 그런데 왜적이 성을 공격한 지 하루 만에 백사
림이 먼저 도망치자 아군은 궤멸되고 말았다. 왜적이 성
안으로 몰려 들어오자 곽준은 그의 두 아들 이상(履祥),
이후(履厚)와 함께 왜적을 막아 싸우다 모두 전사했다.
곽준의 딸은 유문호(柳文虎)에게 시집갔는데, 유문호마저
왜적에게 사로잡혔다. 곽씨는 이미 성 밖으로 빠져나와
있었으나, 이 말을 듣고는 몸종에게 이렇게 말하고는 스
스로 목을 매 죽었다.

"아버지가 돌아가셨어도 내가 죽지 않은 것은 남편이
살아 있었기 때문이었는데, 이제 남편까지 적에게 잡혔
으니 내가 살아서 무엇 하겠는가?"

함안군수 조종도는 일찍이 이런 말을 했었다.

"나도 일찍이 벼슬하던 사람인데 난을 피해 도망쳐 숨
은 무리들처럼 풀숲을 헤매다 죽을 수는 없다. 죽으려면
마땅히 대장부답게 떳떳하게 싸우다 죽을 것이다."

그는 처자(妻子)를 거느리고 성 안으로 들어왔는데, 성
이 함락될 때 시 한 수를 지어 읊고, 마침내 곽준과 함
께 왜적에게 죽음을 당했다.

공동산* 밖이라면 삶이 오히려 기쁘겠고,
순원성* 안이라면 죽음 역시 영광일세.

*崆峒山 중국의 서방 감숙성甘肅省에 있는 산 이름. 옛날 중국의 황
제가 여기 갔다는 고사를 따서 선조께서 서방 평안도로 피란한 것을
뜻함.
* 巡遠城 당 현종 때 안록산이 난을 일으키자 장순張巡은 허원許遠과
함께 저양성睢陽城을 지키다가 죽었다. 그러므로 순원성은 장순과 허
원이 사수한 저양성을 말한다.

55. 이순신을 다시 수군통제사로 삼음

다시 이순신을 기용하여 삼도수군통제사로 삼았다.

한산도에서 원균이 왜적에게 패했다는 보고가 올라오자, 조정과 백성들은 모두 크게 놀라 어쩔 줄을 몰랐다. 임금께서는 비변사의 여러 신하들을 불러 대책을 물으셨으나, 신하들은 너무 당혹해서 대답할 말을 찾지 못했다. 경림군(慶林君) 김명원과 병조판서 이항복(李恒福)이 조용히 아뢰었다.

"수군이 한산도에서 대패한 것은 원균의 죄입니다. 이순신을 기용하여 다시 통제사로 삼는 수밖에 없습니다."

임금께서는 그 뜻을 따르셨다.

이때 권율은 원균이 대패했다는 말을 듣고, 이순신에게 직접 가서 남아 있는 군사를 거두어 뒷일을 수습하라고 지시했다. 왜적들은 한창 승기를 올리며 덤벼들던 때였다. 이순신은 군관 한 사람을 데리고 경상도에서 전라도로 들어갔다. 밤낮을 가리지 않고 험한 길을 더듬어 달려가, 진도에 도착해 군사를 수습한 뒤 왜적을 막으려고 했다.

56. 남원성이 함락됨

남원부가 함락되었다. 이 싸움에서 명나라 장수 양원이 도망쳐 달아나고, 전라병사 이복남(李福男), 남원부사 임현(任鉉), 조방장 김경로, 광양현감 이춘원(李春元), 당장접반사(唐將接伴使) 정기원(鄭期遠) 등은 다 전사했다. 군기시의 파진군(破陣軍) 12명도 양원을 따라 남원에 들어갔다가 모두 죽음을 당했다. 김효의(金孝義)라는 자가 거기서 탈출하여 남원성이 함락된 정황을 나에게 아주 자세하게 이야기해 주었다.

총병 양원은 남원에 오자 성을 한 길 넘게 더 높이 올려 쌓고 성 밖에 양마장을 구축하여 포를 쏠 구멍을 많이 뚫어 놓고, 성문에는 대포 두세 대를 설치해 두고, 참호를 한두 길이나 더 깊이 파놓았다.

한산도를 궤멸시킨 뒤 왜적은 수륙 양면에서 남원성으로 전진해왔다. 사태가 매우 급박하다는 보고가 들어오자, 성안은 큰 혼란에 휩싸이고 백성들은 흩어져 도망쳤다. 성안에는 양원이 거느린 요동마군(遼東馬軍) 3천 명뿐이었다. 양 총병은 전라병사 이복남에게 격문을 보내 함께 성을 지키자고 했으나, 이복남은 미적거리며 오지 않았다. 총병이 연이어 정찰병을 보내 빨리 오라고 거듭

재촉하니 마지못해 오긴 왔는데, 그가 거느리고 온 군사
는 겨우 수백 명뿐이었다. 광양현감 이춘원과 조방장 김
경로 등도 뒤를 이어 도착했다.

8월 13일에 왜적의 선봉 백여 명이 남원성에 와 조총
을 쏘더니 금방 중지하고는 모두 밭고랑 사이로 흩어져
엎드려 있다가, 삼삼오오로 떼를 지어 왔다 갔다 하며
공격했다. 성 위에 있는 우리 군사들은 화포인 승자소포
(勝字小炮)로 응사했다. 왜적은 대부대는 멀리 떨어져 진
을 친 채 유격병만 내보내 교전하게 했다. 유격병들은
듬성듬성 흩어져 대형을 짓고 드문드문 번갈아 나와 싸
웠기 때문에 포를 쏴도 잘 맞지 않았다. 그러나 성을 지
키던 우리 군사들은 왜적이 쏜 총탄을 맞고 여기저기서
쓰러졌다.

조금 뒤에 왜적이 성 밑에 와서 성위에 있는 우리 군
사를 소리쳐 불러 이야기를 나누자고 요청했다. 양 총병
은 하인 한 사람에게 통사를 딸려 왜적진영으로 보냈다.
하인이 갔다가 왜적의 편지를 가지고 왔는데, 그것은 전
쟁의 시작을 알리는 약전서(約戰書)였다.

8월 14일에 왜적은 남원성을 3면으로 포위하고 전날처
럼 번갈아 총포를 쏘며 공격해왔다.

이 무렵 성의 남문 밖에는 민가가 빽빽하게 들어차있었
는데, 양 총병은 왜적들이 공격해 들어오기 전에 미리
불태워 버리게 했다. 그러나 돌담이나 흙벽은 그대로 남

아 있었다. 왜적들은 불타고 남은 담과 벽 사이에 몸을 숨기고 총을 쏴대, 성위에 있던 군사들이 많이 맞았다.

8월 15일 왜적들이 성 밖의 잡초와 벼를 베어 크게 단을 만들어 담과 벽 사이에 쌓아놓는 것이 보였다. 성안에서는 왜 그러는지 몰랐다.

이때 명나라 유격장군 진우충(陳愚衷)이 군사 3천 명을 거느리고 전주에 있었다. 남원성에서는 그들이 와서 도와주기를 이제나저제나 기다렸으나, 오랫동안 오지 않았다. 그래서 군사들은 더욱 두려움에 싸였다.

이날 저녁 무렵 성첩을 지키던 군사들이 이따금 머리를 맞대고 귓속말을 수군거리면서 말안장을 준비하는 등 도망치려는 낌새가 보였다.

이날 밤 8시경에 왜적진영이 소란스럽더니 서로 도와가면서 물건을 운반하는 모양도 보이고, 한편으로는 모든 포가 성을 향해 어지럽게 포탄을 쏘아댔다. 탄환이 날아와 성위에 떨어지는 것이 마치 우박이 쏟아지는 것 같았다. 그래서 성위의 군사들은 목을 움츠리고 감히 성밖을 내다볼 수도 없었다. 한두 시간쯤 지나 떠들썩하던 소리가 그쳤을 때 내다보니, 묶어두었던 풀단은 참호를 이미 평평하게 메웠고, 양마장 안팎에도 풀단을 무더기로 쌓아올려 잠깐 사이에 성곽의 높이와 같아졌다. 왜적들이 쌓아올린 풀단더미를 밟고 성으로 올라오니, 성안은 혼란에 빠지고, 군사들은 왜적들이 벌써 성안으로 들어섰다고 아우성을 떨었다.

김효의는 처음에 남문 밖의 양마장을 지키고 있다가 황급히 성안으로 들어와 보니, 성 위에는 이미 아무도 없었고, 다만 성안 곳곳에서 불길이 오르는 것만 보였다. 그는 달아나다 북문에 이르렀는데, 명나라 군사들이 말을 타고 성문을 나가려고 몰려있었다 그러나 성문이 굳게 닫혀 쉽사리 열리지 않으니, 말들이 발을 묶어 놓은 듯 길거리를 꽉 메웠다. 조금 뒤 성문이 열리자 군마가 다투어 뛰쳐나갔다. 그런데 왜병들이 성 밖에서 요로를 지키고 있다가 두 겹 세 겹으로 에워싸고 긴 칼을 마구 휘둘러 내려치니, 명나라 군사들은 머리를 숙이고 칼을 받을 따름이었다. 하필 달까지 밝아서 빠져나간 사람은 몇 없었다. 이때 양 총병은 하인 몇 사람과 말을 달려 빠져 나가 겨우 죽음은 면했다. 적병이 양 총병인 줄 알면서도 달아나게 내버려두었다는 말도 있었다.

김효의는 동반한 사람과 함께 성문을 나오다가, 그 사람은 왜적을 만나서 죽고, 김효의는 논으로 뛰어들어 왜적들이 군사를 거두어 물러갈 때까지 풀 속에 엎드려 기다렸다가 빠져나왔다고 한다.

양원은 요동의 장수로, 오랑캐를 막는 법만 알 뿐, 왜적을 막는 법은 몰랐기 때문에 패하고 만 것이다. 또 이 전투를 빌어 평지의 성을 지키기란 얼마나 어려운 일인지 알았다 그래서 김효의가 전한 말을 자세히 기록해,

징비록 2

이후 성을 지키는 사람들에게 타산지석으로 삼게 하고자
한다.

남원성이 함락되자 전주 이북의 성들도 우르르 무너졌
으나, 어찌할 수가 없었다.

뒤에 명나라 장수 양원은 결국 남원성 패전에 대한 책
임을 물어 참형 당했다. 베인 그의 머리는 순시(徇示)했
다.

57. 이순신이 진도에서 왜적을 쳐부숨

통제사 이순신이 진도 벽파정(碧波亭)에서 왜적을 쳐부수고 왜장 마다시(馬多時)를 잡아 죽였다.

이순신이 진도에 도착해 병선을 거두어 모아보니 12척밖에 되지 않았다. 이때 바닷가에 잇닿은 지역에는 배를 타고 피란하려는 백성들이 헤아릴 수 없이 많았는데, 이순신이 왔다는 말을 듣고는 기뻐하지 않는 사람이 없었다. 이순신이 여러 방면으로 이들을 불러 모으니, 먼 곳가까운 곳 할 것 없이 구름처럼 모여들었다. 이순신은 그들을 군사들의 뒤에 두어 싸움을 돕는 형태를 취했다.

왜장 마다시는 해전을 잘하기로 이름나 있었다. 그는 전선 3백여 척을 거느리고 서해를 침범하려다, 진도 벽파정 아래서 이순신이 거느린 아군과 맞닥뜨렸다. 이때 이순신이 12척의 배에 대포를 싣고 조수의 흐름을 이용하여 순류에 이르러 공격하자, 왜적들은 패하여 달아나 버렸다. 이에 이순신이 거느린 수군의 명성이 대폭 높아졌다.

당시 이순신에게는 군사 8천여 명이 있었다. 그는 군사들을 고금도로 이끌고 가 주둔했는데, 식량이 부족할까봐 걱정이었다. 그래서 바닷가를 지나갈 수 있는 통행증

221

인 해로통행첩(海路通行帖)을 만든 다음 명령했다.

"경상, 전라, 충청의 바닷가를 통행하는 공사(公私)선박 중 통행첩이 없는 배는 간첩선으로 간주하고 통행할 수 없게 한다."

그러자 피난선박이 모두 와서 통행첩을 받아갔다. 이순신은 배의 크기에 따라 등급을 매기고 쌀을 바치게 했는데, 큰 배는 3석, 중간 배는 2석, 작은 배는 1석으로 정했다. 이때 피난선박들은 재물과 곡식을 모두 싣고 바다로 들어왔기 때문에 쌀 바치는 것을 어렵게 여기지 않았고, 통행을 금지하지 않는 것을 오히려 기뻐했다. 그래서 10여 일만에 군량 1만여 석을 확보했다. 이순신은 또 백성들이 가지고 있는 구리와 쇠를 모아다 대포를 주조하고, 나무를 베어다 배를 만들며 모든 일을 차근차근 추진했다.

이때 피난 나왔던 사람들이 사방에서 이순신에게로 와 의지했다. 그들은 임시 거처로 막사를 짓고 장사를 하며 살아가니, 섬 안에 다 수용할 수가 없었다.

얼마 후 명에서 수병도독(水兵都督) 진린(陳璘)이 나와 남쪽으로 내려와 고금도에서 이순신과 합세하게 되었다. 진린은 성질이 사나워 남과 부딪치는 일이 많았으므로 그를 두려워하는 사람이 많았다.

임금께서는 그를 고금도로 내려 보낼 때 청파 들판까지 나와 전송했다.

진린의 군사들이 고을 수령을 거리낌 없이 때리고 욕했다. 찰방(察訪 각 도의 역참 일을 맡아보던 외직 문관 벼슬) 이상규(李尙規)의 목을 새끼줄로 매어 질질 끌어서 온 얼굴이 피투성이가 된 것을 보고, 나는 통역관을 통해 풀어주라고 권했으나, 그들은 듣지 않았다. 나는 옆에 앉아있던 재신들에게 말했다.

"애석하게도 이순신의 군대가 또 패하게 생겼습니다. 진린과 같은 군중에 있으면 행동에 제약을 받게 되고, 서로 의견이 맞지 않을 것입니다. 그는 필시 이순신의 권한을 침탈하고 군사들을 마음대로 괴롭힐 것입니다. 그의 뜻을 거스르면 더욱 성낼 것이고, 그대로 따라주면 제멋대로 할 것입니다. 그러니 이순신의 군대가 어찌 패전하지 않을 수 있겠습니까?"

다른 사람들도 모두 '그렇겠다.'며 탄식만 할 뿐이었다.

이순신은 진린이 곧 온다는 말을 듣고, 군사들에게 대대적으로 사냥을 하고 물고기를 잡게 했다. 잡아온 사슴과 멧돼지와 바닷고기가 아주 많았다. 이것들로 잔칫상을 푸짐하게 마련하여 성대하게 준비를 마치고 기다렸다. 진린의 배가 바다로 들어오자, 이순신은 군사적 위엄을 갖추고 멀리까지 나가 맞아들였다. 그리고 진린이 도착하자 그의 군사들을 융숭하게 대접하니 장수들은 물론 군졸들까지 모두 흡족하게 여겼다.

사졸들은 이순신은 과연 훌륭한 장수라고 서로 맞장구

쳤고, 진린도 마음속으로는 진정 기뻐했다.

오래지 않아 왜선이 가까운 섬을 공격해왔다. 이순신은 휘하의 군대를 파견하여 이들을 쳐부수고, 적의 머리 40개를 베어와 모두 진린에게 주며 그의 공으로 돌리니, 진린은 기대보다 후한 대접이라 더욱 기뻐했다.

이때부터 진린은 모든 일을 이순신과 의논하여 처결하고, 외부로 나갈 때는 이순신과 가마를 나란히 하고 감히 앞서지 않았다. 이순신은 마침내 진린과 약속하고, 명나라 군사건 자기 군사건 구별 없이 백성들의 조그만 물건하나라도 빼앗으면 잡아다 매를 치게 했다. 그랬더니 그 명령을 어기는 사람이 없어 섬 안이 조용했다.

진린은 임금께 이런 글을 올렸다.

"통제사 이순신은 천하를 경영할 만한 뛰어난 재주와 국난을 극복하여 나라를 구한 큰 공로가 있습니다(경천위지지재經天緯地之才 보천욕일지공補天浴日之功*)."

이것은 진린이 진심으로 감복했기 때문이었다.

* 고사에 여왜女媧가 오색 돌로 하늘 뚫린 데를 깁고 의화義和가 해 열 개를 낳아 감천甘泉에 목욕시켰다는 이야기에서 나온 말

58. 왜적이 남쪽으로 물러감

왜적이 물러갔다.

왜적들은 경상, 충청, 전라 3도를 짓밟았는데, 지나가는 곳마다 가옥을 불사르고 백성들을 마구 죽였다. 그들은 우리나라 사람을 잡기만 하면 모두 코를 베어 위엄을 과시했다. 그 소식은 삽시간에 퍼졌다. 그랬으니 왜적들이 직산에 이르자 서울사람들까지 다 달아나 버렸다.

9월 9일에 왕비께서는 병란을 피하여 서쪽지방으로 내려가셨다.

명나라 장수 경리 양호와 제독 마귀는 서울에 있으면서 평안도 군사 5천여 명과 황해도, 경기도 군사 수천 명을 징집해 강여울을 나누어 지키고 창고를 경비했다.

왜적은 경기도 경계까지 왔다가 도로 물러갔다. 가등청정은 다시 울산에, 소서행장은 순천에, 심안돈오(沈安頓吾 조진의홍島津義弘)는 사천에 각각 주둔했는데, 자그마치 7, 8백 리나 되는 거리였다.

이때 서울은 거의 지키지 못할 형편이었다. 조신들은 서로 다투어 피란할 방법을 찾아 말씀 올렸다. 지사 신잡(申礛)은 이렇게 진언했다.

"임금께서는 마땅히 평안도 영변으로 떠나셔야합니다.

225

신은 일찍이 평안도병마절도사를 지낸 적이 있기 때문에 영변의 사정을 자세히 알고 있습니다. 그곳의 가장 큰 걱정은 바로 장(醬 간장, 된장, 고추장)이 없는 것입니다. 만약 미리 준비하지 않는다면 어떻게 필요할 때 쓸 수 있겠습니까?"

사람들은 이 말을 듣고 서로 귓속말로 '신일(辛日)에는 장을 담그지 않는다네.*'하며 비웃었다.

한 대신은 조정에서 또 이렇게 간했다.

"이번의 왜적은 그리 걱정할 것 없습니다. 시일을 오래 끌면 저절로 물러갈 것이니, 소신은 임금님의 행차를 받들고 편안한 곳에 모시고 싶을 뿐입니다."

그때 도원수 권율이 경상도에서 달아나 서울로 올라왔다. 임금께서 그를 불러 전황을 물으니, 권율은 이렇게 대답했다.

"당초에 상감께서 서둘러 서울로 돌아오신 것이 잘못입니다. 서쪽 지방에 머물러 계시면서 왜적의 형세가 어떤지 살펴보셔야 했습니다."

얼마 뒤 왜적이 남쪽으로 물러갔다는 소식이 들리자, 권율은 다시 경상도로 내려갔다. 대간들은 권율은 꾀가 없고 겁이 많으니 도원수로 삼으면 안 된다고 논핵했으나, 임금께서는 듣지 않으셨다.

*일진이 신辛인 날에는 장을 담그지 않는 풍습이 있는데, 신잡의 申이 辛과 음이 같음을 이용하여 풍자한 것

59. 명나라 장수들의 전황

12월에 경리 양호와 제독 마귀는 기병과 보병 수만 명을 거느리고 경상도로 내려가 울산에 있는 왜적진영을 공격했다.

이때 왜장 가등청정이 울산군 동해 바닷가 험준한 곳에 성을 쌓고 주둔 중이었다. 경리 양호와 제독 마귀는 뜻밖의 기회를 틈타 그들을 기습했다. 날쌘 기병대가 몰아치니 왜적들은 버티지 못했다. 명나라 군사가 왜적의 외책(외성)을 빼앗자, 왜적들은 내성으로 쫓겨 들어갔다. 명나라 군사들은 왜적이 버리고 간 전리품을 노획하기에 정신이 팔려 즉시 진공하지 않았다. 왜적들은 성문을 굳게 닫고 지켰으므로, 이쪽에서 공격해도 이기지 못했다. 명군이 여러 진영으로 나누어 성 아래 주둔하고 성을 포위한 지 13일이 지나도 왜적들은 나오지 않았다.

29일에 나는 경주에서 울산으로 가 양 경리와 마 제독을 만나보았다. 왜적의 진루를 보니 사람소리 하나 없이 아주 고요하고 한가로워 적적하기까지 했다. 성 위에 여장(女牆 성 위에 쌓은 낮은 담)은 설치하지 않았다. 그러나 사면을 둘러 줄행랑을 만들어두어, 수비군은 모두 그 안에 있었다. 밖에 있는 우리 군사가 성 밑으로 가면 총탄을 비 퍼붓듯 쏟아댔다. 이런 싸움이 날마다 되풀이되니 명나라 군사와 우리나라 군사의 주검만 성 밑에 쌓여갈 뿐이었다. 이때 왜적을 돕기 위해 왜선이 서생포에 와 있었는데, 정박해 둔 모양이 마치 물오리 떼 같았다.

울산성 안에는 물이 없어서, 왜적들은 밤마다 물을 길러 성 밖으로 나왔다가 들어갔다. 양 경리는 김응서에게 날쌘 군사를 샘 곁에 매복시키게 하여, 밤마다 연이어 백여 명을 사로잡았다. 그들은 모두 굶주리고 지쳐 겨우 목숨만 부지하고 있는 듯했다. 장수들은 '성안에는 양식이 끊어졌을 터이니 장기간 포위하고 있으면 왜적들은 저절로 무너질 것'이라고들 했다.

이때는 날씨가 몹시 추운 데다가 비까지 와서 군사들은 손발이 얼어 터졌다. 얼마 뒤에 왜적 구원병이 육로로 왔다. 경리 양호는 구원병의 공격이 두려워 지레 포위를 풀고 군사를 돌려 물러나버렸다.

정월(1598)에 명나라 장수들은 모두 명나라 서울로 돌아가서 재 진격할 일을 의논했다.

선조 31년(1598) 무술년 7월에 경리 양호가 파면되고, 새 경리로 만세덕(萬世德)이 왔다. 이때 총독군문 형개의 참모관인 병부주사 정응태(丁應泰)가 '양호가 상관을 속이고, 일을 그르친 것 등 20여 가지 죄'를 지었으니 처벌해달라고 황제께 아뢰었기 때문에 결국 파면까지 가게 된 것이다.

임금께서는 양호가 여러 경리들 중에서 왜적을 토벌하는 데 가장 많이 힘썼다고 생각하셨다. 그래서 그를 구제하기 위해 즉시 좌의정 이원익에게 명 황제께 바치는 글을 주어 명나라 서울로 달려가게 했다.

8월에 양호가 서쪽으로 떠나갈 때, 임금께서는 홍제원(弘濟院) 동쪽까지 나가 전송하시며, 눈물을 흘리며 작별했다.

만세덕은 곧 출발했으나 아직 도착하지는 않았다.

9월에 형개는 여러 장수들을 나누어 재배치했다. 마귀는 울산을, 동일원(董一元)은 사천을, 유정은 순천을, 진린은 수로를 각각 맡게 하여 동시에 진공하게 했으나 모든 전투가 다 불리했다. 동일원의 군대는 왜적에게 대패하여 사망자가 유독 많았다.

60. 이순신의 최후의 결전

10월에 제독 유정은 순천에 있는 왜적진영을 재차 공격하고, 통제사 이순신은 수군을 거느리고 왜적 구원부대를 바다 한가운데서 대파했는데, 이순신은 이 싸움에서 전사했다. 이 싸움으로 왜장 평행장(소서행장)은 성을 버리고 도망치고, 부산, 울산, 하동 등지의 연해안에 둔을 쳤던 왜적들도 모두 물러갔다.

이때 소서행장은 순천 예교에 성을 쌓고 굳게 지키고 있었다. 유정은 대군을 거느리고 가 공격했으나 전세가 불리하여 순천으로 돌아왔다가, 얼마 뒤에 다시 가서 공격했다.

이순신은 명나라 장수 진린과 함께 바다 어귀를 장악하고 적진 가까이 쳐들어가 위협했다. 왜장 소서행장은 사천에 있는 심안돈오에게 구원을 요청했다. 소서행장을 구원하려고 수로로 군사를 거느리고 오는 심안돈오를, 이순신이 진격하여 대파했다. 이때 이순신은 왜선 2백여 척을 불태우고, 수많은 왜적을 죽였다. 아군은 도망치는 왜적을 남해 경계까지 추격하였다. 이순신은 몸소 화살과 돌이 쏟아지는 가운데서 힘을 다해 싸우다가 날아온 총탄에 가슴을 맞았다. 총탄은 가슴을 관통하여 등 뒤로 빠져나갔다. 곁에 있던 부하들이 부축해 장막 안으로 들어갔다.

"싸움이 한창 불붙었으니 내가 죽은 것을 아무에게도 말하지 말라."

이순신은 이 말을 마치자 숨을 거두었다.

이순신 형의 아들 이완(李莞)은 평소 담력과 도량이 있었다. 그는 숙부 이순신의 죽음을 비밀에 부치고, 이순신의 명령이라며 더욱 긴박하게 싸움을 독려했다. 그래서 군중에서는 이순신이 전사한 사실을 알지 못했다. 이때 진린이 탄 배가 왜적에게 포위당했다. 그것을 본 이완은 군사를 지휘하여 그를 구원했다. 왜적들이 흩어져 달아난 뒤에, 진린은 자기를 구원해 준 사례를 하기 위해 이순신에게 사람을 보냈다가, 비로소 그가 전사한 것을 알았다. 그는 앉아 있던 의자에서 펄썩 땅바닥으로 주저앉으며 울부짖었다.

"나는 노야(老爺 이순신)가 와서 나를 구하여 준 줄 알았는데, 어쩌다가 돌아가셨단 말입니까?"

진린이 가슴을 치며 대성통곡하니, 전 군사들이 다 통곡하여 울음소리가 바다를 진동시켰다. 왜장 소서행장은 우리 수군이 왜선을 추격하느라 그의 병영을 벗어난 틈을 타 뒤로 빠져나와 달아나버렸다.

이 싸움이 있기 전인 7월에 왜적의 우두머리인 풍신수길이 죽었다. 그래서 바닷가에 진을 치고 있던 왜적들은

모두 물러갔다

아군과 명군진영에서는 이순신이 전사했다는 소식을 듣고, 통곡소리가 군영에서 군영으로 이어졌는데, 마치 친어버이가 세상을 떠난 것처럼 슬퍼했다. 그의 영구가 이르는 곳마다 백성들은 제사를 드리고, 영구차를 붙들고 통곡했다.

"공께서는 우리를 살려놓으시더니 지금 우리를 버려두고 어디로 가십니까?"

이렇게 몰려드는 백성들로 길이 막혀 영구차가 앞으로 나아갈 수가 없었고, 길가는 행인들도 눈물을 흘리지 않는 이가 없었다.

나라에서는 그에게 의정부우의정을 추증했다. 이때 총독군문 형개는 '바닷가에 사당을 세워 그의 충혼을 널리 알리고 칭찬해야 마땅하다'고 했으나, 그 일은 끝내 실행되지 않았다.

그러자 바닷가 백성들이 저희끼리 모여 사당을 짓고 민충사(愍忠祠)라 부르며, 때마다 제사를 지냈다. 사당 아래를 지나다니는 장사치들과 어선들은 왕래할 때 제사를 지냈다고 한다.

61. 이순신의 인품

이순신의 자는 여해(汝諧), 본관은 덕수(德水)다.

그의 선조 중 벼슬이 판부사에 이르렀던 이변(李邊)은 강직하기로 이름이 높았으며, 증조부 이거(李琚)는 성종(成宗)을 섬겼다. 연산이 동궁으로 있을 때 그는 강관(講官)이 되었는데, 너무 엄격해서 연산군이 꺼렸다. 그가 일찍이 사헌부 장령(掌令)으로 있을 때 벼슬아치들을 기탄없이 탄핵했으므로, 만조백관들이 그를 두려워하여 '호랑이 장령'이라 불렀다. 할아버지 이백록(李百祿)은 가문 덕에 벼슬했고, 아버지 이정(李貞)은 벼슬하지 않았다.

이순신은 어렸을 때부터 영특하고 활달했다. 그는 아이들과 어울려 놀 때도 나무를 깎아 활과 화살을 만들어 거리에서 놀았다. 마음에 들지 않는 사람을 만나면 눈을 쏘려들었기 때문에, 간혹 어른들도 그를 꺼려 그 앞을 마음대로 지나가지 못하는 이도 있었다.

자라서는 활을 잘 쏘아 무과(武科 태종 8년 1408에 설치하여 처음에는 용호방龍虎榜이라 함)를 거쳐 출세했다. 이 씨 집안은 대대로 유교를 숭상하여 문관벼슬만 했는데, 이순신에 이르러 처음으로 무과에 올라 권지훈련원(權知訓練院 훈련원은 군사의 재주를 시험하여 보고, 무예의 훈련, 병서와 전진戰

233

陣의 강습 등을 맡아보던 곳) 봉사(奉事 훈련원에 속한 종8품 벼슬)
의 보직을 받았다.

　병조판서 김귀영(金貴榮)은 자기의 서녀(庶女 첩의 몸에서
난 딸)를 이순신의 첩으로 주려고 했으나, 이순신은 좋아
하지 않았다. 어떤 사람이 그 이유를 물으니 이순신은
이렇게 대답했다.

　"내가 처음으로 벼슬길에 나왔는데, 어찌 권세 있는 집
안에 기대 승진하려 하겠는가?"

　병조정랑 서익(徐益)은 가까운 사람이 훈련원에 있었는
데, 차례를 건너뛰어 승진시키려 했다. 이순신은 훈련원
실무 담당관의 입장에서 그럴 수 없다고 고집하니, 서익
은 이순신을 불러 뜰아래 세워놓고 이를 힐책했다. 그러
나 이순신은 말씨와 얼굴빛이 조금도 움츠러들지 않은
채 바르고 당당하게 설명하며 제 뜻을 굽히지 않았다.
서익은 몹시 화를 내며 기승을 부렸으나, 이순신은 조용
히 응수하며 끝내 굽히지 않았다. 서익은 본래 오기가
많아 남을 업신여기는 사람이라 그의 동료들도 그를 꺼
려하며 말다툼하기 싫어했다. 이날 섬돌 아래 서있던 하
급관리들이 서로 돌아보며 혀를 내둘렀다.

　"이순신이 감히 본조(병조)정랑과 대항하다니, 자기 앞
날은 생각지도 않는단 말인가?"

　날이 저물어서야 서익은 겸연쩍게 태도를 굽히며 이순
신을 돌려보냈다. 식자들은 이 일을 계기로 해서 차츰

이순신을 알게 되었다.

이순신이 막 옥에 갇혔을 때는 일이 장차 어떻게 될지 가늠할 수가 없었다. 한 옥리(獄吏 감옥에서 죄수를 감시하던 관리)가 이순신의 조카 이분(李芬)에게 '뇌물을 쓰면 죄를 면할 수 있다.'고 몰래 귀띔해주었다. 이순신은 이 말을 전해 듣고 화를 내며 이분을 꾸짖었다.

"죽게 되면 죽을 따름이지, 어찌 바른 도리를 어기면서까지 살길을 찾겠느냐?"

그가 지닌 지조가 이와 같았다.

이순신은 말과 웃음이 적고, 용모는 단아하여 마음을 닦고 몸가짐을 삼가는 선비 같았으나, 속에는 담력과 용기가 있어 제 몸을 돌보지 않고 나라를 위해 목숨을 바쳤다. 이것은 바로 그가 평소 축적한 마음 바탕이 드러난 것이다.

그의 형 이희신(李羲臣)과 이요신(李堯臣)은 둘 다 먼저 죽었다. 이순신은 형들이 남겨놓은 조카들을 친자식처럼 어루만지며 길렀다. 시집보내고 장가들일 때도 조카들을 먼저 보낸 뒤에야 자기 아들딸을 보냈다.

이순신은 재주는 있었으나, 운이 없어서 백 가지 능력 중에서 한 가지도 제대로 발휘하지 못하고 죽었다. 아아, 애석하다!

62. 이순신의 삼엄한 경비

 통제사 이순신이 군중에 있을 때는 밤낮으로 경계를 엄중히 하여, 갑옷을 벗는 일이 없었다.

 견내량에서 왜선과 서로 대치하고 있을 때였다. 배들은 이미 닻을 내렸는데 달빛이 매우 밝았다. 통제사 이순신은 갑옷을 입은 채로 북을 베고 누웠다가 갑자기 일어나 앉아, 측근을 불러 소주를 가져오게 하여 한 잔 마셨다. 그리고 장수들을 모두 불러 앞으로 모이게 한 다음 그들에게 지시했다.

 "오늘 밤 달이 아주 밝구나. 왜적들은 간사한 꾀가 많아, 달이 없는 때에는 꼭 우리를 습격해 왔소. 그러나 오늘은 달이 밝은 데도 습격해올 것 같소. 그러니 경비를 엄중히 하지 않을 수 없소."

 그러고는 나팔을 불어 모든 배들의 닻을 올리게 했다. 그리고 척후 선에 전령을 보내 상황을 알아보게 했더니, 마침 척후병이 잠들어 있었다. 그래서 깨워 일으켜 적의 기습에 대비하게 했다.

 그런데 얼마 후에 척후병이 달려와서 왜선들이 쳐들어온다고 보고했다. 그 시간 달은 서산에 걸려 있고, 산 그림자가 바닷물 속에 거꾸로 드리워져 바다의 반쪽은 어슴푸레 그늘져 있었다. 그늘져 어두운 바다 쪽에서 헤아릴 수도 없이 많은 왜선들이 몰려와서 우리 배에 근접 중이었다.

이때 우리 중군이 대포를 쏘면서 고함을 지르니, 다른 배들도 모두 일제히 호응했다. 그러자 왜적들은 우리가 대비하고 있다는 것을 알고 일제히 조총을 쏘아댔다. 조총소리가 바다를 진동하고, 날아오는 총알이 비 쏟아지듯 물속에 떨어졌다. 그러나 왜적들은 더 이상 범접하지 못하고 물러서서 달아나버렸다.

이때 여러 장수들은 통제사 이순신을 귀신같은 장군이라고 생각했다.

녹후잡기(錄後雜記)

－여러 가지 뒷이야기들

63. 전란의 조짐

선조 11년(1578) 무인년 가을에 장성(長星 혜성을 말하는데
이 별이 나타나면 병란이 일어난다고 전해짐)이 나타나 하늘에
꼬리를 길게 뻗쳤다. 그 모양이 흰 비단을 펼쳐놓은 것
처럼 서쪽에서 동쪽으로 뻗쳐 있다가 수개월이 지나서야
사라졌다.

선조 21년(1588) 무자년 무렵에는 한강의 물이 사흘 동
안이나 붉은 빛을 띠었다.

선조 24년(1591) 신묘년에 죽산 태평원 뒤뜰에 누워 있
던 바윗돌이 저절로 일어섰다. 비슷한 시기에 통진현에
서는 쓰러져 있던 버드나무가 다시 일어났다. 그래서 항
간에는 '장차 도읍을 옮길 것'이라는 유언비어가 떠돌았
다. 또 동해에서 나던 물고기가 서해에서 나더니, 점차
한강에서까지 잡혔다.

청어는 본래 해주에서 주로 생산되었는데, 10여 년 가
까이 전연 나지 않았다. 근래에는 요동 앞바다에서 잡히
기 시작했는데, 요동 사람들은 '새로운 물고기'라는 뜻으
로 신어(新魚)라 불렀다.

또 요동 팔참에 사는 백성들이 하루는 까닭 없이 놀라
'도적 떼가 조선에서 몰려오고, 조선 왕자가 탄 십정교

자(十亭轎子)가 압록강에 이르렀다.'고 수군거리며 술렁였
다. 그래서 늙은이와 어린이는 산으로 피신해 올라가는
등 소란을 떨다가 며칠 만에야 진정되었다.

또 북경에서 돌아오던 우리나라 사신이 금석산 아래 하
(河)씨 성을 가진 사람의 집에서 묵었는데, 그 집 주인이
이런 말을 했다고 한다.

"한 조선 통역관이 내게 '너희 집에 3년 묵은 술과 5년
묵은 술이 있다는데, 아끼지 말고 마시며 즐겁게 놀아
라. 멀지 않아 전란이 닥칠 터이니, 술이 있은들 누가
마시겠느냐?'라고 했습니다. 그래서 요동 사람들은 조선
이 중국에 딴 뜻을 품고 있는 것이 아닌가 싶어 많이
놀라고 당혹스러워하고 있습니다."

사신이 돌아와 그런 사실을 아뢰니, 조정에서는 통역관
중에 유언비어를 퍼뜨려, 본국을 혼란에 빠뜨리려는 자
가 반드시 있을 것이라 판단했다. 그래서 통역관 몇 사
람을 체포하여 인정전 뜰에서 국문하고, 압슬화형(壓膝火
刑 죄인을 고문할 때 쓰는 형벌로 압슬은 널빤지로 무릎을 짓누르는
것이고, 화형은 불로 지지는 것)을 하며 신문했으나, 모두 인
정하지 않고 죽어버렸다.

이런 모든 일들이 신묘년 즈음에 일어났고, 그 이듬해
임진년(1592)에 마침내 왜란이 일어났으니, 이를 볼 때
큰 난리가 날 때 사람은 비록 깨닫지 못하지만, 다양한
조짐이 나타난다는 것을 알 수 있다.

흰 무지개가 해를 꿰뚫고, 태백(太白 금성)성이 하늘에 뻗치는 해괴한 일이 없는 해가 없었지만, 사람들은 이것을 보고도 예삿일로 넘겨 왔다.

또 도성 안에는 늘 검은 기운이 가득 퍼져있었는데, 이는 연기도 아니고 안개도 아니면서 땅에서 피어올라 하늘까지 퍼져 올랐다. 이런 괴이한 현상이 거의 10여 년이나 계속되었다.

이밖에도 희한한 변괴가 다 기록하기 어려울 정도로 많이 일어났다. 이는 하늘이 사람에게 아주 절박하게 알려준 것이었으나, 사람이 살펴 깨닫지 못했을 따름이다.

64. 괴이한 일들

두보의 시에 이런 구절이 있다.

장안성(長安城) 머리에 머리 흰 까마귀,

밤이면 연추문에 날아와 우짖네.

인가로 다니며 큰 집을 쪼아대니,

지붕 밑 고관 오랑캐 피해 달아나네.*

이 시 또한 괴이한 일을 읊은 것이다.

선조 25년(1592) 임진년 4월 17일에 왜적이 쳐들어왔다
는 급보가 들어오자, 조정군신들과 민간백성들 모두 몹
시 당황하여 어찌할 바를 몰랐다. 그런데 난데없이 괴이
한 새 한 마리가 대궐의 후원에서 울다가, 공중으로 날
아올라 가까워졌다 멀어졌다 하며 울었다. 새는 단 한
마리뿐이었으나 울음소리는 성 안에 가득 울려 퍼져 듣
지 못한 사람이 없었다. 그 울음소리는 잠시도 멈추지
않고 밤낮으로 계속되었다. 새가 이렇게 운 지 열흘 후
에 임금께서 피란길을 떠나셨고, 왜적이 도성에 들어와
궁궐과 종묘사직과 관청과 민가들이 다 텅 비게 되었으
니, 아아, 이 역시 매우 괴이한 일이라 하겠다.

또 5월에 내가 임금님을 모시고 평양에 이르러 김내진
(金乃進)의 집에 임시로 머물렀는데, 김내진이 나에게 하

루는 이런 이야기를 했다.

"두서너 해 전에 승냥이가 여러 차례 성 안으로 들어오고, 대동강 물이 붉게 변한 적이 있습니다. 그때 동쪽 강가의 물은 몹시 흐리고 서쪽 강가의 물은 맑더니, 지금 과연 이런 변고가 일어났습니다."

이 무렵 왜적은 아직 평양까지 오지는 않았으나, 이 말을 듣고 나는 대꾸는 안했지만 불길한 예감은 들었다. 그런데 얼마 지나지 않아 평양성마저 함락되었다.

승냥이는 들짐승이라 사람이 많이 사는 성안에 들어온다는 것은 흔한 일이 아니다. 이는 춘추시대에 공자가 지은 노나라의 역사서 '춘추(春秋)'에 나오는 내용과 비슷하다. '구욕(鸜鵒 구관조)새가 와서 둥지를 틀었다, 여섯 마리 익새(鷁 물수리)가 바람에 뒤로 밀려갔다, 겨울에 큰 사슴이 많아졌다, 가을에 물여우가 나타났다.'는 기록처럼 보통 때는 흔히 일어날 수 없는 특이한 현상이다.

이처럼 큰일이 생기기 전에는 하늘이 인간에게 뚜렷한 계시를 남긴다. 또 성현께서는 후세 사람들에게 절박하고 간곡하게 교훈으로 삼으라고 전해주어 경고한 것이다. 그러니 어찌 두려워하지 않겠는가?

또 임진년(1592) 봄과 여름 사이에 세성(歲星 목성)이 28수 별자리 가운데, 미성(전갈자리)과 기성(궁수자리)에 자리잡았다. 미성과 기성은 중국 연나라에 해당한다. 옛날부터 우리나라와 연나라는 천문도 상에서 같은 지역이라고

녹후잡기(錄後雜記)

인식해왔다. 이 무렵 왜적이 하루가 다르게 밀고 올라왔
으므로, 민심은 흉흉해지고 백성들은 두려움에 휩싸여
어찌할 바를 몰랐다.

하루는 임금께서 하교하셨다.

"복별(복성福星)이 지금 우리나라에 있으니, 왜적은 두려
워할 것 없다."

이것은 임금께서 천상의 별자리를 빌려 백성들의 마음
을 진정시키려고 하신 말씀이었다.

그런데 도성은 잃어버렸다가 예전 그대로 회복하여 마
침내는 서울로 돌아왔으며, 왜적의 우두머리 풍신수길도
흉포한 역심을 다 이루지 못하고 병들어 죽어 버렸으니,
이 어찌 우연이겠는가? 만사 하늘의 뜻 아닌 것이 없다
고 하겠다.

* 장안성두두백조 長安城頭頭白鳥
  야비연추문상호 夜飛延追門上呼
  우향인가탁대옥 又向人家啄大屋
  옥저달관주피호 屋底達官走避胡

244

65. 왜적의 간사한 꾀

왜적은 매우 간사하고 교활한 족속이라, 그 군사를 부리는 법이 남을 속이는 기만술책에서 나오지 않은 것이 한 가지도 없었다. 그런데 임진년(1592) 당시의 일을 돌이켜보면, 도성을 공략할 때는 교묘한 꾀를 썼으나, 평양에서는 졸렬했다고 말할 수 있다.

우리나라는 1백 년 이상이나 태평성대를 누려왔기 때문에 백성들은 전쟁을 모르고 지냈다. 그러다가 갑자기 왜적이 쳐들어왔다는 소식을 듣고 어찌할 바를 몰라, 엎어지고 자빠지며 먼 곳 가까운 곳 할 것 없이 바람에 휩쓸리듯 모두 갈팡질팡했다.

왜적은 파죽지세(破竹之勢)로 열흘 만에 바로 한양도성까지 들이닥쳤다. 그러니 제아무리 지혜로운 사람이라도 대책을 세워볼 겨를이 없었고, 제아무리 용감한 사람이라도 과감한 결단을 내릴 기회가 없었다. 그러니 민심은 무너질 대로 무너져 수습할 수 없는 지경이 되어버렸다.

이렇게 속전속결은 병가(兵家)의 훌륭한 전략이자, 왜적의 교묘한 계략이었다. 그래서 도성공략은 교묘했다고 말한 것이다.

그러나 이때부터 왜적은 항상 이긴다는 상승불패의 위

세를 믿고, 뒷일은 생각지도 않고 전국에 흩어져 제멋대로 날뛰었다. 병력이 분산되면 될수록 세력이 약해지기 마련이다. 그런데 그들은 천리에 잇대어 진영을 쳐놓고 시일을 오래 끌었으니, 제아무리 강한 놋쇠로 만든 화살도 멀리 날아가다 보면 끝에 가서는 노나라에서 나는 얇디얇은 비단도 뚫지 못한다는 옛말처럼 뒷심이 약해질 수밖에 없다. 송나라 휘종(徽宗) 때의 충신 장숙야(張叔夜 금나라와 싸우다 휘종이 적에게 잡혀갈 때 따라가다 굶어죽었다)는 '여진(女眞)은 병법을 모르는구나. 고립무원의 군사로 적진 깊숙이 들어왔으니 어찌 돌아갈 수 있겠는가?'라고 한탄했는데, 당시 왜적의 작전이 이와 비슷했다고 하겠다.

당시 형세가 이랬으니 명나라는 4만 명으로 평양성을 되찾을 수 있었다. 평양성을 도로 빼앗기자 전국에 흩어져 있던 왜적들은 기운이 빠져, 비록 서울을 장악하고 있기는 했으나 대세는 벌써 위축되기 시작했다.

이와 때를 같이하여 우리 백성들이 사방에서 의병을 일으켜 곳곳에서 공격하니, 왜적들은 중간 중간 허리가 잘려 머리와 꼬리가 서로 구원할 수 없게 되어, 마침내는 도망칠 수밖에 없게 되었다. 이런 까닭으로 평양성에서는 졸렬했다고 말한 것이다.

아아! 왜적의 실책이 우리에게는 다행이었다. 진실로 우리나라에 장수다운 장수가 단 한 사람만이라도 있어서 수만 군사를 이끌고 나아가 적시에 적절한 작전을 써서, 뱀처럼 늘어선 적의 허리를 끊어 놓았다면 그들의 등허리는 나눠졌을 것이다. 이런 작전을 평양성에서 썼다면 왜적 수장까지 힘들이지 않고 잡아들였을 것이고, 서울 이남에서 썼다면 왜적의 수레 한 대도 돌려보내지 않았을 것이다. 이렇게만 되었다면 왜적들은 간담이 서늘해져 수십 아니, 수백 년간 감히 우리를 넘볼 엄두도 내지 못했을 것이니 다시는 걱정할 일이 없었을 것이다.

그 당시 우리는 힘이 너무 쇠약하여 이런 조치를 취할 수 없었으며, 명나라 장수들 역시 이런 계략을 쓸 줄 몰랐다. 그랬기 때문에 왜적이 제멋대로 오가며 아무 두려움 없이 온갖 요구를 하게 만들었다.

이 당시 왜적에게 대처한 전략은 봉작과 조공으로 그들을 견제하려는 하책이 뿐이었으니, 어찌 개탄스럽고 애석하지 않으랴! 지금 와서 생각해봐도 남의 팔뚝을 움켜잡고라도 통분할 노릇이다.

66. 지형활용이 승패를 좌우하는 법

옛날 한(漢)나라 어사대부(御史大夫) 조조(鼂錯)가 병법에
관하여 황제께 이렇게 진언했다.

"군사를 거느리고 싸움터에 나가 적과 싸울 때는 중요
한 전제조건이 세 가지 있습니다. 첫째는 지형을 잘 이
용하는 것이요, 둘째는 군사들이 명령에 잘 복종하도록
미리 훈련해 두는 것이요, 셋째는 무기는 좋은 것, 예리
한 것을 쓰는 것입니다. 이 세 가지는 전쟁 시 가장 기
본요소이고 승부가 결정되는 핵심이니, 장수라면 반드시
알아두어야 합니다."

왜놈들은 공격훈련도 잘 되어 있었고 무기도 아주 예리
했다. 예전에는 없던 조총을 지금은 가지고 있어서, 사
정거리와 명중률이 활의 몇 갑절이나 되었다.

우리가 만약 툭 트인 넓은 벌판에서 적과 맞닥뜨려 조
조의 병법에 따라 접전을 벌인다면 대적하기가 아주 어
려웠을 것이다. 활은 사거리가 백 보를 넘지 못하지만
조총은 수백 보에 이른다. 탄환도 폭풍과 우박처럼 한꺼
번에 쏟아대니 당해낼 수 없는 것은 빤한 이치다.

그러나 적보다 먼저 지형을 잘 골라, 숲이 빽빽이 우거
진 험한 산속에 자리 잡고, 활 잘 쏘는 사수를 흩어 적

이 보지 못하게 매복시켰다가 좌우에서 일제히 쏘아댄다면, 저들이 비록 조총과 예리하고 긴 창칼을 가졌더라도 무용지물이 되어 대승할 수 있었을 것이다.

이제 한 가지 실례를 들어 증명해 보겠다.

임진년(1592)에 왜적은 서울에 들어온 뒤 날마다 성 밖에 나가 노략질을 일삼았다. 그러니 원릉(園陵) 역시 보전하기 어려운 형편이었다. 고양사람 진사 이노는 활을 좀 쏠 줄 알고 담력도 있었다. 하루는 동료 두 사람과 활과 화살을 가지고 각각 창릉과 경릉으로 들어갔는데, 뜻하지 않게 큰 왜적무리가 나타나 산골짜기를 가득 메웠다. 이노 등은 어쩔 수 없이 등나무덩굴이 빽빽이 우거진 숲속으로 뛰어 들어갔다. 왜적들은 좇아와서 이들을 찾느라고 숲속을 돌아다니며 샅샅이 뒤졌다. 이노 등이 덩굴 속에서 활을 쏘니 왜적들은 화살을 맞고 거꾸러졌다. 그들은 재빠르게 이리저리 옮겨 다니며 활을 쏘아댔다. 왜적들은 점점 더 어리둥절해졌다.

이런 뒤부터 왜적들은 우거진 숲만 보면 멀리감치 피해 달아나고 섣불리 가까이 오지 않았다. 그래서 창릉과 경릉 두 능이 온전히 보전될 수 있었다.

이런 사례를 보더라도 지형을 어떻게 이용하느냐에 따라 승패가 달라짐을 알 수 있다.

왜적이 상주에 있을 때 신립과 이일 등이 만약 이런 계교를 쓸 줄 알아서, 먼저 토천과 조령의 수 십 리 사이에다 활 잘 쏘는 사수 수천 명을 매복시켜, 군사의 수가 많은지 적은지 측량할 수 없게 했더라면 적을 충분히 제압할 수 있었을 것이다. 훈련도 제대로 되지 않은 오합지졸을 거느리고 천험의 요새를 버리고 평지에서, 모든 면에서 우세한 적과 승패를 다투었으니 패하는 것은 당연한 이치였으리라.

 앞서 이 내용에 대해 자세히 기록해 둔 바 있으면서, 지금 또다시 적는 까닭은 뒷날 경각심을 갖게 하기 위해서다.

67. 성곽을 굳게 지키는 묘법

성이란 포악한 도적을 막아 백성을 보호하는 곳이므로 당연히 견고함을 으뜸으로 친다.

옛 사람들은 성을 말할 때 치(雉)를 언급하는데, 이른바 천 치니 백 치니 하는 것이 이것이다.

나는 평상시에 책을 많이 읽지 못했으므로, 치가 어떤 시설인지 모른 채, 막연히 살받이터가 이에 해당하는 줄 알았다. '살받이터가 천 개나 백 개정도밖에 안 되는 성이면 너무 작아서 많은 사람을 수용할 수가 없을 텐데 어떻게 할까?'하는 의구심을 가졌었다. 왜란이 일어난 뒤에 척계광(戚繼光)의 〈기효신서(紀效新書)〉를 얻어서 읽어보고 나서야 비로소, 치란 살받이터가 아니고, 이른바 지금의 곡성(曲城 성문을 밖으로 둘러 가려서 구부러지게 쌓은 성, 곱은 성)이나 철옹산성(鐵甕山城 큰 성문을 지키기 위해 성문 밖에 쌓은 작은 성)같은 방어용 축조물인 '성웟담'임을 알았다.

성에 곡성과 옹성 따위의 성웟담이 없다면, 비록 살받이터 하나에 한 사람씩 맡아서 지킨다 해도, 살받이터 사이에 방패를 세우고 외부에서 날아오는 화살과 돌은 피할 수 있을지언정, 성벽에 달라붙어 기어오르는 놈은 보고도 막을 수가 없다.

〈기효신서〉에는 50개의 살받이터마다 하나의 치를 설치해 놓되, 성벽 밖으로 두세 장(20~30척)정도 튀어나오게 하고, 치와 치 사이에는 서로 떨어지게 50개의 살받이터를 만들고, 하나의 치가 좌우로 각 25개의 살받이터를 담당하게 만든다. 이 안에서 활을 쏠 경우, 화살의 위력이 강화될 뿐더러, 좌우를 마음대로 돌아보면서 쏠 수 있어 편리하다. 그러므로 적군이 성벽 바로 밑에 와 붙어 기어오를 수 없게 된다.

임진년(1592) 가을 나는 오랫동안 안주에 머물러 있었다. 지금 평양성에 머물러 있는 왜적이 갑작스레 이쪽으로 내려올 경우, 행재소 전방에는 가로막을 설비가 한 군데도 없어 걱정이었다. 그래서 역량을 헤아려보지도 않고 안주성을 수축하여 지켜보려고 작정했다.

그런데 음력 9월 9일 중양일에 우연히 청천강 가로 나간 김에 안주성을 돌아보다가, 가만히 앉아서 깊이 궁리한 끝에 퍼뜩 한 계책이 떠올랐다.

성 밖에 지형을 이용하여 따로 뾰족한 철성(凸城)을 성 윗담처럼 불뚝 튀어나오게 쌓고, 텅 빈 그 안에 군사를 배치할 수 있도록 만들고, 그 전면과 좌우에 대포구멍을 뚫어 안에서 쏠 수 있게 만든다. 그 옹성 위에 적의 동태를 살펴볼 수 있는 누대를 세우되, 간격은 서로 천 보 이상 떨어지게 설치한다. 대포 속에는 새알 같은 철환

두어 말을 넣어두고 있다가, 왜적들이 성 밖에 많이 몰려왔을 때 양쪽에서 번갈아 쏘아댄다. 그러면 사람과 말은 물론 쇳덩이 돌덩이라도 다 가루가 될 것이다. 이렇게 한다면 다른 성첩에 파수병이 없더라도, 단 수십 명 정도만 포루(砲樓)를 지키면 적은 감히 접근하지 못할 것이다.

이야말로 성을 지키는 묘법으로, 비록 제도는 성윗담을 본떴으나 효과는 훨씬 나을 것이다. 적이 천보 이내에 접근하지 못하게 된다면, 운제(雲梯 높은 사다리)나 충차(衝車) 같은 공성장비는 다 쓸모없게 될 것이다.

이 일은 내가 우연히 구상해 낸 것이었는데, 그때 즉각 행재소에 계신 임금께 아뢰고, 나중에 경연에서도 여러 차례 제안했었다. 그리고 사람들에게 그것의 유용성을 보여주려고, 선조 29년(1596) 병신년 봄에 한양 동쪽 수구문 밖에 적당한 곳을 골라 바윗돌을 모아 만들기 시작했다. 그런데 완성하기도 전에 여러 반대 의견에 부딪혀 결국 포기하고 만들지 않았다.

혹시라도 훗날에 나라의 장래를 내다보는 원대한 생각을 가진 사람이 있거든, 나 같은 늙은이의 말이라고 버리지 말고, 이 제도를 활용하여 성을 쌓기 바란다. 그러면 적을 막는 방법으로 상당히 이로울 것이다.

68. 진주성 포루 축조

내가 안주에 있을 때 친구 김사순(金士純)이 경상우도감
사가 되어 진주에 있었는데 편지를 보내왔다.

"진주성을 잘 수리하여 죽을 각오로 지킬 생각이네."

이전에 왜적은 진주성을 침범했다가 패하여 물러간 적
이 있었으므로, 나는 김사순에게 이렇게 당부하는 답장
을 보냈다.

"왜적은 조만간 반드시 쳐들어올 것이네. 왜적은 지난
번 패배를 설욕하려고 대규모 병력을 동원 할 것이니,
성을 지키기가 예전보다 훨씬 어려울 걸세. 포루를 세워
대비해만 근심을 덜 수 있을 것이네."

그리고 편지 속에 포루 축조방법을 상세히 설명했다.

계사년(1593) 6월에 나는 왜적이 다시 진주성을 공격한
다는 말을 듣고, 종사관 신경진에게 답답한 심경을 토로
했다.

"진주성이 매우 위태롭구나! 다행히 포루를 미리 쌓아
두었다면 그나마 버틸 수 있겠지만, 그러지 않았다면 지
키기 힘들겠구나."

얼마 후, 합천으로 내려갔다가 진주성이 이미 함락되었
다는 소식을 들었다.

단성현감 조종도는 김사순의 친구인데, 나에게 그간의 소식을 전해주었다.

"지난해 김사순과 함께 진주성에 머물 때, 김사순은 공(유성룡)의 편지를 보고 뛸 듯이 기뻐하며 기막힌 계교라고 감탄하면서, 당장에 막하에 있던 벗 몇 사람과 성을 돌아보았습니다. 그리고 지형을 살펴 여덟 곳에 포루를 설치기로 했습니다. 공사를 하려고 주민들을 독려하여 벌목하고 그 나무를 강물에 띄워 내려 보내게 했더니, 주민들이 힘든 노역을 꺼리며 '전에는 포루가 없어도 성을 잘 지키고 왜적을 물리쳤는데, 지금은 왜 사람을 힘들게 들볶습니까?'하고 불평들을 늘어놓았습니다. 그래도 김사순은 이들의 불평을 묵살하고 공사를 계속 추진했습니다. 그런데 포루를 만들 재목을 다 갖추고 역사를 시작한 지 얼마 안 되어, 마침 사순이 병이 들어 자리에 누웠다가 끝내 일어나지 못했습니다. 그래서 그 일은 결국 중단되고 말았습니다."

우리는 이 일을 아주 애석하게 여기면서 헤어졌다.

아아! 김사순의 불행은 온 진주성민의 불행이었다. 이것은 진실로 하늘의 운수지, 사람의 힘으로 어찌할 수 있는 일이 아니었다.

69. 왜적을 막아낼 방도를 강구함

임진년(1592) 4월에 왜적은 내륙 여러 고을을 연달아 함락시켰다. 우리는 저들의 위풍만 보고도 지레 무너지고 흩어져 버릴 뿐, 감히 맞서 싸우려는 사람이 없었다.

비변사의 신료들은 날마다 대궐에 모여 왜적을 막을 대책을 강구했으나 아무런 계책이 나오지 않았다. 어떤 사람이 제 딴엔 계교랍시고 이런 제안을 했다.

"왜적은 창과 칼을 잘 쓰는데, 우리는 이것을 막아낼 견고한 갑옷이 없기 때문에 대적하지 못합니다. 그러니 두꺼운 쇠로 온몸을 감쌀 갑옷을 만들어 그 형체가 보이지 않도록 입고 적진으로 들어간다면, 왜적들은 찌를 틈이 없을 것이니, 우리가 이길 수 있습니다."

그러자 여럿이 '옳은 말씀'이라며 맞장구쳤다. 그래서 대장장이들을 많이 모아 밤낮으로 철갑옷을 만들었다.

그러나 나는 아니다 싶어 이렇게 말했다.

"적과 싸울 때는 구름처럼 모였다가 새처럼 흩어지기도 해야 합니다. 그래서 재빠른 동작을 중요하게 여기는 것인데, 온몸을 두꺼운 철갑으로 둘러싼다면, 그 무게를 어떻게 감당할 것이며, 몸놀림도 자유롭지 못할 터인데 어떻게 적을 죽이겠습니까?"

결국 며칠 후에 사용하기 어려움을 깨닫고 중단했다.

또 대간에서 간관들이 대신들을 만나 계책을 의논하는데, 그 중 한 사람이 발끈 성을 내면서 대신들에게 계책이 없음을 지탄했다.

"대신들께서는 어찌 아무 대책도 내놓지 못하십니까?"

"그럼 자넨 무슨 계책이 있는가?"

"적이 올라오지 못하도록 한강 가에 높은 누각을 많이 설치하고, 높은 데서 적을 굽어보며 활을 쏘면 안 될 것도 없지요?"

"사람은 그렇다 치고, 총알도 올라올 수 없다던가?"

한 사람이 이렇게 빈정대니, 그 대간은 아무 말도 못하고 물러났다. 이 이야기가 새어나가 전해들은 사람은 또 다른 사람에게 전하며 웃음거리로 삼았다.

아아! 용병술에는 일정한 형태가 없고, 전투에는 일정한 법이 있는 것이 아니다. 적시에 적절한 전법을 마련하여 나아가고 물러서고 모이고 흩어지며, 기기묘묘한 계교가 무궁무진해야 한다. 이는 오직 군사를 지휘하는 장수의 능력에 달려있다. 그런 면에서 본다면 천 마디 말, 만 가지 계교가 다 소용없다. 오로지 뛰어난 장수 하나를 얻는 것이 중요하다. 그리고 조조가 진술한 세 가지 계책은 더욱 절실히 요구되므로 한 가지도 빠뜨려선 안 된다. 그 나머지야 별 도움이 되겠는가?

국가에서는 평상시에 좋은 장수를 뽑아 두었다가, 사변

이 발생하면 그런 장수를 임명해야한다. 이런 장수를 뽑는 데 가장 중요한 점은 정밀함이다. 그리고 임무를 맡길 때는 전권을 주어야한다.

그런데 그때 당시 경상도수군장군은 박홍과 원균이었고, 육군 장수는 이각과 조대곤이었다. 이들은 애당초 장수재목이 아니었다. 임진왜란이 발생했을 때 순변사, 방어사, 조방장 등이 모두 조정의 명령을 직접 받고 내려갔다. 그들은 모두 제각각 결정권을 가지고 있었으므로, 호령을 저마다 각각 내렸다. 그래서 군사들을 제멋대로 전진후퇴 시키다보니 통솔이 되지도 않았다. 이렇게 전쟁에서 반드시 피해야 할 금기사항을 어기고 말았으니, '전쟁에 패하면 수레에 시체를 싣는다.'는 경계를 범하지 않을 수 없었다. 그러니 어찌 성공할 수 있었겠는가?

또 평소 자신이 양성한 군사를 부리지 못하고, 자기가 부릴 군사를 스스로 양성하지도 않았기 때문에, 장수와 사졸들이 서로 알아보지도 못했다. 이는 병가에서 크게 꺼리는 것이다. 앞 수레가 엎어졌는데도 뒤에서 고칠 줄 모르고 지금까지도 이런 잘못된 전철을 답습만 하고 있단 말인가! 이러고서도 무사하기를 바라는 것은, 특히 요행만 바라는 어리석은 짓이라 하겠다.

이런 말을 다 하자면 말만 길어지고, 또 한두 마디로는 다할 수도 없다. 아아! 참으로 위태롭구나!

70. 임진강에 부교를 놓음

선조 26년(1593) 계사년 정월 명나라 군사가 평양을 출발할 때, 나는 그들보다 앞서서 떠났다. 이때 임진강의 얼음이 녹기시작해서 그냥은 건널 수 없었다. 제독 이여송은 연달아 사람을 보내 부교를 만들라고 재촉했다.

내가 금교역에 이르니, 명나라 대군의 식사를 준비하기 위해 황해도 수령들이 아전과 백성들을 거느리고 들판에 가득 모여 있었다. 나는 우봉현령 이희원을 불러 '거느린 인원이 몇이나 되느냐?'고 물었다. 그는 '수백 명에 가깝습니다.'했다. 나는 그에게 지시했다.

"빨리 고을사람들을 데리고 산에 올라가 칡덩굴을 걷어, 내일 임진강 어귀에서 만나세. 절대 늦으면 안 되네."

이희원은 이내 물러갔다.

이튿날 나는 개성부에서 자고, 또 그 다음날 새벽에 말을 달려 덕진당에 이르렀다. 강의 얼음이 아직 다 녹지 않았고, 성에가 반 길쯤이나 흐르고 있어 하류에서 배가 올라올 수 없었다. 이때 경기도순찰사 권징, 수사 이빈, 장단부사 한덕원(韓德遠), 창의추의군(倡義秋義軍) 천여 명이 강가에 모여 있었으나 속수무책이었다.

나는 우봉사람들을 불러 칡덩굴로 새끼를 꼬아 합쳐 굵은 동아줄을 만들었다. 굵기는 두어 아름이나 되고 길이는 강물을 가로지를 만했다.

그리고 강의 남북 양 기슭에 각각 기둥을 두 개씩 서로 마주보게 세우고, 기둥 안쪽에 가로대나무 하나를 질러 놓고, 굵은 동아줄 열다섯 가닥을 강물 위에 늘여 펴고, 양쪽 머리를 가로대나무에 동여맸다. 그러나 강폭이 워낙 넓고 멀어서 동아줄이 반쯤 물에 잠겼다.

이를 본 사람들은 '쓸데없이 힘만 뺀다'고 언짢아했다.

나는 천여 명에게 각자 두세 자쯤 되는 짤막한 막대기를 동아줄에 꿴 다음 힘껏 몇 바퀴씩 돌리라고 했다. 동아줄은 팽팽하게 당겨져 빗살처럼 알맞게 늘여졌다. 이것을 많은 밧줄로 잘 엮어 묶은 다음 높이 일으켜 세우니 구부러진 활처럼 공중에 늘여져 엄연한 다리 모양이 되었다. 다음엔 가느다란 버드나무를 베어 그 위에 깔고 두껍게 풀을 덮고 다시 흙을 덮어 다져놓았다.

명나라 군사는 이 다리를 보고 아주 좋아했다. 모두 채찍을 휘두르며 말을 달려 건너가고, 포차와 군기도 모두 이 다리로 건너갔다. 그런데 건너는 사람이 점점 많아지자 동아줄이 자꾸 늘어져 물에 닿으려했다. 명나라 대군은 얕은 여울을 따라 건넜으므로 별 탈은 없었다.

다시 돌이켜보니, 그때는 창졸간이라 칡덩굴을 많이 준비하지 못했으나, 그보다 배로 준비하여 30가닥쯤 만들었다면 동아줄이 더 튼튼해 늘어지지 않았을 것이다.

나중에 〈남북사(南北史)〉를 보니 이런 내용이 수록되어 있었다.

제(齊)나라가 양(梁)나라를 칠 때, 임금 규(巋)는 주(周)나라 총관 육등(陸騰)과 함께 이를 막았는데, 주나라 사람들은 협구(峽口)의 남쪽 언덕에 안촉성을 쌓고, 굵은 동아줄을 강 위로 가로질러 당겨 매고 갈대를 엮어 다리를 만들어 군량을 옮겼다.

내가 고안해낸 방법이 바로 이것이었다.

옛사람들이 이미 사용하던 방법임을 모르고, 내가 우연히 고안했다고 스스로 대견하게 여겨오던 것이 부끄러워 혼자 속으로 웃었다.

지금 그 일을 기록해 두는 까닭은, 훗날 불의의 난관에 부딪쳤을 때 대처하는데 도움이 되게 하기 위해서다.

71. 훈련도독을 설치함

계사년(1593) 여름에 나는 병으로 한양 묵사동 집에 누워있었다. 하루는 명나라 장수 낙상지가 누워있는 나를 찾아와 정성스레 문병하며 이런 제안을 했다.

"지금 조선은 나약한데 왜적은 아직도 국경 안에 있으니, 군사를 훈련하여 적을 막는 일이 가장 시급한 일입니다. 명나라 군사가 아직 돌아가지 않은 이 때를 활용하여 군사훈련법을 배우고 익히십시오. 한 사람이 배워 열사람을 가르치고, 열 사람이 백 사람을 가르친다면, 수년 안에 군사가 잘 훈련되어 자주적으로 나라를 지킬 수 있을 겁니다."

나는 그 말에 감동되어 즉시 행재소에 알리고, 데리고 있던 금군 한사립(韓士立)을 시켜 한양 안에 있는 군사를 불러 모았다. 70여 명을 모아 낙상지에게 가서 군사훈련법을 가르쳐 줄 것을 요청했다. 낙상지는 부하 중에서 진법을 잘 아는 장육삼(張六三) 등 10명을 교관으로 뽑아, 밤낮으로 창검, 낭선(筤筅 가지가 붙은 대나무로 된 창) 등의 기술을 연마시켰다.

얼마 뒤에 내가 남쪽지방으로 내려가자 그 일도 이내 흐지부지 되고 말았다.

그런데 임금께서는 내가 올린 장계를 보시고, 비변사에
별도로 도감을 설치하여 군사를 훈련하도록 명령하시고,
정승 윤두수에게 그 일을 맡겼다.

그해(1593) 9월에 남쪽에 있던 나는 행재소로 다시 불
려가, 해주에서 임금님을 맞이하여 모시고 서울로 돌아
오는 도중, 연안에 이르렀을 때 다시 나에게 훈련도감의
일을 도맡아 다스리라는 왕명을 내리셨다.

이 무렵 한양에는 기근이 극심했다. 나는 용산 창고에
있는 중국산 좁쌀 1천 석을 내달라고 조정에 요청하여,
훈련을 받는 병사 한 사람당 두 되씩 날마다 나눠주었
다. 그러자 사방에서 응모자들이 모여들었다.

이에 도감 당상관 조경(趙儆)은 '곡식이 적어서 응모자
를 다 받아 줄 수 없으니, 선발기준을 정하고 수를 조절
하자'고 제안했다.

그래서 큰 바윗돌 하나를 놓아두고 먼저 그것을 들게
하여 체력을 시험하고, 한 길쯤 되는 흙 담장을 뛰어넘
게 하여, 두 과정을 통과한 사람만 들어오도록 했다. 그
런데 대부분이 굶주리고 지쳐 기운이 없었으므로 10명
에 한두 명 꼴이나 통과했다. 어떤 사람은 시험을 보려
고 도감문 밖에서 기다리다 그대로 쓰러져 죽기까지 했
다.

아무튼 오래지 않아 수천여 명을 선발, 파총(把摠 각 군
영의 지휘관으로 600명을 거느리는 종4품 무관 벼슬), 초관(哨官 각

263

군영에서 100명으로 편제된 1초(哨를 거느리는 위관으로 종9품)을 세우고 부서를 나누어 거느리게 했다.

또 조총 쓰는 법을 가르치려했으나 화약이 없었다. 마침 군기시의 화약장인 대풍손(大豊孫)이, 적진으로 들어가 많은 화약을 만들어 준 죄로, 강화도에 갇혀 사형될 날만 기다리고 있었다. 나는 특별히 그를 사면해주는 대신 화약의 주원료인 염초(焰硝)를 많이 구워 속죄하게 했다. 그는 고맙기도 하고 송구스럽기도 한 나머지, 힘껏 구워내 하루에도 몇 십 근씩 만들어냈다.

이 화약을 각 부대에 나눠주어 밤낮으로 사격술을 익히게 하고, 잘하면 상주고 못하면 벌주고 했더니, 한 달 남짓 지나자 날아가는 새도 맞힐 정도가 되었다. 몇 달 뒤에는 투항한 왜병과 중국남방 출신의 조총 사격수와 시합을 붙여보아도 뒤지지 않았을 뿐 아니라, 어떤 사람은 그들보다 나은 솜씨를 보이기도 했다.

나는 임금께 차자를 올려 제안했다.

"군량을 마련하여 군사를 더 모집하소서. 1만 명이 차면 다섯 군영을 설치하고 각 영마다 2천 명씩 배속시키고, 해마다 절반은 성안에서 훈련시키고, 나머지 절반은 성 밖으로 내보내 넓고 기름진 땅을 골라 둔전(屯田 전답을 군졸이나 평민들에게 개간시키고, 거기서 나오는 수확물을 지방관청의 경비나 군량, 국가 경비에 쓰도록 한 제도)을 경작하여 곡식을 비축하게 하소서. 이를 번갈아 시행한다면 몇 해 뒤

에는 군량 공급이 넉넉해지고, 나라의 근본도 튼튼하게
다져질 것입니다."

  임금께서는 나의 제안을 조정에 내려 보내 검토하게 했
으나, 병조에서 즉각 거행하지 않았으므로 끝내 효과를
보지 못했다.

72. 심유경의 강화협상 노력

심유경은 평양에서 왜적진영을 출입하느라 노고가 없지는 않았다. 그러나 왜적과 강화하기 위해 출입했기 때문에 우리나라에서는 좋아하지 않았다. 전란 막바지에 왜적이 오랫동안 부산에 머물러 있으면서 바다를 건너가지 않고 버틸 때, 책사 이종성이 도망치듯 돌아왔다. 명나라 조정에서는 심유경을 부사로 삼아 정사 양방형과 함께 왜국으로 들여보냈으나, 끝내 아무런 성과도 얻지 못하고 돌아왔으며, 이어 소서행장과 가등청정 등은 도로 들어와서 남쪽 해상에 주둔하였다.

이에 명나라와 우리나라에서는 여론이 분분하게 일어나고, 책임을 모두 심유경에게로 돌렸다. 심지어 '심유경이 왜적과 공모하여 배반할 낌새를 보였다.'는 말까지 나왔다.

우리나라의 중 송운(宋雲 사명대사)이 서생포 적진으로 들어가 가등청정을 만나보고 돌아와, '왜적이 명나라를 침범하려 하고, 말투가 아주 오만방자하고 사리에 어긋나니, 즉시 명나라에 알려야겠습니다.'라고 하니, 듣는 사람들은 더욱 분노했다.

심유경은 자신에게 화가 미칠까 전전긍긍하며 어찌할

바를 몰라, 김명원에게 그간의 일을 자세히 글로 적어
보내 스스로를 변명했는데, 내용은 이랬다.

세월은 덧없어, 지나간 일들이 어제 일 같습니다.

아아! 지난날 왜적이 귀국의 강토를 침구하여 바로 평
양까지 이르렀으니, 그들의 안중에 조선팔도(八道 국초 태종
때 전국을 경기, 충청, 전라, 경상, 강원, 황해, 평안, 함경도의 8개 도
로 나누었다)는 이미 없었습니다.

이 늙은이는 황제의 명을 받들고 왜적의 실정을 정탐하
고, 기회를 봐가며 저들을 제어해 왔습니다. 그런 와중에
족하(足下 같은 또래의 편지받는 사람 이름 밑에 쓰는 존칭어로 김명
원을 가리킴)와 체찰사 이원익을 어지러운 난리 속에서 만
났습니다.

그때만 해도 평양성 서북방 일대의 백성들이 언제 들이
닥칠 지도 모르는 적을 피해 이리저리 떠돌며, 아침에
저녁 일을 계획하지 못할 형편에 처하여 괴롭게 지내며,
마치 바늘방석에 앉아 있는 것처럼 고통과 불안에 시달
리는 것을 목격하고 여간 마음이 아프지 않았습니다. 족
하도 몸소 그런 일들을 겪었을 터이니, 이 늙은이의 구
구한 여러 말을 기다릴 것도 없겠습니다.

나는 격문을 보내 소서행장을 불러 건복산에서 만나,
서쪽으로 더 이상 침범하지 않겠다는 다짐을 받아냈습니
다. 왜적은 감히 명령을 어기지 못한 채 몇 달을 넘겼고,
그러는 동안 명나라 대군이 도착하여, 평양에서 승전을

가져오게 되었습니다. 만약 그때 이 늙은이가 오지 않았
더라면, 왜적은 조승훈의 패전을 기회로 의주까지 달려갔
을지도 모를 일입니다. 평안도의 백성들이 그리 심한 해
를 입지 않은 것은 귀국에게는 크나 큰 다행이었습니다.

얼마 뒤에 왜장 소서행장이 왕경 한양으로 물러나 지키
고, 총병 수가(秀家)의 막하장수 석전삼성(石田三成), 흑전
장성(黑田長盛) 등 30여 명이 병력을 통합하고 진영을 잇
대어 험준한 지형을 장악하고 방어태세를 갖추니, 그 형
세가 견고하여 깨뜨리지 못했습니다. 벽제관 공방전 이후
부터는 진격하여 승리하기가 더욱 어려워졌습니다. 그때
판서 이덕형이 개성에서 이 늙은이를 찾아와 울면서 호
소했습니다.

"적세가 강성하게 확장되어 있는 마당에, 명나라 대군마
저 물러간다면 한양 도성은 아예 되찾을 가망이 없습니
다. 한양은 나라의 근본이 되는 곳이라, 여기를 되찾아야
팔도를 호령하여 군사를 소집할 수 있습니다. 그런데 지
금 사태가 이 지경에 이르렀으니 장차 어떻게 하면 좋겠
습니까?"

"도성을 되찾더라도 한강 이남의 여러 도를 수복하지
못한다면, 사정은 역시 나아지지 않을 것입니다."

이 늙은이가 이렇게 말하니, 이덕형은 고집을 꺾지 않
은 채 오히려 이렇게 장담까지 했습니다.

"도성을 되찾는 것만도 실제로는 어려운 일입니다. 한강

268

이남은 우리가 자력으로 조금씩 되찾아 지키기 어렵지 않을 것입니다."

"내가 그대 나라와 협력하여 도성을 되찾도록 힘써 보겠소. 아울러 한강 이남의 여러 도까지 회복하고, 이어 왕자와 수행신하들까지 돌아오도록 주선하여 바야흐로 나라가 온전해지도록 만들어 보리다."

그러자 이덕형은 감격하여 눈물을 흘리며 이 늙은이에게 머리를 조아리고 말했습니다.

"과연 그렇게만 해 주신다면 대인은 우리나라를 다시 일으켜주시는 격이니, 그 공덕은 적지 않을 것입니다."

조금 뒤에 나는 배를 타고 한강을 건너갔는데, 가등청정 진영에 잡혀있는 왕자 임해군 등이 이런 전갈을 보내왔습니다.

"내 나라로 돌아갈 수 있게만 해준다면, 한강 이남의 땅을 어디든 원하는 만큼 주겠습니다."

그러나 이 늙은이는 그 뜻을 따르지 않았습니다. 그리고 왜장 가등청정에게 이렇게 오금을 박았습니다.

"돌려보내려거든 썩 돌려보내고, 돌려보내기 싫거든 죽이든 살리든 마음대로 하시오. 딴말은 할 필요도 없소."

왕자라면 귀국의 왕위를 이을 세자인데, 이 늙은이인들 귀한 분인걸 어찌 모르겠습니까? 그때는 차라리 죽이라고 큰소리치고 다른 조건은 수락하고 싶지 않았습니다. 나중에 그들이 부산으로 물러와서는 재물과 예를 다하며 여러 모로 왕자를 극진히 대했습니다. 처음엔 거만하게 굴다가 나중에 공손해진 것은, 때에는 완급이 있고 일에 경중이 있으니 부득이하여 그랬다고 봅니다.

어쨌거나 이 늙은이의 몇 마디 말에 왜적들은 한양 도성에서 물러갔습니다. 그들이 퇴각하는 길에 남기고 간 영책과 군량은 수도 없이 많았으며, 한강 이남의 여러 지방들도 다 수복되었는가 하면, 왕자와 수행신하들도 모두 돌아왔습니다.

그리고 마침내 한 통의 편지로 왜적 우두머리들의 손발을 부산의 외진 바닷가에 묶어둔 채, 명령을 기다리는 3년 동안 감히 망령되이 움직이지 못하게 적군을 견제했습니다. 이어서 봉공에 대한 논의가 이루어졌고, 나는 황제의 명령을 받들어 화의를 조정했습니다.

그때 한양에서 족하와 이덕형을 다시 만나 물었습니다.

"내가 왜국에 가서 봉공문제를 해결하고 나면 왜적이 물러갈 터인데, 귀국은 뒷수습을 어떻게 하실 겁니까?"

"뒷수습은 우리 군신들이 책임질 테니, 대인께서는 염려치 마십시오."

이덕형의 지체 없는 응대를 듣고 이 늙은이는, 아닌 게 아니라 처음에는 그에게 큰 역량과 식견이 있어 훌륭한 인재라고 기특하게 여겼습니다. 그런데 지금에 와서 사실 여부를 조사해 보니, 그 사람의 말과 행동이 서로 부합되지 않는 것 같습니다. 나는 판서 이덕형이 진심으로 안타깝습니다.

또 부산과 죽도의 왜군 병영을 즉시 철거하지 못한 것은 이 늙은이의 책임이나, 기장과 서생포 등지의 왜적들은 모조리 다 바다 건너로 돌려보냈고, 영책도 다 불태워버리고, 수복지역을 조선의 지방관들에게 돌려주어 잘 마무리 지었습니다.

그런데 어째서 가등청정이 다시 건너오자, 싸웠다는 소리도 한 번 들리지 않고, 화살 한 대 꺾이지도 않았는데, 지방관들이 다 몸을 빼 달아나버리고, 수복지역을 양보했습니까? 한강 이남은 자력으로 조금씩 되찾아 지지키겠다고 이미 말해 놓고, 어찌하여 되찾은 땅도 이처럼 도로 잃어버립니까? 또 뒷수습은 조선이 책임진다더니 어째서 웅대한 계책을 세웠다는 소리는 들리지 않고, 그저 황제의 발치에 엎드려 울부짖는 한 가지 뿐입니까?

병법에 이르기를 '힘이 약한 자는 강자와 맞설 수 없고, 적은 병력으로 많은 적과 대적하지 못한다.'고 했습니다. 이 늙은이 역시 귀국의 당사자 여러분께 어려운 일을 굳이 책임 지우려는 것은 아닙니다. 다만 '일의 형편이 완만할 때는 근본문제를 다스리고, 급할 때는 당면문제를 다스리라.'고 했습니다. 그러니 평소엔 군사를 훈련시켜 잘 지키고, 유사시엔 적을 제압하여 내쫓아야 합니다. 그런데도 귀국의 당사자 여러분은 사태를 방관만 했으니 역시 책임을 물어야 될 것입니다.

녹후잡기(錄後雜記)

 이 늙은이가 바다를 건너온 이래, 네 번이나 귀국의 임금님을 만나 서로 기탄없이 의견을 나누었습니다. 피차 묻고 대답하는 말이 가슴 속에서 나왔고, 시의적절하여 털끝만큼의 꾸밈이나 거짓이 없었고, 조금도 허황되거나 잘못된 것이 없었습니다. 임금님과 이 늙은이의 심정은 피차 같은 것이라 서로 속내를 환하게 드러내고 보이곤 했습니다. 그래서 이 늙은이는 진실로 '동국(조선)의 일이 이렇게 잘 해결되었으니, 이제 다른 염려는 없겠다.'고 생각했습니다. 그런데 뜻밖에도 귀국의 모략을 꾀하는 신하와 책략을 잘 쓰는 사람들이 온갖 기지를 써서 번갈아 이간질했습니다. 안으로는 위태로운 언사로 명나라 조정을 격노하게 만들고, 밖으로는 약한 군대로 왜국을 도발하여 불필요한 싸움을 하도록 만들었습니다.

 특히 송운이 전한 말은 예법에 어긋납니다. 그는 앞서는 '왜적이 군대를 몰고 가 명나라를 치려한다.'더니, 뒤에는 '팔도를 할양하고, 임금님이 친히 바다를 건너와 항복하라.'고 말했다는 둥, 잠깐 사이에 그런 말을 두세 가지 불려서 했습니다. 그가 이런 말을 한 것은 임금의 생각을 움직이고, 명나라 조정을 격동시켜 구원병을 출동시키도록 하려는 획책이었습니다. 귀국은 8도뿐인데, 이를 다 할양하고, 임금님이 친히 바다를 건너가 항복한다면, 귀국의 종묘사직과 백성들도 다 왜국의 것이 될 터인데, 그들이 무엇 때문에 두 왕자가 직접 와 사례하라고 요구

272

했겠습니까? 나는 삼척동자라도 결코 이렇게 실언하지는 않으리라 생각합니다. 가등청정이 아무리 제멋대로라도 이처럼 방자하게 굴지는 않았을 것입니다.

또 당당한 우리 명나라 조정이 외지의 제후국을 통솔하고 제어하는 데는 본래부터 뚜렷한 기준이 있기 때문에, 은혜를 베풀고 위엄을 부리는 것 역시 자연스러운 때가 있습니다. 그리고 수백 년 동안 대대손손 전해내려 오던 속국을 도외시하여 그동안 이어오던 관계를 그냥 저버리지는 않을 것이며, 또한 약속을 받들지 않는 역적(왜)이 우리의 제후국을 노략하도록 내버려두지 않을 것은 당연한 이치입니다.

비록 모든 일을 살뜰히 잘 살펴 처리하지는 못하는 늙은이이지만, 누가 내 편인지 남의 편인지, 누가 우리와 멀고 가까운지, 누가 우리를 따르고 거스르는지, 그 차이와 관계는 여느 사람들과 마찬가지로 쉽게 알아차리고 분별할 수 있습니다. 하물며 황제의 칙명을 받들고 이 일을 조정하는 임무를 맡은 이 늙은이가, 일의 성패에 따라 귀국의 평화와 근심이 갈린다는 걸 어찌 모르겠습니까? 그러니 어찌 감히 귀국의 일을 업신여겨 마음에 담아 두지 않을 리 있겠습니까?

족하는 다행히 큰 도리를 깊이 이해하시고 나랏일을 자세히 알고 계시기에 이 글을 보냅니다. 족하가 내 평소의 충정을 잘 살펴 귀국의 임금님께 아뢰고, 아울러

이 일을 맡은 관료들에게도 그 사유를 대략이라도 알려
주시면 다행이겠습니다. 앞서도 '명나라 조정의 뜻을 받
드는 것이 만전의 계책이니, 마땅히 명의 처분대로 따라
야 끝없는 행복을 기약할 수 있다.'고 말한 적이 있습니
다. 그러니 잘못된 계교로 늘 수고하고 졸렬해지지 말아
야 합니다.

간절한 부탁 다 드리지 못하고 이만 줄입니다.

이 편지를 보면 도성을 수복하기 이전의 사실은 조리
정연하여 거울삼을 만하다. 그러나 부산으로 물러난 이
후의 사실들은 뒤섞이고 모호하여 뭔가를 숨기려는 의도
가 보인다. 그러나 공과 죄는 저절로 드러날 터이니 서
로 덮어 가릴 수는 없다. 훗날 심유경을 평가하는 사람
은 마땅히 이 글로 옳고 그름을 판단해야 할 것이다. 그
래서 그의 편지를 여기에 기록해둔다.

심유경은 감언이설로 달래어 꾀는 선비였다. 평양성 싸
움 뒤에 두 번이나 적진으로 들어갔는데, 이런 행동은
보통사람으로서는 하기 어려운 일이다. 그는 마침내 무
력대신 말로 수많은 왜적을 쫓아내고, 수천 리 땅을 되
찾았다. 그는 맨 마지막에 한 가지 일을 그르쳐 큰 화(사
형)를 면치 못했으니 안타깝다.

평행장(소서행장)은 심유경을 가장 신임했다. 그가 한양
으로 물러났을 때, 심유경은 비밀히 이런 말을 하여 소
서행장을 동요시키는 심리전을 구사했다.

274

"너희들이 오래도록 여기(한양)에 머무르며 물러가지 않
아, 명나라 조정에서는 다시 대군을 일으켜 이미 서해
쪽으로 들어왔다. 충청도로 상륙해 너희들이 돌아갈 귀
로를 끊어 놓을 것이다. 그때는 돌아가고 싶어도 돌아갈
수 없을 것이다. 평양에서부터 너와 정이 들었기 때문에
부득불 말해 주는 것이다."

이 말에 소서행장은 더럭 겁이 나 도망치듯 한양을 떠
났다.

이 일은 심유경이 직접 우의정 김명원에게 말해 주었
고, 김 정승(김명원)이 또 나에게 전해주었다.

끝.

징비록 해설

지은이 유성룡

유성룡(柳成龍)의 자는 이현(而見), 호는 서애(西厓), 본관은 풍산(豊山)이다. 관찰사(觀察使)를 지낸 중영(仲郢)과 안동 김 씨 진사(進士) 광수(光粹)의 딸 사이에서 1542년 10월 11일 외가인 경상도 의성현(義城縣) 사촌리(沙村里)에서 태어났다.

어려서부터 총명하여 6세 때 이미 〈대학(大學)〉을 배웠다. 21세에 퇴계(退溪)선생 문하에서 학문을 닦았다. 퇴계는 그를 '하늘이 낸 사람'이라고 크게 칭찬했다 한다.

명종 21년 25세에 문과에 급제, 승문원(承文院 조선 때 외교에 관한 문서를 맡아보던 기관) 권지부정자(權知副正字)로 임명된 후 여러 벼슬을 거쳐 선조 3년 홍문관(弘文館 궁중의 경서 및 문서 따위를 관리하고 임금의 자문에 응하는 일을 맡아보던 관아) 부수찬(副修撰)이 되었다. 그는 특히 물음에 대한 응대가 명백하고 논리의 분석이 정밀하고 자세하여 당시의 강관(講官) 중 첫 손에 꼽혔다 한다.

선조 23년에는 우의정에 오르고, 종계변무(宗系辨誣)의 공으로 광국훈(光國勳)에 기록되어 풍원부원군(豊原府院君)

에 봉해졌다.

선조 25년 4월 임진왜란 당시, 좌의정 겸 병조판서로
있었다. 이에 앞서 왜병의 동정을 살피기 위해 통신사가
일본에 왕래할 무렵부터 방비에 만전을 기하려고, 이순
신 등 유능한 인재를 일선 지휘관으로 기용, 성곽과 호
등 방어시설 개축, 승자총통, 조총 등 신구 화약병기의
제조 및 조련, 전면전에 대비한 방어체제의 강화책으로
진관체제의 복구 등을, 민심의 동요나 민중들의 생활에
큰 지장을 주지 않고 추진하려고 크게 노력했다. 그러나
당시 정계의 전반적 해이와, 특히 종래 을묘왜변 같은
국지적 침투에 대한 대비책이었던 '제승방략(制勝方略)'체
제를 그대로 썼던 까닭에, 중앙에서 파견된 이일, 신립
휘하의 주력부대마저 조령과 충주에서 패하고 말았다.
이에 도성마저 위태롭게 되고 선조를 비롯한 정부는 북
으로 피난가지 않을 수 없었다. 국왕 일행이 개성에 도
착했을 때, 서애는 영의정에 임명되었으나 국운이 파탄
에 이른데 대한 책임을 지고 곧 파면 당했다. 머지않아
부원군으로 다시 등용되어 주로 안주에 주재하면서 명나
라 장수의 접대와 군량보급에 진력하였다. 이듬해인 선
조 26년 이후부터 임진왜란이 끝날 때까지 영의정 겸
삼남도체찰사(三南都體察使) 또는 사도(四道)도체찰사로서
군사와 정치를 한 몸에 지고, 충직하고 민첩한 정치적
수완을 발휘하여 전쟁을 승리로 종결시켰다. 그리하여

국권을 수호했던 위대한 정치가, 군략가, 학자였다.

그는 언제나 민생안정과 안녕을 정치의 기본바탕으로 유지하였고, 그 바탕 위에 방위력 강화를 도모했다. 방위력 강화의 실질적 시책으로 중앙에서는 종래의 사수 외에 살수(殺手 칼과 창을 가진 군사)와 포수(砲手 총포를 가진 군사)같은 신병을 직업군인으로 기르는 훈련도감(訓練都監)을 설치했고, 지방에서는 거주지 단위의 방어를 목적으로 한 자발적인 속오군제(束伍軍制)를 실시했다. 구체적 전략으로 화력강화, 지형지물이용, 진관체제복구 등을 앞장서 추진했으며, 당시 와서 도와주었던 명나라 군과의 협조와 유대를 처음부터 끝까지 적절하게 유지하는데 힘썼던 사실 등은 특기하지 않을 수 없다.

전쟁이 끝날 무렵인 선조 31년에 서애는 정적인 북인들의 공격을 받고 관직에서 물러났다.

북인이 서애를 탄핵한 구실은 원수인 왜적과 끝까지 싸우지 않고 명나라를 따라 강화(講和 교전국끼리 싸움을 그만두고 서로 화의함)했다는 것과, 군사력 배양을 위한 새로운 여러 시책이 백성을 괴롭히고 국력을 소모케 했다는 내용이었다.

고향인 풍산 하회로 돌아간 후, 다시 부원군으로 서용되기도 했으나 끝내 벼슬길에 나오지 않고 조용히 지냈다. 1607년 5월 6일에 66세로 돌아가실 때까지 전원에서 조용히 지내면서 돌아가신 스승 퇴계의 유고를 정리

하고 임진왜란 당시에 대한 자성자반으로 〈징비록〉 등
의 저술을 남기는데 전념하였다.

인조 7년에 문충(文忠)이란 시호가 내려졌고, 영남의 선
비들은 그를 병산서원에서 향사 드리고 있다.

저술로는 〈징비록(懲毖錄)〉〈서애집(西厓集)〉〈신종록(愼
終錄)〉〈영모록(永慕錄)〉〈관화록(觀化錄)〉〈운암잡기(雲巖
雜記)〉 등이 전하고, 그 외에도 시문(詩文)이 적지 않았으
나 임진왜란 때 전쟁으로 인한 화재로 불타버렸다 한다.

징비록의 개요

〈징비록〉은 조선 선조 때의 재상 서애 유성룡이 임진,
정유왜란의 역사적 사실을 사건 중심으로 정리하여 저술
한 귀중한 문헌이다.

저자 유성룡은 임진왜란 이전부터 정부의 요직에 있었
고, 왜란 중에는 좌의정, 영의정, 도체찰사의 중책을 맡
아 정치적, 경제적, 군사적으로 크게 활약했다. 그가 이
책을 저술한 경위는 벼슬길에서 물러나 한가롭게 있을
때, 7년(1592~1598)간의 왜란으로 인한 국난극복 사실을
회고하여 '지난 일을 징계하면서 뒷일을 삼가 한다.'는
뜻에서 저술한 것이다.

〈징비록〉은 상하 2권과 녹후잡기(錄後雜記)로 구성된 2
권본과, 이것을 포함한 16권본으로 구성되어 있는 것이

있는데, 전자는 1권은 〈초본징비록〉을 바탕으로 정리하여 간행한 것이고, 2권에는 왜란이 일어난 원인과 전쟁의 실황을 역사적 사실별로 저술한 기록이고, 녹후잡기(초본징비록의 잡록부분)에는 당시의 여러 일을 논평한 것이다. 후자는 전자의 〈징비록〉2권 이외에 〈근포집(芹曝集)〉3권, 〈진사록(辰巳錄)〉9권, 〈군문등록(軍門謄錄)〉2권(2권본의 녹후잡기 포함)으로, 여기에는 군사기무(軍事機務)에 관한 차자, 계사, 장계(狀啓), 문이(文移) 등을 모아 정리해 두었다.

〈징비록〉의 사료(史料)는 저자가 몸소 체험한 당시의 풍부한 사료를 각 방면으로 모아 편찬 저술한 것이다.

〈징비록〉의 가치는 역사적으로 우리 겨레가 외적의 침해를 물리친 국난극복의 생생한 사실일 뿐 아니라, 당시의 정치, 경제, 사회, 문화 등의 문물제도를 연구할 수 있는 귀중한 문헌이며, 전쟁문학으로서도 중요하다.

저자와 저술의 경위

그는 어려서부터 총명하고 학업에 힘써 16세 때 향시에 급제하고, 21세 때는 안동도산에서 퇴계 이황 문하에서 학업을 닦다가, 생원회시에 급제한 다음 태학(성균관)에 입학하고, 25세 때 문과에 급제하여 승정원권지부정자가 되어 벼슬길로 들어섰다.

 그 뒤 이조좌랑, 홍문관부제학, 승정원승지, 상주목사, 사간원대사간, 도승지, 대사헌, 경상도관찰사 등을 거쳐 43세 때 예조판서 겸 동지연춘추관사 홍문관제학이 되었고, 뒤이어 형조판서 겸 홍문관대제학, 예문관대제학, 춘추관성균관사, 병조판서, 지중추부사, 이조판서 등의 벼슬을 거쳐, 49세 때 우의정이 되고, 풍원부원군에 봉해졌고, 50세 때 좌의정이 되었다.

 이 때 왜적의 동태가 심상치 않았으므로 정읍현감으로 있던 이순신을 전라좌수사로, 형조정랑으로 있던 권율을 의주목사로 천거하였다. 그 다음 해(1592) 좌의정으로 병조판서를 겸하였고, 4월에 왜란이 일어나자 도체찰사로 임명되었고, 왕이 서쪽 지방을 순행하자 호종하여 개성에서 영의정이 되었는데, 곧 그만두었다. 그는 왕이 요동으로 건너가는 것을 반대하고 국내에 머물며 항전할 것을 강력히 주장하며 군수물자 공급에 힘쓰다가, 평안도체찰사가 된 이듬해(1593)에 평양성을 수복하고 개성에 진주하였고, 충청, 전라, 경상도체찰사가 되어 서울을 수복한 다음 다시 영의정에 임명되고, 훈련도감도제조(訓練都監都提調)를 겸하여 민심을 수습하고, 산업을 장려하고, 군비를 강화하고, 기강을 숙정하고, 인재를 배양하는 등 내치와 외정에 온갖 힘을 기울였으며, 54세 때(1595)에는 경기, 황해, 평안, 함경도체찰사로 임명되어 제철(製鐵)장을 설치하고 대포와 조종 등의 무기를 만드는 한편 외적의 침해에 대비하여 북방의 방비도 강화하였다.

그가 56세 때(1597) 왜란이 다시 일어났는데, 이순신이 하옥되고, 원균이 대패하여 왜적이 크게 밀려들어 오자, 각도의 병력을 동원하여 왜적을 방비하였다. 그 다음해 (1598)에 왜란이 평정되었으나, 당파싸움에 밀려 영의정 에서 물러나고, 이어 관직과 작위가 삭탈되고, 고향으로 돌아갔다. 여러 번 부름에도 응하지 않고 고요히 저술에 힘을 기울이다 선조 40년(1607)에 66세를 일기로 세상을 떠났다.

그의 중요한 저술을 들자면 〈대학연의초(大學衍義抄)〉 〈황화집(皇華集)〉 〈문산집(文山集)〉의 서문과 〈구경연의 (九經衍義)〉 〈정충록(精忠錄)〉의 발문을 짓고, 〈포은집(圃隱 集)〉을 교정하여 그 정본과 연보와 발문을 짓고, 〈지주 중류비음기(砥柱中流碑陰記)〉를 짓고, 〈퇴계집(退溪集)〉을 편집하고, 〈효경대의(孝經大義)〉의 발문을 지었다. 그리고 중요 저서로는 〈징비록〉을 비롯하여 〈서애집〉 10책과 〈신종록〉 〈상례고증(喪禮考證)〉 〈영모록〉 〈관화록〉 등이 있다.

〈징비록〉을 저술한 경위를 살펴보면, 그가 왜란을 겪으 며 체험한 일들을 적은 회고록으로, 벼슬길에서 물러나 고향으로 돌아와 조용히 은거하면서 세상을 떠날 때까지 의 9년간(1598~1607)에 걸쳐 지은 것인데, 그 동기는 저 자 서문에 잘 나타나 있다.

이를 대략 추려보면 다음과 같다.

아아, 슬프다! 임진왜란의 재화는 참혹하였다. 10여 일 동안에 삼도가 함락되고, 팔도강산이 무너지고, 임금께서 피란길을 떠나셨다. 〈시경(詩經)〉에 '내 지난 일을 징계하면서 뒷날의 환난을 삼가 하게 한다.'는 말이 있는데 이것이 〈징비록〉을 짓게 된 까닭이다. 나같이 보잘 것 없는 사람이 나라의 중요한 소임을 이처럼 어지러운 때에 맡아서 위태로운 판국을 바로잡지 못하고, 기울어지는 형세를 붙들지 못하였으니 그 죄는 죽어도 용서를 받을 수 없는데, 오히려 전원에서 목숨을 이어가고 있으니 어찌 임금님의 관대하신 은총이 아니겠는가? 지난날의 일을 생각할 때마다 아닌 게 아니라 황송한 마음뿐이다. 이에 한가로운 여가에 듣고 겪은 사실을 기록했는데, 비록 보잘 것은 없으나 이것으로 나라에 충성하는 간절한 뜻을 표시하고, 또 나라의 은혜에 보답하지 못한 죄를 나타내고자 한다.

이 글로 보아 저자가 한 나라 수상으로서 국정을 잘못 이끈 죄책감에서 쓴 참회록 내지는 회고록이라는 것을 알겠다.

〈징비록〉의 내용

〈징비록〉은 2권본과 16권본으로 마련된 〈간행징비록〉

과 2권본의 원본이라고 할 수 있는 〈초본징비록〉이 있다는 것은 이미 말했다. 그 관계를 알아보기 위하여 16권본의 내용이 되는 목차를 적어본다.

1~2권은 〈징비록〉으로 〈초본징비록〉의 잡록부분을 제외한 것, 3~5권은 근포집으로 차자와 계사, 6~14권은 진사록으로 장계, 15~16권은 〈군문등록〉으로 문이인데, 16권에 녹후잡기 즉 〈초본징비록〉의 잡록에 해당하는 부분이 들어있다.

이것으로 미루어보면 2권본은 16권본의 1, 2권과 16권에 실린 녹후잡기에 해당한다. 그 내용을 〈초본징비록〉과 대조해보면 각 사실의 기록내용과 배열에 많은 차이가 보인다. 어쨌든 〈징비록〉은 그 내용면에서 볼 때 〈초본징비록〉을 바탕으로 한 2권본이 주된 기록이고, 16권본은 여기에 근포집, 진사록, 군문등록의 세 가지 기록을 합한 것으로 보인다. 이는 왜란으로 인한 처참한 국난에 처하여 중책을 맡은 저자가 보고, 듣고, 느끼고, 생각하고, 체험한 역사적 사실을 생생하게 기록한 문서로, 그야말로 피땀 어린 사료라 하겠다.

그 내용을 대략 적어보면 다음과 같다.

1~2권 왜란이 일어난 원인과 7년(1592~1598) 간의 전쟁 상황을 기록했다. 왜란이 일어나기 6년 전 왜국사신이 왕래하던 일부터 붓을 일으켜 왜란이 일어난 경위를 적고, 임진왜란(1592)이 일어나서 부산과 동래 함락에 이어

상주 싸움에서 관군이 무너지고 왜적이 서울로 달려들자 왕이 피란하고 서울이 함락되어 종묘까지 불타 재가 되고, 이어 평양성이 함락되고 왜적이 함경도까지 짓밟아 두 왕자가 포로가 되는 등 국토와 민족이 처참한 국난을 겪은 눈물겨운 사실을 기록하였다. 이순신이 이끄는 해군이 왜적을 무찔러 승리한 것을 계기고 의병이 봉기하고, 차츰 전쟁 준비를 갖추어 항전 태세를 취하다가 명나라 군사의 내원으로 힘을 합하여 공세를 취하면서 평양성을 회복하고, 개성을 수복하고, 서울에 입성하게 된다. 왜적은 강화(講和)를 구실로 영남으로 물러가 전쟁이 소강상태로 접어들었다. 다시 정유왜란(1597)이 일어나서 2년 동안 치열한 싸움을 전개하다가 노량싸움을 마지막으로 왜적이 패주한 사실 등을 탁월한 식견과 유창한 문장으로 간단명료하고 조리정연하게 저술하였다.

3~5권 근포집에는 왜란 동안의 차자, 계사로 대개 군사기무에 관한 건의(建議)문과 헌책(獻策)문을 수록했다.

6~14권 진사록에는 임진년(1592)부터 계사년(1593)까지 5년간의 군사기무에 관한 장계를 수록했다.

15~16권 군문등록에는 왜란 중에 각 도의 관찰사와 순찰사와 병사와 수군절도사와 방어사(防禦使) 등에게 통첩한 글을 수록하였고, 그 끝에 수록한 녹후잡기 즉, 〈초본징비록〉에 실린 잡록부분에는 왜란 중에 있었던 여러 가지 일을 논평한 글이다.

그리고 하나 더 말해 둘 것은 〈초본징비록〉과 〈간행징비록〉의 내용을 대조해보면, 첫째로는 각 사실을 분류하여 배열한 것이 많이 다르고, 둘째로 기록의 내용을 고치고 생략한 것이 많다는 것을 알 수 있다. 그래도 근간은 역시 저자 친필 〈초본징비록〉이다.

또 저자가 이 책을 짓느라고 얼마나 노심초사했는지 짐작할 수 있는 부분은 친필로 된 난후잡록(亂後雜錄)이다. 이 잡록의 중요한 부분은 〈징비록〉의 초고내용과 거의 같아 보인다.

〈징비록〉의 가치

〈징비록〉은 국보로 지정된 귀중한 고전이다. 임진, 정유왜란의 생생한 사료이며 당시의 문물제도를 연구할 수 있는 귀중한 문헌이며, 전쟁문학으로서 훌륭한 가치가 있는 고전이다.

임진, 정유 양란에 관한 사료는 〈선조실록(宣祖實錄)〉과 〈용사일기(龍蛇日記)〉에는 물론, 전쟁 당사국들에도 이에 관련된 기록들이 있으나, 〈징비록〉처럼 뛰어난 저술은 없다. 이것은 저자가 중요한 직책에 있으면서 모든 일을 직접 처리했으므로 실제의 생생한 기록이라 할 수 있다. 〈징비록〉에 실린 내용은 내치외정의 정치, 경제, 군사, 사회, 문화의 여러 방면에 걸쳐 언급된 것이므로, 당시의 내외 문물제도를 광범위하게 연구할 수 있는 귀중한 문헌이 되겠다. 그리고 저자의 고매한 인품과 탁월한 식견과 능숙한 필치로 유창하게 저술한 문장이므로, 읽는 사람이 함께 감동하고 분발할 수 있게 한 값진 고전이라고 할 수 있겠다.

끝으로 다음은 굶주리는 백성들의 실상을 적은 내용인데, 얼마나 실감나고 문학적인 표현인지 보자.

군량을 뺀 나머지 곡식을 풀어 굶주린 백성들을 구제하자고 임금께 청했더니 이를 허락하셨다.

이때는 왜적이 서울을 점거한지 이미 2년이나 지났기 때문에, 전쟁으로 인해 천지사방이 쓸쓸했고, 백성들은 농사를 지을 수 없어 굶어 죽거나 거의 죽어가는 상태였다. 도성 안에 남아 있던 사람들은 내가 동파에 있다는 말을 듣고 서로 붙들고 이고지고 오는데 셀 수 없이 많았다. 총병 사대수가 마산으로 가는 길에 어린 아기가 기어가 죽은 어미의 젖을 빨고 있는 것을 보고 가엾게 여겨 데려다 군중에서 길렀다.

"왜적들이 아직 물러가지도 않았는데, 백성들이 이렇게 비참한 지경에 처했으니 장차 어떻게 해야 좋겠습니까?"

나에게 이렇게 말하고 이어 탄식했다.

"하늘도 울고 땅도 슬퍼할 일입니다."

이 말을 듣고 나도 모르는 새 눈물이 흘렀다.

연보

1542 경상도 의성현 사촌리에서 중영의 아들로 출생

1557 향시에 급제

1562 도산 퇴계 이황의 문하에 들어감

1565 대학에 입학

1566 문과에 급제 권지부정자가 됨

1569 성절사 서장관으로 명에 다녀옴. 공조좌랑이 됨

1570 홍문관 수찬, 사간원 정언, 이조좌랑이 됨

1570 홍문관 직제학, 이조참의, 부제학, 승지가 됨

1582 사간원 대사간, 도승지를 거쳐 대사헌이 됨

1583 경상도관찰사가 됨

1584 예조판서 겸 동지연춘추관사홍문관제학이 됨

1588 형조판서 겸 예문관제학 겸 홍문관대제학,
    지경연춘추성균관사가 됨

1589 병, 예, 이조판서, 지중추부사, 사헌부대사헌이 됨

1590 우의정이 됨. 광국공 3등 풍원부원군에 봉함

1591 좌의정이 됨

1592 좌의정 겸 병조판서. 도체찰사, 영의정이 됨

1593 영의정 겸 훈련도독도제조

1595 4도체찰사가 됨

1598 4도체찰사 사직. 영의정 해직. 관작 삭탈

1604 풍원부원군에 서용. 호종공신 2등을 받음

1607 5월 6일 병으로 사망. 7월 7일 장례 치름